JN113140

つぶやく現代の短歌史
1985−2021

「口語化」する短歌の言葉と心を読みとく

大野道夫

はる書房

まえがき

一　魔法はどこから読んでも

本書はこの三七年間の現代短歌史が書かれているので、まずはその現代短歌史の渦中で歌をつくっている人、つくってはいないが関心は持っている人に読んでもらえれば、と思う。しかしそれだけではなく、日ごろ短歌にあまり関心がない人にもぜひ読んでもらいたい、と願っている。

短歌というと、百人一首くらいはしたことがあるけれどあの教科書にのっているむかしの人がつくっていたものね、というイメージが強いと思う。しかしわれわれの生きているこの現代にも、短歌の魔法の魅力に魅せられて古典に負けないほど真剣に短歌をつくっている歌人はたくさんいるのである。そしてこの五七五七七という詩形が、その魔法の魅力によってさまざまな時代を生き抜いて千数百年も生き続いているということはほとんど奇跡に近いことなのである。

そこで、この本はどこから読んでもかまわないのだが、もしあなたが今この文を立ち読みしているのなら、どうぞ巻末の索引にある短歌作品たちを見て欲しい。そして何か心に触れる歌があったら、掲載ページの少し後にあるその歌への読みも読んでほしい。そして作品やその読みが少しでも心に入る歌があったら、(レジでお金を払って)どうぞ家へ持って帰ってじっくり読んでほしい、と思うのである。

二　上梓(刊行)のいきさつと基本的特徴

この本の上梓(じょうし)(刊行)のいきさつを簡単に書くと、短歌を始めてからいつか短歌史を書いてみたい、と思ってきた。これは、何をするにもその歴史を学ぶことは大切であるし、また序で示すように前衛短歌より後の詳細な短歌史は書かれていなかったのでいつか自分で書いてみたい、と無謀にも思ったのである。またさらに個人的な動機を書けば、私は博士課程には進学したが博士論文は書かなかったので、いつか博士論文の代わりになるようなものを書いてみたい、とも思ってもいたのである。

そこで少しずつ資料を読み、俵万智(まち)[1]が登場した一九八五年から二〇一七年までの第一稿を書き、せめて二〇一八（平成三〇）年には上梓しようと思って準備をしていた。しかしその頃に、ある短歌会が解散してしまったり、結社の記念大会の実行委員長をやったりしたことが、それまでの過労と加齢に重なってしまい、入院をしてしまったのである。

そしてその後の経過を急いで書くと、介護施設にも入れられ、自室や研究室に置いてあったノート、歌集をふくむ歌書、集めた資料などの私物をすべて破棄されてしまった……。

しかし二〇二〇年冬に、主に地元湘南の幼稚園からの友だちの協力を得て何とか施設を退所し、図書館などにも行くことができるようになった。そこで二〇二一年までの歴史を書き足し全体もリライトして、この二〇二三（令和五）年に上梓の運びとなったのである。

したがってこの本は、一九八五～二〇二一年の短歌史（一章～四章）を書いた後に、二〇一一年の調査（「歌人調査」（二〇一一））で分析をおこなう（五章）、という構成になっている。これは前述したように上梓予定がのびたためだが、この間も本調査ほどの規模の歌人への調査はおこなわれなかったので、本書でこの調査を分析することにもそれなりの意味はある、と考えられるのである。

また本書にはいろいろと至らない点があるだろうが、歌人に関する手書きのノートと書き込みをした歌集も破棄されてしまい、歌集はその後の図書館通いなどでかなり再読はできたが、不十分なことは否めない。ただそこでノートの再構成、資料の再収集などを試みると何年かかるかわからず、体力、知力は日々衰えてゆく……。

したがって本書は個々の歌人への考察が、パソコンに残っていた一九八五〜二〇二一年の間で最初に上梓された歌集に偏っている傾向がある。また本書の個々の歌人に対する考察は、その歌人に対する全体的な評価ではなく、一九八五〜二〇二一年という期間の中での評価である。また歌人論、歴史研究などは、一九八五年以降に出されたものでも、一九八五年より前を対象としたものは基本的に本書の考察の対象とはしていない。

なお本の副題にもある「口語化」とは、本書では言葉の文語から口語への変化だけではなく、わかりやすい修辞の広がり、身近なかるい主題への市民権、〈私〉(作中主体)が「私」(作者)に近づいてゆくという変化もふくめている。また社会全体も「大きな物語」が終焉して「口語化」している、と考えている。(2)

三　歌書上梓にあたっての謝辞

本書上梓にあたりお礼を言わなければならない人はたくさんいるが、まず又従弟(またいとこ)でもある佐佐木頼綱くんは、研究室の資料などがすべて破棄されるなかでパソコンを救出し、施設脱出後に送ってくれた! これによりパソコンへ書き込んだメモ、原稿等は復元でき、執筆継続が可能となったのである。

また他にも先輩、友人、後輩のさまざまな歌人からの恩恵は書き切れないが、特にここ数年、二次会などでぶしつけに「現代短歌」の範囲を問うたときに答えてくれた歌人の方々にお礼を申し上げたい。そのノートも破棄されてしまったのだが、一番多かった答えは「前衛短歌以降」だったと記憶している。また菱川善夫（よしお）、篠弘[3]の両先達が短歌史研究をつないでくれなかったら、本書は生まれることはなかった。

そして同世代の短歌の友人たちがさまざまな場面で示してくれた友情がなかったら、私の短歌人生はもっと貧しいものになっていたに違いなかった。

大学の後輩である寺井龍哉には入稿前の段階で原稿を読んでもらった。また年表[4]も書いてもらったが、二人で意見交換し、年表も一九八五年から二〇二一年までとし、学生短歌会、同人誌、インターネットに関しては基本的に年表に載せることにした。なお年表、本文は、すべて各々の自己責任で執筆した。

はる書房さんとは大学院時代に青年のボランティア活動の調査をしていたころからのお付き合いだが、『短歌の社会学』（一九九九）、『短歌・俳句の社会学』（二〇〇八）に続いてお世話になった。五月雨（さみだれ）式に再再再再再再校までさせていただき、大変ご苦労をおかけした。

そして最後に、私を「ひろく、深く、おのがじしに」導いていただいた竹柏会「心の花」の会員の皆さまには、歌を始めて間もないころ大量の歌集を貸していただいた（そして大量の酒も飲ませていただいた）晋樹隆彦（しんじゅ）さんをはじめとしてお世話になった方々は数え切れない。また数十年をかけて「心の花」の全ての歌会を巡ったが、各地で楽しい時を過ごさせていただいた。そこでここでは、児童期に会えて短歌を始める遠いきっかけとなった佐佐木信綱初代主宰、大学院時代に「心の花」に入会させていただいた時の佐佐木由幾（ゆき）主宰、現在の佐佐木幸綱主宰という各世代の主宰への謝辞のみを書かせていただくことにしたい。

〔初出〕（のちに加筆修正）
・序章……「特別寄稿『現代短歌史』序説」「心の花」二〇一四年一月
・五章……「現代短歌における私性（わたくしせい）の問題」「短歌往来」二〇一二年一一月
（他は書き下ろし）

注

（1）作者の思いを尊重して短歌へは著者（大野）から振り仮名を直接ふっていないが、短歌を文中に引用する場合、そして人名、歌集名、文章などには適宜（てきぎ）ふっている。
（2）したがってこれらの場合本書では、「口語化」とカギカッコでくくって表記することにしたい。また「口語化」については序章の「おわりにかえて」三などでも考察していくことにしたい。
（3）校正中の令和四（二〇二二）年師走に亡くなられ、本書を読んでいただくことができなかった。

「ボクは忙しいので、構想はいろいろな場で考えて、机に向かって座ったときにはすぐ原稿を書けるようにしている」、「休日には、これは趣味なんだ、遊びなんだと自分に言い聞かせながら短歌の原稿を書いている」などの明晰なる声を思い出す。

心よりご冥福をお祈り申し上げます。

(4) 本書で取り上げる時期に関係する年表としては以下のようなものがある。

荻原裕幸「20世紀短歌史年表」〔一八九六～一九九九〕(『岩波現代短歌辞典』一九九九)、米川千嘉子「近・現代短歌史年表」〔一八六八～一九九九〕(『現代短歌大事典』二〇〇〇)、『現代歌人協会五十年の歴史』〔一九五六～二〇〇六〕(二〇〇六)、小高賢「現代・短歌年表」〔一九八五～二〇〇八〕(『現代の歌人140』二〇〇九)。

大井学「『短歌』60年史」「短歌」二〇一四年一月、大井学「年表八十五年史」Ⅰ～Ⅲ「短歌研究」二〇一七年七～九月、「日本歌人クラブ七〇年の歩み」「日本歌人クラブ創立70周年記念誌 1948―2018」二〇一九、「現代短歌の事件簿――'95年以降の短歌史」「最適日常」二〇二〇〔ネット上〕。

目次

序章　現代短歌史研究のために

短歌を詠み、読む人々にとって、短歌史は常に重要な問題である。しかしだいたい一九八〇年代以降について、さまざまな時評や座談会等はあるにせよ、短歌史は書かれることがなかった。その理由は、歌壇の問題としては短歌史を精力的に書いてきた菱川善夫（一九二九〜二〇〇七）、篠弘（一九三三〜二〇二二）の仕事が一段落したこと、また社会全体の問題としては、J・F・リオタールが言うように社会や歴史などの「大きな物語」へ人々の関心が向かなくなったこと、によるだろう（小林康夫訳『ポスト・モダンの条件』一九八六）。

しかし一九八〇年代半ばに俵万智が登場し、後述する「口語化」が進行していった歴史は短歌史の中でそれなりに重要であった。そして何よりも歌を詠み、読むにあたってはやはりその歴史を問い続けなければいけないので、これから一九八〇年代半ば以降の短歌史を考えていくことにしたい。なお何故一九八〇年代半ば以降とするかについては後述する。

そして本章はその現代短歌史研究の序章として、まずその前史となる前衛短歌の時代（一節・二節）や近代以前の和歌史（三節）がどのように書かれたかを考察し、その後の現代短歌史を書くにあたっての視点（「おわりにかえて」）を示していくことにしたい。

一節　前衛短歌に関する評論

一　前衛短歌の定義

短歌史の流れの中で近代短歌以降もさまざまな潮流が生まれたが、やはり昭和三〇年代を中心とした塚本邦雄（一九二〇〜二〇〇五）、岡井隆（一九二八〜二〇二〇）等の前衛短歌が重要である。前衛短歌についてはさまざま解釈があるが[1]、戦後の第二芸術論に抗しつつ、修辞としては喩（ゆ）の重視を特徴とし、主題としては思想や社会問題を詠み込もうとし、そして現実の作者＝作中主体という関係を変え、私性（わたくしせい）[2]を変容させてうたおうとした、近代短歌の写生にたいする反写生の運動、と定義することができる。

次にこの前衛短歌の時代について、その歴史を評論した菱川善夫、篠弘の二人の短歌史研究者を取り上げて考察していくことにしたい。なお菱川、篠が『現代短歌』と書いている場合には、基本的には当時の「現代」であった前衛短歌の時代をさしている。それに対して、のちに考察するが本書は一九八五年からを「現代短歌」として分析していくので、前衛短歌としての『現代短歌』と、その後の一九八五年からの「現代短歌」を、当面はそれぞれ『　』と「　」に分けて表記して考察していくことにしたい。

二　美と思想の擁護者・菱川善夫

菱川の評論は多岐にわたるが、その中核はやはり前衛短歌に関するものであった。まず菱川は第一評論集『敗北の抒情』（一九五八）の中で、短歌を「敗北の抒情」に終わらせることなく、「今日の複雑な、ゆがんだ現実との対決」を主張する（「敗北の抒情」『菱川善夫評論集成』一九九〇、二五頁）。そして前衛短歌を積極的に評価し、その特徴を正気の強制に対する「〈悪〉の返礼」、冒険的な「想像力の犯罪性」におき、塚本邦雄、岡井隆の歌を次のように評価する（『歌のありか』一九八〇）。

醫師は安樂死を語れども逆光の自轉車屋の宙吊りの自轉車(3)

塚本　邦雄『綠色研究』一九六五年

海こえてかなしき婚をあせりたる権力のやわらかき部分見ゆ

岡井　隆『朝狩』一九六四年

（塚本作）「宙吊りの自転〔轉〕[4]車は、たぶんさかさまに吊るされているにちがいないが、どこにも進むことのできぬこの自転〔轉〕車のイメージは、そのまま過去と未来の時間の谷間で、さかさ吊りになっている人間をわれわれに思いおこさせる。それはまた拷問の形につながるイメージでもあるけれど、その拷問の苦痛を、『医〔醫〕師』はもちろんのこと、神すら救うことができない。」（一一五―一一六頁）

（岡井作）「『海こえてかなしき婚を』あせったその『婚』が、アメリカとの安全保障条約の締結を指すことは、この作品の時代背景からいってあきらかである。岡井隆は、権力が権力に従属しようとする自己保身のもろさとエゴイズムを、結婚をあせる女性の肉体と心理[5]をそこに重ねあわせ、それによって権力のもつ暗部に迫る道を見出そうと試みたのだ。」（一三一―一三二頁）

このように菱川は、「想像力の犯罪性」を駆使しつつ、塚本が医師が語る〈安樂死〉[6]によっても救うことができない逆さ吊りの人間の状態を、また岡井が〈かなしき婚〉をあせるような権力の暗部をうたったことを評価する。そして塚本の歌では〈自轉車〉が人間の喩に、岡井の歌では〈婚〉が日米安全保障条約の喩になっていることに着目している。[7]
このように菱川は、『現代短歌美と思想』（一九七二）という本を書いたことにも示されるように、「想像力の犯罪性」によって輝くような美、そして喩などを駆使して短歌に思想を詠み込むことに価値をおいていたのである。

三　自然主義の克服をめざした篠弘

篠弘は詳細な資料実証主義にもとづいた『近代短歌論争史　明治大正編、昭和編』（一九七六、一九八一）、『現代短歌史Ⅰ～Ⅲ』（一九八三～一九九四）、『自然主義と近代短歌』（一九八五）などを書いた短歌史研究家である。その篠の根本的な問題意識は、短歌における自然主義とその克服にある、と考えられる。自然主義とは、一九世紀末頃にフランスを中心として起こり、「理想化を行わず、醜悪・瑣末なものを忌まず、現実をただあるがままに写しとることを目標とする立場」（『広辞苑』第六版、二〇〇八）とされている。また日本では島崎藤村、田山花袋等の文学をさし、「自我の追求をめざしながら社会的視野を失い、私小説への道を開いた」（旺文社『日本史事典』三訂版、二〇〇〇）とされている。そして篠自身は自然主義を、「あるがままの事実を描出しようとしてきた写生文を補強するかたちとなった文学運動である」（『現代短歌大事典』二八五頁）としている。

そして篠は、近代短歌の出発を明治四〇年代におき、その根拠として「自然主義が文学全体の問題となり、歌人がそれを自分の課題にできるところまできていたこと」（「現代短歌の起点」『篠弘歌論集』一九七九、二六頁）をあげている。またそれに対して前衛短歌を生んだ『現代短歌』は、それまでの自然主義リアリズムを超えようとし、思想や観念を短歌に定着させようとする「想像力の拡充」と、「喩やイメージ」の定着をめざし、日常的な「私性」を拒否して、独自な文体の模索をおこなおうとした、としている（『現代短歌史Ⅲ　六〇年代の選択』一九九四、三五二頁）。

四　前衛短歌に王朝和歌との類似性をみた三枝昂之

なおその他にも短歌史を意識した評論家は多くいるが、その代表として三枝昂之（さいぐさたかゆき）をあげることができる。三枝は現代の短歌についても批評をおこない、『現代短歌の修辞学』（一九九六）などの討論集もある。また昭和の歌人に焦点をあて、その戦争期と占領期を一つの視点で描きとおす『昭和短歌の精神史』（二〇〇五）の執筆もおこなっている。しかしその短歌史への基本的関心は、『正岡子規からの手紙』（一九九一）、『前川佐美雄』（一九九三）、『啄木——ふるさとの空遠みかも』（二〇〇九）、『跫音（あしおと）を聴く——近代短歌の水脈』（二〇二一）などの著書にも示されるように近代短歌にある、と考えられる。

そして近世以前も視野に入れた、より大きな短歌史の流れに関しては、近代短歌の源流である正岡子規について、「詩語がどれだけイメージの多重性を纏うことができるかという王朝和歌の志向を、徹底的に排除しようとしたところに、子規の和歌革新のポイント」があり、そのために「〝写実〟という〝戦術〟が採用されたと考えるべきである」と書いている。そしてさらに、喩意識の変遷を基軸とすれば、「子規の意識こそ前衛的であり、塚本は伝統的といっていいほどである」と言っている（「喩の水脈――前衛短歌の引きうけ方」『正岡子規からの手紙』）。

このように三枝は、喩意識の変遷という短歌の表現史の視点から、写生を重視する近代短歌よりも、喩を駆使した前衛短歌の方が王朝和歌と類似しているという短歌史観を持っているのである。

二節　菱川と篠の共通点と問題点

一　第二芸術論にたいする危機感

それでは菱川、篠について、さらにその共通点と問題点を考察していくことにしたい。

まず二人は、『現代短歌』の出発点に関する認識は異なるが、みてきたように『現代短歌』において前衛短歌を重視している点は共通している。[8]

これはやはり戦後の、短歌を二流の芸術として激しく批判した第二芸術論[9]にたいする危機感が、それに対抗するようにして起こり、思想や社会問題を詠み込もうとした前衛短歌を評価する思いとしてあらわれた、と考えることができる。

二　「現代短歌」を考察するにあたっての問題

次に二人の「現代短歌」を考察するにあたっての問題点を考えていくことにしたい。

（一）　美と思想の輝きと限定性

まず菱川は、一九八〇年代の『飢餓の充足』（一九八〇）の中での「私は昭和五十年という年を、怒りをこめて心に灼きつける」（「批評の堕落」）などの発言、さらに『私という剣』（一九八九）における、あえて「歌人になるな」（一六頁）などの問いかけにも示されるように、次第に短歌史へのいら立ちを深めていった。これはやはり菱川の、「美と思想」に価値をおき、想像力の犯罪性をもって既存の社会に抵抗していくような歌をめざした立場に対し、社会が豊かになるにつれて、その中で生活を享受しつつうたっていく俵万智のライトヴァースのような歌が生まれていったことによるのだろう。もちろん文学的価値は多数決では決定されないので、菱川の抵抗歌の発掘などの評論の活動は、二〇〇七年に死去した以降もその輝きを失ってはいない。しかしまた、俵万智の出現以降に、菱川の「美と思想」に価値をおく視点外からも良き歌が出現していったのは事実であり、そういった意味で菱川の視点は「限定性」[10]を持つようになった、といわざるをえないのである。

(二)　自然主義の説明力と新しい分析枠組み

篠の資料実証主義をもとに自然主義の克服をめざす視点は、菱川よりもカヴァーできる領域は広い。さらに篠は、たとえば「体性感覚」という新しい概念をもちい、身体のさまざまな感覚をもちいて現実認識に結びつける歌を積極的に評価しようとしたりしている(「体性感覚」『岩波現代短歌辞典』)。

しかしまた、篠の自然主義の克服をめざす短歌史の執筆も一段落をしたと考えられ、また文学の用語として「自然主義」という概念自体が現在はほとんど使われなくなってきている。そこで、変化する社会の中での短歌を、時代ごと、世代ごとに、修辞(ことば)・主題(こころ)・私性(わたくしせい)という分析枠組みで、社会学の調査の手法ももちいて検証することによって、「現代短歌」をあらたに説明できるのではないか、と考えられるのである。

三節　和歌史の書かれ方

一　近世以前の和歌史の研究――「こころ」と「ことば」への着目

それでは次に、近世以前の和歌史がどのように書かれたかについても概観していくことにしたい。

佐佐木信綱によれば、和歌に関する歴史的研究には、歌論を中心とした「歌学史」と、各作家・各時代の歌風の変遷を考察する「和歌史」が存在する（『和歌史の研究』一九二七、三頁。林・久保田・佐佐木編『佐佐木信綱歌学著作覆刻選　第三巻　和歌史の研究』一九九四）。これに加えて歌人の集団としての「歌壇史」の研究（井上宗雄「和歌史の構想」兼築・田渕編『和歌を歴史から読む』二〇〇二）も、一九五〇年代半ば頃から盛んになったようだが、やはり「和歌史」の研究が重要であり、またそこにおいては、歌集を主な対象とし、その歌風の変化を歴史的に位置づけていく研究が主流であった、ということができる。

なお「歌風」とは何かについては、信綱は　一、「人事自然に対する観察、又その観察を構成する想像」などの着想、二、「その用語、その譬喩、その調等」の修辞、の二つとしている

（「第十章　四十八　近世の歌風」前掲書、二六五―六六頁）。この着想という「こころ」、修辞という「ことば」に短歌の本質をみる考えは昔からあり、藤原定家（ふじわらのていか）も『毎月抄』で、短歌において「こころ詞（ことば）の二つは鳥の左右の翅（つばさ）のごとくなるべきにこそ」と言っている。

また和歌史の研究としては、島津忠夫等の研究がある。そこでは和歌史を、上代前期（和歌の成立）、上代後期（天平万葉の流れ）、中古前期（三代集の世界）、中古後期（新風の胎動）、中世前期（新古今の時代）、中世後期（玉葉・風雅から幽斎へ）、近世前期（堂上と地下）、近世後期（復古から新風へ）、近代（明星とアララギ）、現代（現代短歌）の一〇期に分け、基本的にこの一〇期における歌集の歴史的な位置づけを研究している（島津忠夫「序章　一　和歌史の構想」『島津忠夫著作集　第七巻　和歌史　上』二〇〇五）。[11]

二　歌風を変化させるもの――社会の影響

ところで和歌史研究においてそれぞれの歌集や歌人の歌をどのように読み、どのように歴史的に位置づけるかについては膨大な研究がある。しかし何によってその歌風が変化するかについては、全体的な歴史の流れは背後にあるが、統一的な視点はないように考えられる。

ただその中でも、政治史との関係は言及されており、たとえば新古今集については、「後鳥羽院にとっての新古今集は、和歌の正史として古今集の跡を継ぎ、延喜・天暦の理想の聖代を再現しようと志した、政治の一環としての意味を担うものだったとみてよい」という、後鳥羽院にとっての「政治の一環としての意味」を指摘する研究がある（佐藤恒雄「新古今の時代」神野志・芳賀・田中・竹下・佐藤・稲田・上野・山崎・太田・島津『和歌史』一九八五、一二一頁）。またさらに細部にわたれば、新勅撰和歌集（一二三五）は、鎌倉幕府への政治的配慮から承久の乱に連座した後鳥羽、土御門、順徳の三上皇の百余首の歌が除外されてしまうが、定家は「新勅撰集の最終段階において味った屈辱と芸術家としての自負」から後鳥羽、順徳の二上皇の歌は百人一首に加えた、という研究がある（同、一二八頁）。これなどは政治が歌集にダイレクトに影響を与えた例として考えることができる。

なお信綱は新古今集について、その「華麗なるうちに一種のいひしらぬ哀調」は、「平家が昨日の栄華を西海の波に洗うた無常の風」という盛者必衰を目の当たりにみた「時勢」による、としている。また作者の集団が、「朝廷の一角」に限られていたことも影響している、としている（信綱、前掲書、二五〇頁）。この信綱の研究は、新古今集の歌風に平家の滅亡という「時勢」の影響をみ、さらに歌人の集団という歌壇史の視点もある研究といえよう。

また信綱は「和歌と時勢」という文の中でも、「和歌は、一面、実世間と没交渉なる文芸の如き観があつた」としながらも、詩歌が「時勢の影響を受くるは、又必然の数である」として、いくつかの時代と短歌との関係を分析している（「和歌と時勢」『佐佐木信綱歌学著作覆刻選

第一巻 歌学論叢』一九九四）。

このように和歌史研究の中で、いくつかの社会の短歌への影響を分析する研究は存在している。

おわりにかえて――新しい現代短歌史研究のために

最後に今後の「現代短歌」史を考察するにあたっての分析枠組みなどを示していくことにしたい。

一　歴史区分――「野球ゲーム」（一九八五）の登場

まず菱川、篠は、彼らが考察した時代の短歌を『現代短歌』と呼んでいるが、これはやはり前衛短歌が大きな影響力を持った「前衛短歌の時代」であり、今後はそのように呼んでいくことにしたい。そして次章で考察するが、本書では俵万智の「野球ゲーム」が角川短歌賞の次席となり、ライトヴァースが大きな話題となった一九八五年を現在の「現代短歌」[12]の出発点とし、二〇二一年までを考察していくことにしたい。[13]したがって今後はそのような現代短歌は、「　」を付けずにもちいていくことにしたい。

二　短歌を考察する際の諸問題

（一）　一〇年ごとの時代という問題

本書では短歌について、まず一九八五年以降のうち一九八九年までを考察し（一章）、その後は基本的に一〇年ごとに考察していくことにしたい（一九九〇年代（二章）、二〇〇〇年代（三章）、二〇一〇～二〇二一年（四章））。ところで人々に影響を与えたと考えられる政治・経済の変化や、同時多発テロ（二〇〇一）、東日本大震災（二〇一一）、コロナ禍（二〇二〇～）などは、別に一〇年ごとに起きているわけではない。しかし今のところ、一九四五年の戦前―戦後ほどの社会的事件による明確な時代区分は生じていないので、歌人にとっても、西暦の一〇年ごとが何らかのかたちで時代を区分し、意識を更新するものになっている、と考えられる。そして読者にとっても、やはり西暦の一〇年ごとが時代を把握する区分として有効である、と考えられるのである。

（二）　一〇年ごとの世代という問題

また本書では一〇年ごとに分けた時代のなかで、さらに歌人を一〇年ごとの世代に分けて分析していく。たとえば二章で「一九八五年以降の一九八〇年代」という時代を分析するときには、まず一九五〇年代生れの歌人、そしてその下の世代の一九六〇年代生れの歌人、上の世代の一九四〇年代生れの歌人……というように分類して分析していく。このように時代と世代を三〇年の間隔で組み合わせることによって、たとえば三章の一九九〇年代において、最初に考察する一九六〇年代生れの歌人は最大限には二〇歳（一九六九年生れが一九九〇年の時）から三九歳（一九六〇年生れが一九九九年の時）までを対象とすることになる。

何故このような組み合わせをもちいるかというと、だいたいこの最初に考察する年齢ぐらいが、賞を取ったり、第一歌集を上梓したりして、歌壇で活躍をはじめる年齢に対応する、と考えられるからである。(14)

また上記のように本書では、時代ごとに、歌人を世代に分けて分析するが、もちろん短歌は社会の関数ではないので、同じ世代のなかをさらに分類して分析する場合などもある。ただ現代は「思想」などよりも世代に個々の歌人への説明力があると考えられるので、本書では世代を基本的な分析枠組みとしてもちいていくことにしたい。(15)

なお「出生時期を同じくし、同一の時代的背景のもとで歴史的・社会的経験を共有することによって共通した意識形態や行動様式をもつようになった人々の集合体」（『新社会学辞典』一九九三）としての世代（generation）は、従来は三〇年間を基本としていた。しかし近年は一〇年ごとに世代を考察する研究も多いので（小谷敏『若者論を読む』一九九三、他）、本書でも世代を一〇年ごとに考察していくことにしたい。

(三) 短歌を対象とすることによる諸問題

本書は一～四章では基本的にその時代の短歌史を展開させたと考えられる歌人を一節で取り上げ、二節でその同時代歌人を考察する。そして三節の中間考察では、修辞(ことば)・主題(こころ)・私性(わたくしせい)の観点から、一〇年ごとの流れを考察していく。しかし一方で、たとえその短歌史の主流の流れと関係が弱いと考えられる歌でも、良き歌はなるべく取り上げていくように注意していきたい。この点について島田幸典は、「短歌の『正史』を、論じるに値するトピックを抽出して書いていくと、そこから抜け落ちてしまうものがあるのではないか」、たとえば佐藤佐太郎などは「戦後短歌史の正史の叙述の中にぴたっと納まってこない」と問題提起をしている(「座談会「現代短歌のゆくえ」『短歌年鑑 二〇一六年版』角川、一二九頁)。[16]

なお本書では、基本的に歌集をもとに歌を取り上げていく。ただし歌集には詠み下ろしの歌もあるが、初出で結社誌や短歌総合誌などに掲載された歌が多く、その発表時と歌集上梓時にはタイムラグがある場合が多い。しかし発表時と歌集上梓時のタイムラグ、上梓時における改作の問題などは個々の歌人研究にとっては重要であるが本書ではそこまで詳細に検討する余裕はないので、「歌集上梓時に公にすることを承認された歌」として基本的に一括して取り上げていくことにしたい。

三　中間考察における修辞・主題・私性という分析枠組み

三節一で示したように、短歌史において「ことば」、「こころ」は重要な問題である。本書では一〇年ごとに短歌を中間考察するにあたって、ことば＝修辞、こころ＝主題、そして私性という分析枠組み(17)をもちいていくことにしたい。

（一）修辞の「口語化」

まず修辞について、口語の使用が広がり、さらにワード・プロセッサーの普及などで記号、リフレインなどのわかりやすい修辞が作品内に導入されるようになった過程を「口語化」として考察していくが、これは現代短歌史のなかで一番可視的な変化といえる。

なお「口語」は「現代の話し言葉、およびそれに基づいた書き言葉。現代語」（『スーパー大辞林3・0』）と定義されている。それに対して「文語」は、「平安時代の言語を基礎にして発達・固定した独自の書きことば。現代では和歌・俳句などで用いられる」（『明鏡国語辞典』第三版、二〇二〇）と定義されている。

（二）　身近な主題への「口語化」

何をテーマとしてうたうかという主題も、短歌における重要な問題である。

E・H・エリクソンは、歴史の中のアイデンティティを考察するに際して、観察し検証できる一群の事実としての事実性（factuality）、出来事に関与しているという気分を伴う現実感覚（sense of reality）という概念を示している（『歴史のなかのアイデンティティ』一九七九、三九、一〇〇頁）。

この概念は、何をうたうかという主題を考察する時にも有効である。たとえば今あなたが教室で授業を受けているとすると、聞こえてくる先生の言葉が事実性（factuality）としてはいちばん近いわけだが、今でも一年前に恋人から言われた言葉が忘れられないとすると、現実感覚（sense of reality）はその言葉の方にあり、あなたはそれをうたおうとするはずである。

そして現代短歌では思想や社会などの主題よりも、日常の自己（私）を中心として、俵万智の歌などにみられるある種の楽しさや、穂村弘の歌などにみられる不快感などの身近な主題の現実感覚（sense of reality）が増している、と考えられる。本書ではこのような主題の変化を、主題が身近になり、日常化したという意味で主題の「口語化」と名付けて考察をしていく。なおそれだけではなく、各時代の戦争、テロなどの社会的主題もその変化とともに意識的に取り上げていくことにしたい。

（三）「私」（作者）≒〈私〉（作中主体）という私性の「口語化」

本書は私の変化を「私性」という概念をもちいて考察していくが、この概念は明確に定義されずに使用されてきた面がある。本書ではこれを「作者と作中主体との関係性」と幅広く定義するが、それによって「私性が強い―弱い」という言い方ができるのである。

短歌という短詩形文学は基本的に、「作者」＝〈作中主体〉という、一人称の芸術として詠み、読まれるので、かえってその作者と作品の関係という私性が問題になる。ただし短歌史の中で、短歌が常に一人称の文学として詠み、読まれていたわけではない。たとえば藤原定家の〈見わたせば花も紅葉もなかりけり浦の苫屋の秋の夕暮〉（『新古今集』）について、佐佐木幸綱は「見わたしている〈われ〉はだれか。作者定家と読むこともできるが、『源氏物語』明石の帖の光源氏と見ることもできる。後者の読みの方が、定家のモチーフにかなった読みだろう」（『万葉集の〈われ〉』二〇〇七、一三、一四頁）と言っている。

また近代以降の短歌史において私性は、まず近代短歌の写生の、作者の「私」＝作中の〈私〉というコードが存在した。それに対して前衛短歌は、作者の「私」≠作中の〈私〉という私性によってうたえる世界を広げ、思想や社会問題を詠み込もうとした。

そして本書では一九八五年以降の私性の変化を考察していくが、そこにおいては現実の

「私」でも、また完全に虚構の私でもない〈私〉、つまり「私」（作者）≒〈私〉（作中主体）[18]への変化がみられると考えられる。したがってこれを、前衛短歌よりも〈私〉が「私」の身近になったという意味で、私性（わたくしせい）の「口語化」として考察していくことにしたい。

なお補章では岡井隆、馬場あき子という現代のカリスマ歌人を分析する。そして五章では社会調査による検証をおこない、終章ではそれまでのまとめとジェンダー、システム化、ウエーバーの合理化などの問題の社会学的考察をおこなっていくことにしたい。

注

（1）たとえば以下のような文献がある。佐佐木幸綱「短歌の現在＊101 昭和三十年代のこと」（「心の花」一九八八年八月号）、「前衛短歌」（『岩波現代短歌辞典』）、同（『現代短歌大事典』）。

（2）「私性（わたくしせい）」については、本章の「おわりにかえて」三―（三）で説明する。

（3）原典が旧字体の場合は可能な限り短歌は旧字体のまま引用する。

（4）〔 〕は筆者（大野）によるものである。以下同様。

（5）必ずしも「結婚をあせる女性」と解釈しなくてもよい、と考えられる。

（6）短歌の文中への引用は〈 〉をもちいることにしたい。

（7）神経系の興奮と活動である性欲と、「祭り事」といわれる政治とは深いところでつながっている、と考えることができる。

（8）『現代短歌』の出発点を、菱川は『新風十人』（一九四〇）の刊行、篠は前衛短歌の台頭（一九五五年頃）においている（菱川善夫「現代短歌」『現代短歌大事典』二一九頁）。

（9）たとえば桑原武夫は「三十一文字の短い抒情詩は、あまり社会の複雑な機構などを知らぬ、素朴な心が何か思いつめて歌い出るときに美しい」と批判している（「短歌の運命」『第二芸術』一九七六）。なお現在は、第二芸術と考えられていた小説なども変容しており、第一芸術と第二芸術という区別自体の有効性がなくなってきている。

（10）私の晩年の菱川の評論活動に対する考えは以下の文献を参照していただきたい。「輝ける限定性——一九七〇年代以降と菱川善夫」（『セレクション歌人10　大野道夫集』二〇〇四）、「夢を語る批評」（「短歌往来」二〇〇七年八月号）。また以下のように菱川の死後にその短歌作品などの考察をおこなった。「菱川善夫が問い続けたもの——現代短歌研究会と短歌作品から」、森本平・吉田純・三井修・大野「パネルディスカッション」「批評は死んだか？——菱川善夫・小笠原賢二が問い続けたもの」（「現代短歌研究」二〇〇九年卯月）。

（11）のちに幽斎は、近世前期へ位置づけられている（『島津忠夫著作集　第七巻』一二一—一三頁）。

（12）なお篠も、彼の考察した『現代短歌』すなわち「前衛短歌の時代」の下限を、一九八五年とする説を書いている（『反写実』もリアリズム——名歌を読むキー」「塔」一九九八年三月）。

（13）なお分析対象を二〇二一年までとしたのは、この年が現代短歌の終わりなのではなく、また入院したり、人生が終わったりしないうちに現代短歌史を書きたい、という個人的な理由によるのである。

（14）もちろん一九六二年生れの俵万智が一九八七年に第一歌集『サラダ記念日』を上梓し、一九四七年生れの香川ヒサが一九九〇年に第一歌集『テクネー』を上梓したことにも示されるように、この組み合わせ外から活躍を始める歌人も存在している。また「まえがき」で書いたように、ノートやメモを書き込んだ歌集も破棄されてしまったので、取り上げる歌集は一九八五～二〇二一年の期間内で最初に上梓した歌集に偏る傾向がある。また紙幅の関係から、原則一人一首のみを書かせていただいた。

（15）ただ世代は自分で意識的に選択したものではないので、世代がいちばん説明力があるという現状に問題がないとは言えない。また最近若い歌人の間で、一九九六年生れの同人からなる同人誌「ぬばたま」のように、生れ年の共通性をもとに同人誌などを発行する傾向があるのは興味深い現象である。これは日本では学校教育における学年と年齢の関係が強いので、短歌甲子園や学生短歌の盛り上がりの中で〇〇年生れを意識しやすくなっているため、と考えられる。

（16）「短歌年鑑」は、たとえば二〇一六年版は二〇一五年を振り返り、短歌研究社は二〇一五年一二月、角川書店は二〇一六年一月に発行しているが、本書では双方とも、「短歌年鑑　二〇一六年版」出版社名、と表記することにしたい。ただし短歌研究社版は二〇一九年一二月から「短歌研究年鑑」となったので、本書でもそのようにしたい。

（17）『短歌名言辞典』（一九九七）においても、どう歌うか（作歌論）、何を歌うか（内容論）、歌う主体（主体論）を短歌史における重要な問題としている。

（18）このように作者である私を「私」、作中主体である私を〈私〉と表記する。

一章　一九八五年以降の一九八〇年代――「ライトな私」とバブル経済

本章では一九八五年以降の一九八〇年代を考察していく。まず一節では、俵万智の登場の時期と連作、ライトヴァースについて考察する。二節では同時代の歌人を考察し、三節では中間考察として、なぜ俵の登場を前衛短歌の次の時代と位置づけるかについて、修辞（ことば）・主題（こころ）・私性（わたくしせい）の諸点から考察する。そして「おわりにかえて」では、それらの時代背景など一九八〇年代前半を考察していくことにしたい。

一節　俵万智の登場とライトヴァース

一　「野球ゲーム」（一九八五）による登場

俵万智（一九六二〜　）が早稲田の学生時代に作歌をはじめたことはよく知られている。そして角川短歌賞次席（「野球ゲーム」一九八五）、受賞（「八月の朝」一九八六）、『サラダ記念日』上梓（一九八七）により、時代を代表する歌人となっていった。そして本章では次の二つの理由から、ミリオンセラーとなった『サラダ記念日』出版の一九八七年よりも、「野球ゲーム」が角川短歌賞の次席となった一九八五年を俵の短歌史への登場の時期としたい。

なぜなら第一に、「野球ゲーム」が次席作としては異例なほど歌の世界で大きく注目されたからである。たとえば一九八五年の年末には、篠弘が「俵万智の『野球ゲーム』が、ライトバースを見事にこなしていた」（「ジャンルへの再検討」「短歌年鑑　一九八六年版」角川）と書いている。また一九八六年の「八月の朝」が受賞した角川短歌賞の選考座談会においても、「去年次席に推した俵さんの歌が、この一年、あれだけ話題になったでしょう」（篠）、「すごい話題になった」（岡井隆）という会話がみられる（「短歌」一九八六年六月）。そして俵自身も、

「野球ゲーム」の〈「嫁さんになれよ」だなんてカンチューハイ二本で言ってしまっていいの〉が大きな話題となり、「あっちでもカンチューハイ、こっちでもカンチューハイ」という状態になり、さまざまな雑誌で「半年ちょっとの間に、二十人を軽く越える人達から、取り上げられたのである」と回想している（「ライトヴァースと言うけれど」「開放区」第一二号、一九八六）。

第二に、なぜ共に『サラダ記念日』に掲載されたなかで受賞作「八月の朝」でなく次席作「野球ゲーム」に着目するかというと、「野球ゲーム」の方が時代を画期する作品としてすぐれている、と考えられるからである。ここで全首を比較することはできないが、両作品とも同じモデルであろう〈君〉との出会いと別れの連作なので似たような場面をうたっている歌があり、その中のいくつかを比較してみることにしたい。

①皮ジャンにバイクの君を騎士として迎えるために夕焼けろ空　　「野球ゲーム」
　この曲と決めて海岸沿いの道とばす君なり「ホテルカリフォルニア」　　「八月の朝」
②君と食む三百円のあなごずしそのおいしさを恋とこそ知れ　　「野球ゲーム」
　にわか雨を避けて屋台のコップ酒人(ひと)生きていることの楽しさ　　「八月の朝」
③砂浜を歩きながらの口づけを午後五時半の富士が見ている　　「野球ゲーム」

オレンジの空の真下の九十九里モノクロームの君に寄り添う　「八月の朝」

④この部屋で君と暮していた女（ひと）の髪の長さを知りたい夕べ　「野球ゲーム」

陽のあたる壁にもたれて座りおり平行線の吾（あ）と君の足　「八月の朝」

まず①バイクの〈君〉をうたった歌を比較してみると、結句が「八月の朝」は「ホテルカリフォルニア」と全体が字余りの体言なのに対し、「野球ゲーム」の方は〈夕焼けろ空〉と命令形でうたい、躍動感がある。②飲食の歌を比較しても、「野球ゲーム」の〈そのおいしさを恋とこそ知れ〉という躍動感ある呼びかけと比べると、「八月の朝」の〈人（ひと）生きていることの楽しさ〉は抽象的である。また③海岸の場面の歌も、「野球ゲーム」[1]は〈歩きながら〉、〈口づけ〉、そして〈午後五時半の富士が見ている〉というような場面の転換が詠み込まれている。それに対して「八月の朝」は〈オレンジの〉で色彩は出ているが、作中主体の動きは〈寄り添う〉で、やや単調なように思う。そして④部屋の場面の歌では、「八月の朝」も下の句の〈平行線の吾（あ）と君の足〉という描写が〈君〉との関係も暗示しているようで個性的な歌だが、「野球ゲーム」の方は自分たちが髪の毛が落ちるような行為を〈この部屋〉でおこない、その自分の落ちた髪を見てこのようにうたったと読むこともでき、より奥行きがある歌、ということができる。

確かに「八月の朝」にも、のちに考察する〈思い出の一つのようで——〉のような良き歌があるが、全体的には受賞を意識してか「大人しい」歌が多い。したがって躍動感がある口語で、現実感覚（sense of reality）がある日常の恋の場面を主題としてうたい、時代を展開させた作品として、「野球ゲーム」の方を評価したいのである。

二　連作マジック

俵の歌は、一首、一首が完成度が高くて読みやすいとともに、俵自身が語っているように（「連作マジック」『短歌をよむ』一九九三）、連作の構成も読みやすくなるようにたいへん工夫されている。

たとえば「野球ゲーム」は、前述したように〈君〉との出会いと別れの連作だが、九首目にただ一首だけ、全く〈君〉との相聞歌ではない〈いつ見ても三つ並んで売られおる風呂屋の壁の「耳かきセット」〉がある。そして、おそらく全首が相聞歌だと読者は息がつまってしまうだろうが、恋愛映画の中での風景のワンショットのようなこの歌があることにより、この歌も、「野球ゲーム」全体も、生きてくるのである。また三四首目に〈今日風呂が休みだったというようなことを話していたい毎日〉という歌があるが、この歌と遠く響きあっていると読むこともできる。[2]

三　ライトヴァース考

俵等の歌は当時「ライトヴァース」と呼ばれた。[3] この「ライトヴァース（light verse）」について、W・H・オーデンは『ライトヴァース詩選』（一九三八）の序文で、「詩人が興味をもつもの、身のまわりに見えるものが、読者層のそれとほとんど変わらないとき（中略）その言語は直截で、日常言語に近いものとなる」、そしてその時に詩は「軽い」ものになるとして、いくつかの例を示している。

このように「ライトヴァース」は、「詩人と一般の読者の興味を持つもの、現実感覚（sense of reality）を持つものが一致して『軽い』ものをうたうようになり、言葉も日常言語に近いものになった詩歌」と定義することができる。

現代短歌でライトヴァースという語が取り上げられたのは、「八五年のシンポジウム『ゆにぞんのつどい』で岡井隆がライトバースを提唱したことを嚆矢（こうし）」（「ライトバース」『岩波現代短歌辞典』）とされている。[4]

のちに谷岡亜紀はライトヴァースを論じるなかで、短歌における〈劇〉性の復権を求め、「〈世界〉に対する〝違和〟や〝ずれ〟を、意志的な態度で日常へ向けてぶつけてゆくこと」を提起している（「『ライトヴァース』の残した問題」『〈劇〉的短歌論』一九九三）。

また小池光（ひかる）は他ジャンルの芸術で「ライトヴァース」と関連した作者として、小説の村上春樹、三田誠広、吉本ばなな、現代詩の伊藤比呂美、荒川洋治、ねじめ正一、演劇のつかこうへいをあげている（「鼎談　ライト・ヴァースは終わったか」「歌壇」一九九〇年九月、七三頁）。なお文壇では『サラダ記念日』に対して、井上ひさしなどが「彼女は多くの人びとの胸の中でもやもやとしていた生活感情をはっきりと形にして示した」と肯定的評価を示している。それに対して、江藤淳などは否定的評価を示している（篠弘「活性化する評論」「短歌年鑑　一九八七年版」短歌研究社）。

二節　一九八〇年代後半の歌人の歌

一　一九五〇年代生れの歌人

次に同時代の一九八〇年代後半の歌人のなかで、まず俵のひとまわり上の一九五〇年代生れ(5)の歌人の歌を読んでいくことにしたい。すでに一九八五年より前から活躍している者もいるが、本章では一九八五〜一九八九年の歌集のみを対象として考察していく。

夕照はしづかに展くこの谷のPARCO三基を墓碑となすまで
仙波　龍英『わたしは可愛い三月兎』一九八五年

見上ぐれば狂(ふ)れよとばかり山澄みていやおうも無しわれは立たさる
坂井　修一『ラビュリントスの日々』一九八六年

さはさあれこの音韻のたのしさはかあるびんそんかあるびんそん
阿木津　英『白微光』一九八七年[6]

きみの写真を見ているぼくの写真ジョン、ジョン、わかったよぼくが誰だか
加藤　治郎『サニー・サイド・アップ』一九八七年

生まれ来むはじめての子を待つ日々の心はただに遠浅(とほあさ)なせり
久葉　堯『海上銀河』一九八七年

三鬼にもきみにも遠き恋ありてしのばゆ夜の桃甘ければ
今野　寿美[7]『世紀末の桃』一九八八年

かへすがへすその夜のわれを羞(は)ぢらひて白桃つつめる薄紙をとく
同

桃の蜜手のひらの見えぬ傷に沁む若き日はいついかに終らむ
米川　千嘉子『夏空の櫂』一九八八年

宥(ゆる)されてわれは生みたし　硝子・貝・時計のやうに響きあふ子ら

水原　紫苑『びあんか』一九八九年

仙波龍英（一九五二〜二〇〇〇）作の渋谷という〈この谷〉の〈夕照〉をうたった歌は、中山明とともにライトヴァースの先駆といわれた。ただし仙波は消費社会のシンボルともいえる〈PARCO〉を〈墓碑となすまで〉とうたっており、俵にはない文明批判の視点がみられる。

坂井修一（一九五八〜　）作は、澄んだ山を〈狂れよとばかり〉と詠んでおり、作者の一種の「狂気」[8]を感じることができる。この歌は連作「梓川」にあり、〈波ひくき川なれど疾し梓川父を超えねば生くるあたはず〉のように自分の人生を考えるための旅の連作と思われるが、〈いかに狂はむ〉、〈わが狂気〉などをうたった歌もみられる。そして下の句の〈いやおうも無しわれは立たさる〉は、そのような自身をやや突き放してうたっている。

このように坂井は、〈目にせまる一山の雨直なれば父は王将を動かしはじむ〉のような骨格が正しい歌を基本としつつ、人間や文明のはらむ問題をうたった歌に大きな魅力がある。

阿木津英（一九五〇〜　）作は、日本に寄港した原子力空母カール・ビンソンを、逆説的に〈この音韻のたのしさは〉と、かろやかにうたっている。岡井隆はオーデンをもとに、政変やチェルノブイリなどの「シーリアスなものをライトに歌う」という「シーリアス・ライトヴァース」という定義も提示しているが（「座談会」「昭和六一年歌壇展望」「短歌年鑑　一九八七年版」角川、一三頁)、この歌はその例といえる。

加藤治郎(一九五九〜)作は自分こそが「ホンモノ」のジョン・レノンと思い込んで、ジョン・レノンを暗殺したマーク・チャップマンに私性(わたくしせい)をかえてうたっている。暗殺前の気持ちについて、〈きみの写真を見ているぼくの写真〉を思い描き、〈ジョン、ジョン〉と呼びかけているうちに、しだいに自分こそが「ホンモノ」のジョン・レノンと思いはじめ、最後に〈わかったよぼくが誰だか〉と思い込む過程を口語でかろやかにうたっている。

なお加藤は自分の歌について、「文語定型では掬いとれなかった『感じ』があって、それが口語定型の文体を模索させた」、「意識下には他者となにか『つながっていたい』という気持ち」があった、としている(「〈ライト・ヴァース〉様々な視線のなかで」「歌壇」一九九〇年九月)。

久葉堯(くばたかし)(一九五五〜)作は、父親として〈はじめての子を待つ日々の心〉を詠んでいる。下の句の〈心はただに遠浅(とほあさ)なせり〉は、子どもや、父としての自分の広々とした未来を想像しつつ、しかし子はまだこの世にいないので深みがある実感を持つことはできない、と読むことができる。

今野寿美(一九五二〜)作の一首目は『世紀末の桃』の冒頭の歌で、西東三鬼〈中年や遠くみのれる夜の桃〉を本歌にしている。そして〈夜の桃〉を味わいながら、甘く、切なく、

〈三鬼〉の、そして〈きみ〉の〈遠き恋〉が、自発の助動詞〈ゆ〉を使いながら、自然に偲ばれることを詠んでいる。(9)

今野の二首目は、上の句は意識、下の句は性愛の動作の喩をうたった歌。初句〈かへすがへす〉は「つくづく」とともに「くり返しくり返し」という意味もあり、結句〈薄紙をとく〉の縁語にもなっている。また〈羞〉は「羊＋丑（手を縮めた形）」で羊の肉を手で細く引き締めることから身を細く縮めることも意味し、そのような体性感覚を意識してうたっている。

このように今野は、〈やはらかに文語の季節去りにけり花見むとしてわれは目を閉づ〉（『世紀末の桃』）と〈文語の季節〉が去ったことを意識しつつ、その文語を大切にしてうたい続けている。

米川千嘉子（一九五九〜　）作は、〈桃の蜜〉が〈手のひらの見えぬ傷に沁む〉〈若き日〉をうたい、さらにそれを謳歌するのではなく、〈いついかに終らむ〉と内省的にうたっている。馬場あき子はこの歌について跋文で、「『桃の蜜』の豊かなみのりの甘やかさが、逆説的に思い出させ自覚させる精神の痛み（中略）作者は絶えずそうした背反する諸条件と対き合いつつ、さまざまな自己葛藤を繰り広げてみせる」と評している。

水原紫苑（しおん）（一九五九〜　）作は、神のようなものに〈宥（ゆる）されて〉生みたいものは、〈硝子・貝・時計のやうに響きあふ子ら〉という無機的なものである、という不思議な世界が詠まれている。高野公彦は『びあんか』の解説で、水原は「もう一人の、本当の〈私〉」を探して、「魂は遊行する」と書いている。そしてその歌は「〈透明伽藍〉とでも呼ぶべき夢幻的な美しさ」をそなえている、としている。

二　下世代の歌人——一九六〇年代生れの歌人

「ゆで卵よ」しんじて割る手はどろ、どろ、どろ
見ているわたしもどろ、どろ、どろ
林　あまり『MARS☆ANGEL（マース・エンジェル）』一九八六年

橋桁にもんどりうてるこの水はくるしむみづと決めて見てゐる
辰巳　泰子『紅い花』一九八九年

次に下世代の一九六〇年代生れの歌人の歌を読んでいくと、林あまり（一九六三〜　）作は、会話体ももちいながら、分かち書きの一行目、二行目の末尾の〈どろ、どろ、どろ〉の読点とリフレインが不穏な世界を表現している。林は性描写の歌がよく話題となったが、むしろこのような歌に彼女の良き歌がある。

辰巳泰子（一九六六〜　）作は〈橋桁（はしげた）にもんどりうてるこの水〉を〈苦しむみづ〉と〈決め

て見てゐる〉ことにより、作者自身の人生の苦しみが伝わってくる。河野裕子が「辰巳泰子歌集『紅い花』附録」で、「獣のようになまなましい若い女の息づかい」と辰巳の歌を表現している。

ところでのちに辰巳は俵に対して、「私自身にとっての歌を詠むことの意味が、俵万智が取りこぼした部分にある」、そして「私の描きたい生活感情のしんじつ」がある以上「俵の歌は結局きれいごとなのである」と批判を加えている（「俵万智『サラダ記念日』について」「短歌研究」一九九七年一〇月、三五頁）。これはどちらかが「正しい」ということではなく、後述するように俵は基本的に「気分」に、それに対して辰巳は「生活感情のしんじつ」に現実感覚（sense of reality）があり、お互いにそれこそをうたいたい、と「理解」することができる。

そしてこれらの世代の彼・彼女らはやはりどこかで俵等のライトヴァースを意識しつつ、口語、あるいは文語を選択し、個性をみがきあげていったのである。

三　上世代の歌人

最後に一九五〇年代生れより上世代の歌人の歌を読んでいくことにしたい。

（一）　一九四〇年代生れの歌人

くびられし祖父よ菜の花は好きですか網戸を透きて没(い)り陽おわりぬ
佐伯　裕子『春の旋律』一九八五年

高橋和己夭死と思う年ごとの身にまといゆく春宵の霧
三枝　昻之『塔と季節の物語』一九八六年

開け放つ虫かごよりぞ十方にいきもののがれしたたるみどり
玉井　清弘『風箏(ふうそう)』一九八六年

無瀉苦瀉と女恋しく女憎くラズベリーヨーグルトのひとすくい
永田　和宏『やぐるま』一九八六年

七日前わが食ひし羊の腸(はらわた)が針髭となりて頰に出るまで
小池　光『日々の思い出』一九八八年

雨月の夜蜜の暗さとなりにけり野沢凡兆その妻羽紅(うこう)
高野　公彦『雨月』一九八八年

佐伯裕子(ゆうこ)（一九四七～　）作の〈くびられし祖父〉とは、A級戦犯として絞首刑になった土肥原賢二である。しかし作者にとっては自分を抱いてくれたやさしい祖父でもあり、〈菜の花は好きですか〉は、そのような孫娘からしかできないような呼びかけになっている。そして下の句は〈網戸〉が鉄格子の喩にもなりつつ、〈没り陽〉のように人生を終えていった祖父を悼む気持ちをあらわしている。

三枝昂之（一九四四～　）作の初句〈高橋和己〉は小説家にして中国文学者、京大教官時代に学園闘争に遭遇し、職を辞し『わが解体』を著す。三九歳で亡くなった高橋に対して、三枝は『塔と季節の物語』上梓時に四二歳であり、〈年ごと〉にその死を〈夭死と思う〉ようになったのだろう。また下の句の〈春宵〉は華やぎ、趣きなどをあらわす春の季語でもあるが、〈春宵の霧〉と詠んでいるところに三枝の憂いをみたい。

玉井清弘（一九四〇～　）作は、〈虫かご〉より〈十方に〉逃れた〈いきもの〉が、結句の〈したた（滴）るみどり〉によって、あたかも液体のようになっていったことがうたわれている。下の句の全てがひらがなであることも、〈いきもの〉が〈みどり〉になっていった不思議さとマッチしている。

永田和宏（一九四七～　）作は、初句〈無瀉苦瀉〉の漢字が黒く、重く、効果的である。下の句の〈ひとすくい〉の〈ラズベリーヨーグルト〉の色と舌触りは、〈女恋しく女憎く〉（「女」ではなく、三句目の字余りも肯定して「女」と読みたい）の喩になっている。下の句は〈ラズベリーヨー／グルトのひとすくい〉と句またがりで読みたい。そしてこの歌のあとに〈憎しみは妻に発して子におよぶ子なれば妻なればその夫なれば〉という歌があるので〈女〉は〈妻〉であり、その方が〈女恋しく女憎く〉がより濃く読めるのである。

小池光（一九四七〜　）作は食べた〈羊の腸〉が、七日間をへて〈針髭〉になって〈頬〉に出るという不思議な「体験」をうたっている。ただし基本的に小池は、『日々の思い出』という歌集名にも示されるように、日常をうたうようになっていく。それは〈いちまいのガーゼのごとき風立ちてつつまれやすし傷待つ胸は〉（『バルサの翼』一九七八）とうたった青春期も終わったという個人の心理的影響があるが、かるい日常をうたってゆくという短歌史の影響もある、と考えられる。この小池の変化については、伊藤一彦がすでに第二歌集『廃駅』の歌について、「これまで抱き続けてきた喪失感や空白感は青春の感情として捨てられる」と言っている（「ジャックと光」「現代短歌雁」一三、一九九〇年一月）。

高野公彦（一九四一〜　）作の歌集名ともなった〈雨月〉とは、雨で名月が見えないことだが、見えないことにより月への思いは一層つのり、夜は〈蜜の暗さ〉となって艶を増す。下の句の〈野沢凡兆〉と〈羽紅〉はともに芭蕉門下の俳人だが、凡兆はやがて芭蕉から遠ざかり、罪を犯して入獄をした。しかしこの歌はそのような史実を知らなくても、下の句の言葉の韻律から不思議なエロティシズムが感じられる。

なお高野はライトヴァースに対して、「否定精神が欠けてゐる」、そして「人間は時間的存在である、といふことを無視」しているので、「軽くてコクがない」と批判している。もともと高野は「人間は時間的存在である、といふこと」を重視しており、「長い時間の中にいはば入れ子型に無数のドラマティックな時間が包む込まれてゐると感じさせる」ような歌を評価している（「時間からの逸脱」『地球時計の瞑想』一九八九）。

（二）一九三〇年代以前生れの歌人

長江も黄河もなびけこの雨になびかざるなしなびきてゆかん

石川　一成『長江無限』一九八五年

ひと匙の果汁はのどをとほりすぎ赤子よ人間をもう逃げられぬ

谷井　美恵子『日常空間』一九八八年

一日　金曜　先勝　土用二の丑　宮澤賢治誕生日
千首歌をこころざしけるわが生の黄昏にして夏萩白し

塚本　邦雄『不變律』一九八八年

十六日　土曜　大安　京都今熊野観音寺施餓鬼
女人は海鞘をきざみつつあり敗戰忌四十たびめぐるわれの敗戰

同

人ならば黄金（きん）の憤怒に身を震（ふる）う忘我恍惚の銀杏（いちょう）なるべし

佐佐木　幸綱「人ならば」「短歌研究」一九八九年一月

石川一成（一九二九～一九八四）作は〈長江も黄河も〉という広大な風景を、〈なびけ〉〈なびかざる〉〈なびきて〉と「なびく」を変化させつつ三回も使ってうたい上げている。「心の花」の信綱の流れをくむおおらかな歌いぶりである。中国の重慶に日本語教師として赴任したときの歌であり、当時の国際化に関する歌としても興味深い。

谷井美恵子（一九二二～　）作の上の句は、乳離れのときなのだろうか、〈のどをとほりすぎ〉のひらがなが赤子の肌のようにやさしく果汁を飲む情景を伝えている。それに対して下の句の〈人間をもう逃げられぬ〉は、赤子がこれから人間として生きていくことに対してやさしく見守りたいという思いと、これからの厳しい人生からもう逃れられないというやや突き放した思いの両方が込められている、と読むことができる。

塚本邦雄（一九二〇～二〇〇五）作の一首目は、「丙寅（ひのえとら）五黄（ごおう）土星八月暦」という八月の暦と共に詠まれた連作の冒頭にある歌。六〇代後半の歌人は〈千首歌〉を志している。そして〈わが生の黄昏にして〉とうたいつつも、結句〈夏萩白し〉は、夏のうちから咲く萩が、その志の潔さとともに、かなえられることへの希望もあらわしている、と読むことができる。

二首目は「終戦記念日」の翌日に詠まれた歌。塚本はそれを〈敗戰忌〉と断じ、四十年目においても女人が〈海鞘(ほや)〉をきざむように、執拗にその意味を問い続けようとしている。[10]

なお塚本は、俵の一部の歌を評価しつつも、眞正詩歌(ライトヴァース)（Right verse）への道は「なほはるかである」としている（「浮薄短歌(ライトバース)から眞正詩歌(ライトヴァース)へ」「短歌年鑑　一九八七年版」角川）。

佐佐木幸綱（一九三八〜　）作は、この作者らしい〈憤怒〉を主題にうたっている。一般に「銀杏散る」という季語などは寂しさを表現するときにもちいられるが、この歌では銀杏を擬人化し、その葉が散る美しさに〈黄金(きん)の憤怒〉を見ている。〈身を震(ふる)う〉により銀杏は今まさに散っている、と読める。散る寸前と読めなくもないが、やはり今まさに散っている、と読みたい。[11]

四　一九八〇年代後半の短歌界の現象

歌書として内野光子『短歌と天皇制』（一九八八）、佐佐木幸綱・谷岡亜紀『短歌をつくろう』（一九八九）などが刊行された。

「現代短歌　雁」（一九八七〜二〇〇八）、「歌壇」（一九八七〜）、「短歌往来」（一九八九〜）、「短歌四季」（一九八九〜二〇〇四）などの結社誌ではない短歌の総合誌が創刊された。

短歌現代新人賞（一九八六〜二〇一一）、詩歌文学館賞（一九八六〜）が新設された。

「女・たんか・女」（名古屋、一九八三）、「歌うならば、今」（京都、一九八四）などのシンポウジウムを引き継いで、一九八五年には東京で「三十一文字（みそひともじ）集会」が開催された。

三節　一九八〇年代後半の中間考察――修辞（ことば）・主題（こころ）・私性（わたくしせい）の「口語化」の起動

本節では、何故俵の登場をもって前衛短歌の時代から次の時代への転機とするのかについて修辞（ことば）・主題（こころ）・私性（わたくしせい）の観点から考察してゆくことにしたい。

一　修辞における「口語化」の起動

（一）　言葉の口語化の起動

まず俵は短歌における言葉の口語化を起動させていった。[12] 周知のように口語歌は明治の青山霞村（かそん）、石川啄木などのそれなりの歴史はあったが、どちらかというと単発的な存在であった。[13]しかし俵の口語は五七五七七の韻律の中に息づき、それが次第に広がっていったのである。

以前の口語歌と俵の歌との比較について、『サラダ記念日』の跋で佐佐木幸綱は「彼女の短歌は口語でありながら、そのほとんどがきちっと五七五七七の定型リズムに乗っている」と指摘し、「かつての口語短歌は破調に寛容であり過ぎた。具体的に言えば、語尾の処理がうまくゆかなかったのだった。俵万智の歌は、会話体を導入し、文末に助動詞が来る度合いを減らす工夫をほどこしてある」と考察している。[14]

それではこの口語化の起動について、具体的な作品から分析してみよう。

思い出の一つのようでそのままにしておく麦わら帽子のへこみ

「八月の朝」『サラダ記念日』一九八七年

この歌の句切れは、〈思い出の／一つのようで／そのままに／しておく麦わら／帽子のへこみ〉となり、四句目が八音で字余りだがそれをほとんど感じさせず、定型の中に息づいている。さらに下の句が〈しておく麦わら／帽子のへこみ〉と句またがりになっているが、それがむしろ読者に麦わら帽子の形状の凹凸を感じさせる効果をあげている。

なお俵の歌は口語歌の代表とされているが、彼女の歌は口語の歌だけでなく、文語の歌も、また文語と口語の両方をもちいた歌もある。この点については小島ゆかりが、『サラダ記念日』の約四三〇首には、文語歌が約九〇、口語歌が約二三〇、文語口語混合（ミックス）文体が約一三〇あり、俵はこの文語口語混合文体をその後の短歌史のスタンダードにした、と分析している[15]（「再び、スタンダード」「特集　俵万智を読む」「心の花」二〇一四年一〇月）。

一九八九年の座談会で、岡井隆は口語定型短歌をあやつる若者たちの表現力が高くなったことを指摘している。篠弘は体性感覚による感性の多様性、会話の導入などに注目しながら、全ての歌人が口語短歌に行ったわけではない、と指摘している[16]（「座談会」「歴史にまなぶ」「短歌」一九八九年一月）。またのちに俵自身は自分の歌への平井弘の影響を述べている（「座談会」「短歌この十年をふりかえる」「歌壇」一九九七年六月）。

（二）　会話体やリフレインの導入

次に俵は会話体、リフレイン（refrain）などのわかりやすい修辞を広めて「口語化」した。たとえば俵は、次のような歌で「寒いね」という会話体[17]を効果的にリフレインで使っている。

「寒いね」と話しかければ「寒いね」と答える人のいるあたたかさ

「八月の朝」『サラダ記念日』

また『サラダ記念日』には、四三四首中七六首（一七・五％）にリフレインがある。さらに俵の歌には〈さくらさくらさくら咲き初め咲き終りなにもなかったような公園〉の〈さくら〉のように、三回繰り返している例もみられる。

そしてリフレインという修辞は読みにリズムを与えて読者を次の言葉へいざなう働きがあり、またどの言葉が繰り返されているかは容易に理解できるので誰もが味わうことができ、「口語化」の時代にマッチしている、ということができる。(18)

二　日常のかるい主題への市民権

主題（こころ）については、ライトヴァースと呼ばれた「ライトな私」の日常の「気分」というべき、かるいテーマが市民権を得ていった。この点についても『サラダ記念日』の跋で佐佐木幸綱は「作中人物は、最初っから深刻さが似合わないキャラクターとして登場している。煩悶（はんもん）とか懊悩（おうのう）とか、失恋につきものだった心の情況からまったく自由である」と指摘している。

のちに大塚寅彦は、一九八〇年代初めには「まだある種の喪失感や世界からの隔絶といったモチーフ」がみられたが、俵万智、林あまり等の登場によって「文学的『喪失感』も喪失された」としている（「『ライト・ヴァース以後』へ」「歌壇」一九九〇年九月）。三枝昻之も、『サラダ記念日』は短歌史のどんな節目だったのか。大テーマ抜きで生活を軽やかに歌う楽しさ、この快感が歌の土壌となった。（中略）影響は若者だけでなく、大家から私たち世代まで及んだ」（「大テーマ抜きの楽しさ」「短歌」二〇〇四年六月）と書いている。

なお俵がうたっている主題としての日常の「気分（mood）」とは、「比較的微弱で持続的な感情経験」であり、「その原因となる出来事が明確ではなく」」、という特徴がある（「13.2　感情とは何か？」『心理学総合事典』二〇〇六）。そして基本的に俵は〈生きていることの楽しさ〉などの快の気分をうたうが、その後の穂村弘、斉藤斎藤などの男たちは、情けなさ、さみしさなどの不快の気分をうたっていく。そしてそれらの歌は時代にマッチした良き歌ではあるが、読者の心を深く感動させる歌とは異なる、ということができる。

三　「私」（作者）≒〈私〉（作中主体）の私性へ

また俵の作品の私性（わたくしせい）は、前衛短歌のような「私」（作者）≠〈私〉（作中の私）ではないが、近代短歌の写生の「私」（作者）＝〈私〉（作中の私）でもなく、いわば「私」（作者）≒〈私〉（作中の私＝作中主体）のような私性（わたくしせい）を展開させていった。たとえば「八月の朝」の選考座談会では、「かなりフィクションだと思うね」（篠弘）、「ところどころそれが見えるものね。それでいいんです」（岡井隆）という発言がみられる（「短歌」一九八六年六月）。そしてのちに俵が『チョコレート革命』（一九九七）でフリンを詠んだときも、歌壇でそれが事実であるかどうかはそれほど話題にならなかったのである。(19)

おわりにかえて

一　一九八〇年代後半の時代背景――バブル経済

この時代の背景としては、やはり一九八〇年代の経済状況があげられる。特に一九八五年のプラザ合意により資金が株や土地に流れ、経済が泡（バブル）のように、実態以上に膨張するバブル経済となった。そして当時の若者を対象とした研究（『若者論を読む』）において、ディズニーランドオープン（一九八三）やブランド志向などの、若者の消費行動が注目されるようになった。また文学の世界でもブランド品が多数書き込まれた田中康夫『なんとなく、クリスタル』（一九八〇）が読まれたりした。ただし一九八〇年代は、教育における管理社会化も問題となり、尾崎豊の「卒業」（一九八五）がヒットしたり、凶悪犯罪ではない万引きなどの「遊び型非行」と特徴づけられた戦後の非行のピークでもあった。また「ニューアカデミズム」という言葉がはやって構造主義が読まれ、人間の主体性よりも他者との差異が注目された。

そしてこのような一九八〇年代の消費社会・情報社会における、当時の言葉でいうと「ノリのいい」若者たちは新人類と呼ばれ、新人類は一九八六年の新語・流行語大賞に選出され、

『サラダ記念日』の帯にも「新人類歌人」と書かれている。[20] のちに穂村弘は、一九八〇年代は「欲望の肯定」の時代だったと回想している（『ぼくの短歌ノート』二〇一五、二一八頁）。

一九八六年には男女雇用機会均等法が施行された。一九八七年には民営化の象徴として国鉄が分割民営化され、一九八九年には消費税が導入された。また一九八九年一月には昭和が終焉し、一一月にはベルリンの壁が消滅し、さまざまな「大きな物語」がなくなっていった。一九八九年に戦後の子どもたちに大きな影響を与えたマンガ家の手塚治虫（てづかおさむ）（一九二八～一九八九）が亡くなった。

二　一九八〇年代後半の結語――「ライトな私」と自己充足的価値観

（一）　俵万智の登場と自己充足的価値観

前節で考察したように、俵万智の登場は修辞（ことば）の「口語化」、そしてかるい主題（こころ）への市民権、私性（わたくしせい）の「私」（作者）⇒〈私〉（作中主体）への変化という「口語化」において、ライトヴァースと呼ばれた「ライトな私」が生まれた現代短歌の出発点であった。[21]
ところで俵の登場は、特にその前の時代の前衛短歌の否定などの主張はともなわず、運動にもならなかった。それは個人的には俵の温和な性格により、また角川短歌賞の次席、受賞による歌壇に認められての登場だったので、正岡子規のように意識的に既存の歌を否定する必然性がなかったことによる。

またさらに、俳句界と比べて短歌界は前衛短歌が影響力を持ち続けたが、それが基本的に新しい動向に寛容であったので、前の時代の短歌と対立することなく新しい時代へ展開していった、ということができる。

D・ヤンケロビッチは、国や会社などの自分の外側の価値へ向かって努力する自己犠牲的な価値観から、個人的興味を追求し、自分を大事にする自己充足的価値観への変化を指摘している（『ニュールール』一九八二）[22]。これを歌の世界に当てはめてみると、やはり俵万智のライトヴァースは自己充足的価値観ということができる。それに対して俵の所属している竹柏会「心の花」を創立した佐佐木信綱（一八七二～一九六三）は、歌の道に人生を捧げて生きた自己犠牲的価値観[23]、ということができる。

（二）　一九八〇年代前半考

なお一九八〇年代前半は[24]、阿木津英などの女歌が隆盛し、シンポジウムなどが行われた。そしてその後のライトヴァースの隆盛により歌壇での着目度は減少したが、もともと彼女たちの歌とライトヴァースは主題などが異なり、ライトヴァースに論破されたわけでもないので、その意義が失われたわけではない、と考えられる。

二〇〇〇年におこなわれた「80年代女歌の検証」(「歌壇」二〇〇〇年八〜一二月)では、俵万智登場以前からの一九八〇年代の女歌に対するさまざまな論点が提出されている。たとえばジェンダー論の文脈では、阿木津英は、女性には「女性なるもの」があるという「女性本質主義」を批判している(「座談会」「80年代女歌の検証」「歌壇」二〇〇〇年八月、一一三頁)。しかし川野里子は「文学の収穫の上でジェンダーフリーってのが幸福かどうかわからない」と発言し(同、一二四頁)、必ずしもジェンダーを否定していない、と考えられる。

なおこの時期には、紀野恵(一九六五〜　)〈不逢恋逢恋逢不逢恋(あはぬこひあふこひあふてあはぬこひ)ゆめゆめわれをゆめな忘れそ〉(『さやと戦げる玉の緒の』一九八四)などの忘れ難い歌も生み出されている。

注

(1) 吉本隆明は一首のなかでの視覚や聴覚の移り変わりなどの「転換」を考察している(「第Ⅲ章 1 短歌的表現」『定本 言語にとって美とはなにかⅠ』一九九〇)。

(2) この歌について三枝昻之は、何でもないただごとだが、「三つまで念押しするから、その風景に血が通う。三つまで言うか、言わないか、そこで歌は死ぬか生きるか分かれる」と指摘している(特集「歌の源流を考える③『サラダ記念日』」「短歌往来」一九九七年二月、四四頁)。確かにこの歌は、〈風呂屋の〉だけでなく〈壁の〉と細部が詠み込まれ、さらに〈いつ〉〈三つ〉、〈見(み)て〉〈三(み)つ〉〈耳(みみ)〉、〈壁(か)〉〈かき〉とリフレインが詠み込まれていることもふくめて、完成度が高い歌である。

（3）加藤治郎の『サニー・サイド・アップ』のなかにも、ライトヴァースと考えられる歌がある。

（4）また「現代詩手帖」が一九七九年五月に「ライトヴァース」の特集を組んでいる。なお近年「ライトヴァース」についての概念を考察したものとしては、濱松哲朗「『ライト・ヴァース』概念史」（「Tri　短歌史プロジェクト」創刊号、二〇一五年五月）などがある。

（5）なおこの世代を中心として、「不易の会」という当時の若手歌人の研究会が東京の目黒で開催された。手元に残る資料によれば、大野、加藤治郎、川野里子、黒岩剛仁、坂井修一、谷岡亜紀（「あとがき」『ひどいどしゃぶり』二〇二〇で言及）、中山明（運営の中心にいた、と思われる）、水原紫苑、米川千嘉子（以上、あいうえお順）、そして一九六二生れの穂村弘（「インタビュー」「短歌」二〇一九年四月で言及）などが参加した。一九八七年から一九九〇年までの開催が確認でき、木俣修の歴史書を輪読した記憶がある。一九八七年一一月二九日の資料では、年齢制限が「一九八七年（八月）の時点で三五歳まで」と書かれてある。

（6）同じ年に上梓された歌集は、基本的に作者名のあいうえお順に掲載している。

（7）短歌界では同じ作者の歌を複数掲載する場合、最初の歌の後（今野の場合なら〈三鬼にも――〉の後）に作者名、歌集名などを記している。したがって〈かへすがへす――〉の歌も今野作、〈桃の蜜――〉の歌は米川作となる。

（8）坂井の「狂気」については、三枝昂之も言及している（「対談『これからの短歌』」「短歌」二〇一九年一一月、一九四頁）。

（9）「三鬼にもきみにも遠き〔私の〕恋」という読みも可能だろうか？　その場合は「忍ばれる」と

読んでいいのだろうか？

(10) 一九二〇年代生れの歌人は戦争を青少年期に体験したので、塚本や竹山広のようにそれを原体験として詠み続けている歌人がいる。

(11) なおのちにこの歌は〈人ならば黄金(きん)の憤怒に身を震う忘我恍惚勃起の銀杏〉（『瀧の時間』一九九三）と改作されている。しかし初出忘れ難く、〈銀杏(いちょう)なるべし〉の呼びかけは「短歌を他者への呼びかけの詩とする佐佐木の自論」（「短歌ひびきの説」『岩波現代短歌辞典』）とも結びついており、本書では初出を書かせていただいた。

(12) 「口語化を開始」などとせず「口語化を起動」としたのは、口語歌は以前から存在したが、それが俵の登場によって動き出し、広がっていった、という意味合いを持たせたいためである。

(13) 口語歌の歴史については、俵自身も平井弘、村木道彦などを引用しながら解説している（「口語と文語」『岩波現代短歌辞典』）。

(14) この文における「語尾」「文末」とは、結句のことだけではなく、口語歌の五七五七七の各句において字余り、字足らずになりやすい「語尾」「文末」をさしている、と考えられる。

(15) たとえば俵は、スパイス的に文語を使い、全体のリズムをひきしめ、散文的な印象を薄めるという口語を文語に変える添削指導もおこなっている（『考える短歌――作る手ほどき、読む技術』二〇〇四、三一頁）。

(16) なお「未来山脈」という口語自由律の結社がある。

(17) なおその後会話体は「 」で挿入されるよりは一首全体が会話体のようになってゆくというかた

ちで現代短歌に浸透していった、ということができる。この点については松村正直（本書一九〇頁）を参照。

(18) 戦後の女性歌人の歴史を分析した篠弘も、『サラダ記念日』の「口語の使用、会話体の導入、オノマトペの創造」が、それまでの文語定型を補う役割から、その域を越えて、「時代を生きるためにふさわしい定型の技法」として受け入れられた、としている（「第八章　女歌の時代とフェミニズム」『疾走する女性歌人』二〇〇〇、二二五頁）。

(19) なお一九八〇年代後半の私性（わたくしせい）に関する問題としては、ある女性が新人賞を受賞し、写真も公開され、留学中ということで受賞式にはその叔父と称する男性が出席した。しかしのちに、その男性が作者であることが指摘されたのである（たとえば、菊池裕「佐村河内問題／付加価値とは何か？」「中部短歌」二〇一四年四月、二二頁、特集「二〇一四年歌壇展望座談会」「短歌年鑑　二〇一五年版」短歌研究社、一九頁などを参照）。

なお筆者（大野）はこの授賞式に出席してこの男性とも言葉を交わしたが、彼女は性格が良くてなどと語り、特に作者は自分であるという言動はなかった。

(20) ただし俵本人は地方出身のこともあり、当時の「ノリのいい」若者とは異なっていた。

(21) なお佐佐木幸綱も二〇世紀の短歌史の区切りの一つとして、『サラダ記念日』の登場にともなう口語化をあげている（「二十一世紀へ持ち越す問題四つ」「短歌年鑑　二〇〇一年版」角川）。

(22) 近ごろは「価値観」を「価値感」と書く学生のレポートを散見するが、これも「価値」が世界を観る立脚点から身近に感じるものに移行しているため、と考えられる。

（23）　信綱は長崎のキリスト教徒が信仰の薄さを戒めて自らに鞭を加えたように、自分を鞭打って歌の道を歩んできたことを弟子の石川一成に告げている（石川一成「心の花の歌人」「心の花小史・心の花の歌人と作品」竹柏会、および「プロフィール」「佐佐木信綱」「心の花の歌人2」「心の花」ホームページに掲載）。

（24）　一九八〇年代前半の短歌史については、以下の文献などを参照のこと。篠弘「第十二章　女性短歌の興隆（松平盟子　阿木津英　辰巳泰子）」（『現代短歌史の争点』一九九八）、篠「第八章　女歌の時代とフェミニズム」（『疾走する女性歌人』）。

二章　一九九〇年代——「わがままな私」とバブル経済の崩壊

一節　穂村弘の登場と「ニューウェーブ」再考

一　『シンジケート』（一九九〇）の上梓

一九九〇年代の幕開けとともに、穂村弘（一九六二〜　）の『シンジケート』（一九九〇）が上梓された。

風の夜初めて火をみる猫の目の君がかぶりを振る十二月
体温計くわえて窓に額つけ「ゆひら」とさわぐ雪のことかよ

サバンナの象のうんこよ聞いてくれだるいせつないこわいさみしい

終バスにふたりは眠る紫の〈降りますランプ〉に取り囲まれて

一首目は『シンジケート』の巻頭にあり、一句ごとの転換が非常に巧みな、心に残る歌である。四句目の〈かぶりを振る〉が火の揺らぎを連想させ、結句の〈十二月〉から、作中主体と〈君〉がクリスマスの暖炉の前にいることが想像される。

二首目の〈「ゆひら」〉は「雪だ」だろうか？　会話体を導入しながら、言葉遊び[1]にもなっている。また上の句の設定も緻密で、（たぶん）恋人は、ちょっと風邪気味で、冷たい窓に熱っぽい額をつけて、外を見て、気持ちがいいのだろう。さらに結句を「『雪』だろうか」などとせず、〈雪のことかよ〉と独り言のように問いかけているところも特徴的である。

三首目は、〈サバンナの象のうんこよ聞いてくれ〉ということは、人間は誰も聞いてくれないということを示唆している。そして下の句の〈だるいせつないこわいさみしい〉が、これ以上の語順はないというほど読者の心に入って来る。

四首目は、連作「冬の歌」の中にあり、穂村の代表歌といっていいだろう。おそらく他の誰も乗っていない〈終バス〉の、おそらく最後尾座席で、〈〈降りますランプ〉に取り囲まれて〉〈眠る〉〈ふたり〉が切ない。

このように穂村は、〈「ゆひら」〉のような俵等ももちいた会話体を駆使して[2]、口語でうたっている。また穂村は主題として、俵が〈生きていることの楽しさ〉などの快の気分をうたっているのに対し、三首目の〈だるいせつないこわいさみしい〉などに示されるように基本的に情けなさ、さみしさなどの不快の気分をうたっている。

そして私性(わたくしせい)については、穂村の歌の〈私〉（作中主体）は、若い、男性ということだけは読めるが、職業、家族構成等は不明であり、「私」（作者）≒〈私〉（作中主体）の状態のなかで、俵よりさらに私性(わたくしせい)が弱くなっているのである。

二　「ニューウェーブ」再考

（一）「ニューウェーブ」論の展開

ところでこの穂村や、加藤治郎、荻原(おぎはら)裕幸（一九六二〜　）などを「ニューウェーブ」と呼ぶ場合がある。これは荻原が、穂村、加藤などの歌を「現代短歌のニューウェーブ」と題して紹介したことに端を発している（朝日新聞、一九九一（平成三）年七月二三日夕刊）。そして主体に関する構造主義などの言説が「ニューアカデミズム」などといわれた時代のなかで短歌の「ニューウェーブ」も大きな話題となり、さまざまな議論が生まれた[3]。そして最近でも、二〇一八年にシンポジウム「ニューウェーブ30年」がおこなわれたり、二〇二〇年に『現代短歌のニューウェーブとは何か？』という本が刊行されたりした。

しかしまたシンポジウムでの加藤治郎の「ニューウェーブ」は四人（荻原、加藤、穂村、西田政史）という発言に波紋が生じたり、「ニューウェーブ」をほぼライトヴァースと同じに解釈する者、「自分はニューウェーブである—ない」などの発言が出たりし、やや議論が錯綜（さくそう）しているようにも見受けられる。これらの点について、私見を書いていくことにしたい。(4)

（二）「ニューウェーブ」という名称と定義の問題

「ニューウェーブ」に関する議論が錯綜している主な原因は、「ニューウェーブ」という名称が肯定的かつ一般的なので、さまざまな歌人がそれに関心を寄せつつ、各々の思いを込めて解釈してしまう点にある、と思われる。つまり自他を「ニューウェーブ」と呼ぶと、新しく（ニュー）、波のような高まり（ウェーブ）という肯定的評価になるので好ましく思えるが、議論をしていくとそれぞれの定義が違うので錯綜する、という状態と考えられる。したがって次にニューウェーブの再定義と命名の試みをおこなっていくことにしたい。

短歌を議論するときに、歌を具体的に示すこと、定義について考えていくことは常に大切である。

（三）　再定義と命名の試み

これまでの「ニューウェーブ」の定義としては、『岩波現代短歌辞典』（一九九九）で「①ライトバースの影響を色濃く受けつつ、②口語・固有名詞・オノマトペ・記号などの修辞を③さらに尖鋭化した一群の作品に対する総称」（栗木京子）と定義されている（文中の番号は引用者がつけた）。この定義は当時としては適切であるが、二〇年以上を経ているのでいささかの加筆修正を試みてみたい。

定義をするときにはそれと対比する対象が重要となるが、歴史的にみれば本書でみてきたようなライトヴァースの広がりのなかで、それとは差異化するかたちでの歌を目指したのが「ニューウェーブ」ということができる。したがって①は「ライトヴァースとの差異化を求め、」としたい。

次に②の修辞については、本書での考察から「口語・オノマトペ・記号・リフレインなどの修辞を」としたい。[5]

またこの「ニューウェーブ」は、吉川宏志本人が書いているように吉川は対比的に扱われており（「窓を開く」『現代短歌のニューウェーブとは何か？』）、また紀野恵などは自分はニューウェーブではないと言っているので（「ニューウェーブってなんだ？」同）そのような具体例を踏まえて、口語歌の問題としたい。[6]

さらに③については、「ニューウェーブ」の歴史を見ると修辞だけではなく世界への意識も尖鋭化しようとしたと考えられるので、加筆をして「さらに尖鋭化して世界をうたおうとした一群の口語作品に対する総称」としたい。

　また荻原は「ニューウェーブ」について、「言葉と自分との間の避けがたい『ずれ』を実感し、自覚的になったところからしかこうした作品は生まれないと思う」（朝日新聞、前出）としている。この荻原の「言葉と自分との間の避けがたい『ずれ』」は、本書の文脈でいえば私(わたくし)性(せい)における「私」（作者）≒〈私〉（作中主体）の状態であり、そのなかでライトヴァースより「私性(わたくしせい)が希薄化」していることが「ニューウェーブ」の基本的特徴といえる。だから「ニューウェーブ」の作品の中の〈私〉は、家族、職業などが不明な半日常的な存在として描かれているのである。また松村正直が「もうニューウェーブはいらない」（『現代短歌のニューウェーブとは何か？』）という文のなかで「作品の中にやはり『私』が欲しい」と主張しているのは、私性(わたくしせい)を「私」（作者）＝〈私〉（作中主体）へ近づけようとする主張として理解することができる。

　なお荻原は、「『ずれ』の補修のために、これらの作品が書かれていると考えたい」（朝日新聞、前出）とも書いているが、この点については十分おこなわれているとは言いがたい。またのちに藤原龍一郎が、座談会で荻原に「ズレの補修としての効果」を問うているが、十分答えられているとも言いがたい[7]（「第Ⅱ部・誌上シンポジウム　現代短歌のニューウエーブ――何が変わったか、どこが違うか」「短歌研究」一九九一年一一月、六〇頁）。

最後に「ニューウェーブ」の歴史的位置を、後学のために明確化した方が良いだろう。それは平成三年の荻原の新聞記事から始まり、平成三〇年のシンポジウム「ニューウェーブ三〇年」、そしてそれに対応するかたちでおこなわれた平成末年の三一年のシンポジウム「わたしたちのニューウェーブ」でいちおう一段落したと考えられるので[8]、定義に「平成の時代に」を加えたい[9]。

（四）「平成口語尖鋭化ニューウェーブ」

以上の考察により、「ニューウェーブ」の新しい定義としては「平成の時代に、ライトヴァースとの差異化を求め、私性（わたくしせい）が希薄化したなかで、口語・オノマトペ・記号・リフレインなどの修辞をさらに尖鋭化して世界をうたおうとした一群の口語作品に対する総称」、そして名称としては「平成口語尖鋭化ニューウェーブ」を提示したい。

典型的な作品としては、〈サバンナの象のうんこよ聞いてくれだるいせつないこわいさみしい〉（穂村弘『シンジケート』一九九〇）、〈世界の縁にゐる退屈を思ふなら「耳栓」を取れ！▼▼▼▼▼BOMB！〉（荻原裕幸『あるまじろん』一九九二、後述）、〈にぎやかに釜飯の鶏ゑゑゑゑゑゑゑゑゑゑゑひどい戦争だった〉（加藤治郎『ハレアカラ』一九九四、後述）などを想定することができる。

また広義に解釈すれば、私性（わたくしせい）が希薄で、口語を尖鋭化して世界をうたおうとした東（ひがし）直子、そして永井祐（ゆう）などもこのウェーブに含まれる、と考えられる。

（五）運動体とジェンダーの諸問題

なお前述したように、二〇一八年のシンポジウムで加藤の「ニューウェーブ」は四人という発言（『現代短歌のニューウェーブとは何か？』一五九頁）へ波紋が生じた。しかしこれは加藤が「ニューウェーブ」の条件として「場の問題」について言及していることにも示されるように（同、一三四頁）、実質的には、運動体としての場を中核的に形成したのは四人である、という「運動体としてのニューウェーブ」の意味だと解釈できる。実際に加藤は下の世代の作品を、「ニューウェーブ系」と言って紹介をしている（同、一五三頁）。

しかし加藤がシンポジウムで「ニューウェーブ」の運動体と作品を混在したような発言をしているので、今まで自分の作品は「ニューウェーブ」と思っていた者に混乱と反発が生じてしまった、と考えられる。したがって今後はもう少し丁寧な説明をして、四人と他の者の歌との異同などをお互いに理解し合うことが望ましい。(10)

また四人がなぜ男性だけなのかというジェンダーの問題についても、記録を読んだ限りでは理解しがたい発言も見られるが、荻原が「〔女性歌人という〕くくりで入れたり切ったりしているわけじゃない」（同、一六一頁）と言っているのだから、より説明責任を果たしていくことが望まれる。

なお「ニューウェーブ」で起こった問題は、基本的に前衛短歌でも起こっている。たとえば二〇一二年におこなわれた座談会（「共同研究からの答え」「短歌」二〇一二年一月）では、運動体としての前衛短歌はいつ終わったかが議論されている。また馬場あき子は、「思想的なものは女にはない」とまで言われたこともある中で「前衛を、吸収するというよりも対抗できるのかを考え」、五人の女性歌人で『彩・女流五人』（一九六五）を出版した、と言及している。

二節　一九九〇年代の歌人の歌

それでは次に、同時代の一九九〇年代の各世代の歌人の歌を読んでいくことにしたい。

一　一九六〇年代生れの歌人

まず穂村、荻原などと同世代の一九六〇年代生れの歌人の歌を読んでいくことにしたい。

熱帯の蛇展の硝子つぎつぎと指紋殖えゆく春より夏へ

林　和清『ゆるがるれ』一九九一年

そこだけは人の歩みを輝かせきんもくせいの花踏まれゆく

安藤　美保『水の粒子』一九九二年

廃村を告げる活字に桃の皮ふれればにじみゆくばかり　来て

東　直子『春原さんのリコーダー』一九九六年

甘えたき気持ち悟られまいとしてイルカのやうな明るさを見す

大口　玲子『海量（ハイリヤン）』一九九八年

校庭を生絹（きぎぬ）のごとく覆ひたる霜としいへどやがて泥濘

大辻　隆弘『抱擁韻』一九九八年

投降を勧むるビラを降らせゐるヘリに唾吐く少年よ、美（は）し

高島　裕『旧制度（アンシャン・レジーム）』一九九九年

うずたかく盛られ売らるる桜海老ひとつひとつに黒き目のある

渡部　光一郎『葛の葉』一九九九年

林和清（一九六二〜　）作は、「増えゆく」ではなく〈殖(ふ)えゆく〉とうたうことにより、蛇の鱗にも似た〈指紋〉が熱帯植物のようにふえてゆく不気味さを表現している。結句の〈春より夏へ〉という季節の設定も生きている。

旅行先の事故で夭折した安藤美保（一九六七〜一九九一）作は、〈踏まれゆく〉〈きんもくせいの花〉が、地面ではなく〈人の歩み〉を輝かせている、という緻密な構造の歌である。安藤は「心の花」の歌人であるが、このような歌からは佐藤佐太郎の作品を連想させる。

東(ひがし)直子（一九六三〜　）作は解釈が難しい歌だが、一字あけの前は〈廃村を告げる〉新聞紙の上で桃の皮を剝き、その皮が活字に触れて滲んでゆく、と読むことができる。そしてその後は、いちおう相聞と読めるが、「好き」などではなく〈来て〉という言葉により、読者は何か恋人などよりは愛そのもののような、大きなものに呼びかけているような不思議な感覚におそわれる。穂村弘は、東の作品には「作品内部のデータの意識的な欠落」があり、それが逆に作品の「詩的な喚起力」を強め、読者が欠落した言葉や場面などを想像することによって「はじめて一首が詩的に完結するような構造を持っている」と、その魅力を語っている（「ピアノの上でしようじゃないか」『短歌という爆弾──今すぐ歌人になりたいあなたのために』二〇〇〇、一九六─九八頁）。

大口玲子(りょうこ)（一九六九〜　）は大学で国語学を学んだためか、歌の大柄な骨格だけではなく細部の小骨も強靱（きょうじん）になっている。詠み込まれた〈イルカ〉は、あの肌の色が明るいだけではなく、さみしさも持つ生き物であることに気づかされる。また最後に「持つ」などではなく〈見す〉とうたうことにより、読者は相手の存在を感じることができる。

大辻隆弘（一九六〇～　）作は、〈霜〉にたいする〈生絹（きぎぬ）〉（生糸で織（お）った、練（ね）っていない絹布）のごとくという直喩が美しい。そして結句で〈やがて泥濘（でいねい）（ぬかるみ）〉と詠んだのは、〈霜〉が自然に溶けることや生徒たちに踏まれることによって、生徒たちが生きる世界全体がやがてぬかるみになる、ということを暗示しているのだろう。

高島裕（ゆたか）（一九六七～　）作は、「首都赤変」という現代日本では希有な革命が起きたという設定の連作のなかで、ヘリに唾吐く少年を〈美（は）し〉とうたっている。〈へ、〉で一呼吸おいたことにより、〈美（は）し〉が強く読者の心に入る。

渡部光一郎（一九六七～　）作は、〈うずたかく盛られ売らるる〉商品となった〈桜海老〉の、生きているような〈黒き目〉に焦点を当ててうたっている。社会批判の部分もあるが、本質的にはうずたかく盛られた桜色の海老に点在するひとつひとつの黒き目という視覚に訴えかけるあやしい美をうたっている。

二　下世代の歌人――一九七〇年代生れの歌人

次に下世代である一九七〇年代生れの歌人の歌を読んでいきたい。

生き物をかなしと言いてこのわれに寄りかかるなよ　君は男だ
梅内　美華子『横断歩道(ゼブラ・ゾーン)』一九九四年

みどりごの喃語のやうに春生(あ)れてひとりひとりの耳たぶに触る
横山　未来子『樹下のひとりの眠りのために』一九九八年

梅内(うめない)美華子（一九七〇〜　）作は、ちょっと弱々しい〈男〉を、女の〈このわれ〉がうたっている。馬場あき子は『横断歩道(ゼブラ・ゾーン)』の「解説」でこの歌を、「男友だちによって、〈男〉を観察し、対応し、優位に立ちたがり、いたずらっぽく遊んでいる。あどけなさの中に真実があり、不安があり、問いがある」と鑑賞している。また馬場は梅内を、「歌のうま味はそれほど派手ではない」が、「初期においてこれだけ破綻のない文体でうたい上げた人は少ないといえるだろう」と評している。

横山未来子(みきこ)（一九七二〜　）作は、〈春〉の生まれたての暖かさを、嬰児(みどりご)のまだ言葉にはならない〈喃語(なんご)〉にたとえ、それが〈ひとりひとりの耳たぶ〉にそっと触れているように感じられる、と繊細に表現している。〈みどり〉と〈春〉、〈語〉と〈耳たぶに触る〉はそれぞれ縁語であり、そのようなところも繊細に詠み込まれている。また横山はこの世代ではめずらしい文語、旧かなでうたっている。

三　上世代の歌人

最後に上世代の歌人の歌を読んでいくことにしたい。

（一）　一九五〇年代生れの歌人

兄妹（けいまい）のくちづけのごとやさしかるひかり降る墓地　手放しに泣く
山田　富士郎『アビー・ロードを夢みて』一九九〇年

まむかいのビルのオフィスに書類繰る人しばし見つやがて見られつ
藤原　龍一郎『東京哀傷歌』一九九二年

雪の降る惑星ひとつめぐらせてすきとおりゆく宇宙のみぞおち
井辻　朱美『コリオリの風』一九九三年

枕木の数ほどの日を生きてきて愛する人に出会はぬ不思議
大村　陽子『砂がこぼれて』一九九三年

かたむいていているような気がする国道をしんしんとひとりひとりで歩く
早坂　類『風の吹く日にベランダにいる』一九九三年

さくらさくあつき谷まに雨降りてしづかにのぼれわたくしのこゑ
大谷　雅彦『白き路』一九九五年

秋階段十五段目に腰を掛け立ちてかおれる人に会うべく
大野　道夫『秋階段』一九九五年

航跡の傷ある空へひとりづつ子供を落とす遊動円木
小島　ゆかり『獅子座流星群』一九九八年

山田富士郎（一九五〇～　）作は、〈ごと〉と直喩として詠まれているが、やはり読者は思春期前の、性に目覚める手前のような〈兄妹（けいまい）〉が、あわい、やさしい光が降る墓地の中で〈くちづけ〉をしている場面を想像する。そして作者はその〈兄〉であり、そのやさしい、二度と訪れない光景の追憶に〈手放しに泣く〉のである。なお〈墓地〉での〈くちづけ〉の時にも泣いた、という読みも可能であろう。

藤原龍一郎（一九五二～　）作は、オフィス街での〈しばし見つ〉〈やがて見られつ〉という人間の関係性をうたっている。距離がある〈ビルのオフィス〉のガラス越しなので声は届かず、ただ「見た」、やがて「見られた」、という淡い不快感をともなうさみしさが残る。〈つ〉という完了の、意識的な行為をあらわす助動詞をつかっていることにも着目したい。このように藤原は現代の人間が生きる都市をうたい続けており、小高賢は藤原の抒情の質を「感傷性」としている（『現代短歌の鑑賞101』一九九九、一六九頁）。

井辻朱美（一九五五〜　）作は初句で〈雪の降る惑星〉をうたい、さらに結句でそれが〈宇宙のみぞおち〉を巡っているという途方もなく大きな情景を詠んでいる。それが無理なく読めるのは、〈雪〉と〈すきとおりゆく〉が縁語であり、さらに結句で宇宙を透明な巨人のように擬人化させていることによるのだろう。井辻は自身の作品世界を、「時間と空間の座標軸を越えたある地点」と語っている（「特別座談会」「個人的体感の世代」「短歌研究」一九九九年八月、八四頁）。

大村陽子（一九五六〜　）作は、〈愛する人に出会はぬ〉〈日〉の多さを〈枕木の数ほど〉と表現することによって、線路を一人で歩き続けているような孤独と徒労感をあらわしている。穂村弘は、「歌材の幅広さや言葉の扱いの柔軟性などの点」では他の歌人に及ばない印象があるが、「自分が今持っているものをすべて引き替えにしても未知の何かを求めるという感覚」が強い歌人の一人として大村をあげている（「どんな雪でもあなたはこわい」『短歌という爆弾』二一四頁）。

早坂類（一九五九〜　）作について、穂村弘は「国道をひとりで歩く、ただそれだけのことが怖ろしい孤独感を伴って読み手に迫って来る」と鑑賞している（『サラダより温野菜』同、一四六頁）。そして何故読み手に迫って来るかを分析してみると、〈かたむいているような気がする〉が、〈しんしん〉〈ひとりひとり〉というリフレインだけでなく、〈とひとりひとり〉という〈と〉の不安定なリフレインとも共鳴しているため、と考えられる。

このように基本的に一音の、飛び石のように続くリフレインを、「飛び石リフレイン」と名付けることにしたい。「飛び石リフレイン」は通常の二音以上のリフレインより目立たずに韻律を形成し、作者が無意識につくっている場合も考えられ、隠し味のような効果を果たしている。俵万智の〈耳かきセット〉の歌（二七頁、五〇頁注2）も「飛び石リフレイン」だが、これらの歌のように一首の中で他のリフレインと共に韻律を形成しているケースが多い[11]。

大谷雅彦（一九五六〜　）作は、〈あつき〉は「熱き」、そして桜が重層的に咲いているという「厚き」とも読むことができる。上の句は叙景だが、下の句ではその〈谷ま〉の底から〈しづかにのぼれわたくしのこゑ〉と〈私（わたくし）〉を詠み込んで現実感覚（sense of reality）を増している。

大野道夫（一九五六〜　）作の〈秋階段（あきかいだん）〉は造語、東直子が「もしかすると具体的な待ち合わせはなかったのかもしれない」と鑑賞している（『愛のうた』二〇一九）。

小島ゆかり（一九五六～　）作は不思議な情景をうたっている。坂井修一は「『航跡の傷ある空』は、直接には小島の子供たちが遊ぶ公園の空であるが、同時に無数の子供たち親たちの空であり、それは人生とか社会とかいうものの刻んでいる時空の謂いでもあるだろう」と鑑賞している。そして「小島は、一見複雑に見えない複雑な表現」をとっているが、「小島にとって、三十一音の表現の複雑さは、文芸の、あるいは人間の心理や情感の、さらには命そのものの、純粋な深さを表現するためにある。そして、こうした基本的な信念こそが、歌においてもっとも滅びがたいものなのである」と言っている（「航跡の傷」「現代短歌雁」四四、一九九九年四月）。

（二）　一九四〇年代生れの歌人

人あまた乗り合ふ夕べのエレヴェーター枡目の中の鬱の字ほどに

香川　ヒサ『テクネー』一九九〇年

梨もぐと手をのばしたる少年の腋下の翳りほのかな九月

久々湊　盈子『家族』一九九〇年

若書きのわが歌にがし冥き胃にひそかに咲く散薬に似て(12)

三井　修『砂の詩学』一九九二年

女らしさの総括を問い問い詰めて「死にたくない」と叫ばしめたり

坂口　弘『坂口弘歌稿』一九九三年

母の名は茜、子の名は雲なりき丘をしづかに下（くだ）る野生馬

伊藤　一彦『海号（うみがう）の歌』一九九五年

病む妻と雲のかたちを眺めをり奔馬ほぐれて青に溶けゆく

時田　則雄『夢のつづき』一九九七年

あとずさりあとずさりして満月を冬の欅の梢（うれ）より離す

花山　多佳子『空合（そらあひ）』一九九八年

幾千の眼（まなこ）のまへに黒潮はをとこを戦（いくさ）へおくりたる路

小黒　世茂『隠国（こもりく）』一九九九年

香川ヒサ（一九四七～　）作は、〈夕べのエレヴェーター〉に乗り会う〈人〉と〈枡目の中の鬱の字〉を結びつけた知的な構成の歌である。香川はカルチャーセンター出身であり、四〇代で第一歌集を上梓し、このような大人の機知（ウイット）に富んだ歌をうたっている。

久々湊盈子（くくみなとえいこ）（一九四五～　）作は、〈少年〉の〈梨〉のような瑞々しい動作を追い、その腋下のほのかな〈翳（かげ）り〉に視点をとめてうたっている。作者が女性であるところからも、ほのか

なエロティシズムが感じられる。

三井修（一九四八〜　）作は、第一歌集『砂の詩学』の連作「そして砂」のなかにある。おそらく〈若書きのわが歌〉を、第一歌集に入れるかどうかを吟味しつつ読んでいるのだろう。〈冥き胃〉に〈咲く〉、おそらく白い〈散薬〉の色のコントラストが目に浮かぶ。また〈にがし〉とうたいつつ、〈ひそかに咲く散薬〉ともうたっているので、〈若書きのわが歌〉は修辞などは稚拙かもしれないが捨て難い、薬効のようなものがあると思っている、と読むことができる。さらに「あとがき」を読むとこの作者は中東のバハレーンにいるようなので、そのような付加情報を加えて読むと、乾燥した中東で読む、おそらく日本で詠んだ〈若書きのわが歌〉の喩として〈冥き胃にひそかに咲く散薬〉がさらに深みを増す、と思うのである。

連合赤軍事件で服役中の坂口弘（一九四六〜　）作は、おそらく殴ったりなどをしながら、革命と〈女らしさ〉の関係の〈総括〉を問い詰めて、ついに〈「死にたくない」〉と叫ばしめたという、すさまじいリンチの場面がうたわれている。使役の助動詞〈しめ〉が痛切である。このように学園闘争の末路の体験が、獄中という特殊な環境下で、二〇年近くの時をへて作品化されている。

なお坂口は学園（七〇年安保）闘争世代であるが、基本的に外部の政治権力が問題になった六〇年安保闘争に対して、この闘争は大学という学園やそこに生きる自分の生き方なども問われ、自己否定やそれが他者否定に転換した内ゲバなどが発生した。[13] そして坂口や福島泰樹、道浦母都子のように直接うたうにせよ、伊藤一彦のように直接うたわないという選択をするにせよ、[14] 原体験としてこの世代の多くの歌人の底流に流れている、と考えられる。

伊藤一彦（一九四三〜　）は早稲田で哲学を学んだ後故郷の宮崎で教員となり、カウンセラーにもなってうたい続けている。その宮崎には野生馬がいるが、提出歌は初句で〈母の名は茜〉と人間の名のようにうたいながら、〈子の名は雲なりき〉でおや？と読者を立ち止まらせる。そして下の句で〈丘をしづかに下る野生馬〉とうたい馬の名であることを明かすが、〈茜〉〈雲〉は丘の風景のようにも詠み込まれている。岩井謙一は、『海号の歌』がそれまでの伊藤の歌と比較して、「非常に明るい」こと、「作者がこれまでに触れることのなかった自らのヒューマニズム」を描いている、と指摘している（「生きて輝く」「歌壇」一九九九年六月）。同歌集は読売文学賞を受賞したが、伊藤の歌はこの受賞をきっかけとしてさらに深化してゆく。

時田則雄（一九四六〜　）作の上の句では、〈病む妻〉と作者が不安を抱えながら〈雲のかたち〉を眺めていることが詠まれている。そして下の句では、ただの馬ではなく〈奔馬〉（勢いよく走る馬）がほぐれて空の青へ溶けていったと見えたので、二人の不安はやや和らいでいった、と解釈したい。このように時田は「野男」と自称しつつ、帯広で農業をしている私をうたい続けている。

花山多佳子（一九四八～　）作は、〈あとずさりあとずさりして〉とリフレインをもちいながら、視界が変わったことを〈満月を冬の欅の梢より離す〉と不思議な体験のようにうたっている。欠けたところがない〈満月〉、梢が高く広がる〈欅〉という歌材も生きている。

小黒世茂（一九四八～　）作は、日本近海にある最大の海流である〈黒潮〉を、〈をとこを戦へおくりたる路〉と個性的にうたっている。作者にはその〈路〉と〈をとこ〉たちがありありと見えているのだろう。〈幾千の眼〉とは、現在の人々と、〈戦〉へ送られた〈をとこ〉の両方の〈眼〉なのだろう。

（三）　一九三〇年代以前生れの歌人

わが去らば冬は到らむ高原のすすきの穂より生れいづる霧

篠　弘『百科全書派』一九九〇年

父逝けりさはあれ九十九歳の紺の浴衣のなほ男なれ

死よ汝は花粉をつけし蜜蜂のごとく飛びくる夏雨のなか

安永　蕗子『青湖』一九九二年

みじかかる一生にあらずありありて幾百の富士われを励ます

谷川　健一『青水沫』一九九四年

島田　修二『草木國土』一九九五年

眼をつむればまっくらやみが来るそんなことにも気づかざりけり

高瀬　一誌『スミレ幼稚園』一九九六年

篠弘（一九三三～二〇二二）作は、もし私が去るならば、人がいなくなってしまう高原にたちまち冬が訪れるだろうという、季節の表面張力が一杯になった瞬間をすすきの穂から霧が生まれ出るという繊細な表現でうたっている。初句は、確定条件（＝去ると）の「去れば」（已然形）ではなく、仮定条件（＝もし去るならば）の〈去らば〉（未然形）となっている。

安永蕗子（一九二〇～二〇一二）作は〈九十九歳〉の〈紺の浴衣〉の粋な〈父〉をうたっている。結句は〈さはあれ〉をリフレインさせて、〈男（をのこ）なれ〉とうたっている。

民俗学者でもある谷川健一（一九二一～二〇一三）作は、寒くはないが降り続く〈夏雨（なつぐれ）のなか〉で、〈死〉とは、花粉を付け、華やかに、音を立て、蜜を奪うように飛んでくるものなのだというイメージをうたった歌、と読みたい。「浦添にて」という連作のなかにあり、〈夏雨（なつぐれ）〉とは沖縄方面の梅雨のことをいう。

島田修二（一九二八～二〇〇四）作は来し方を、〈みじかかる一生（ひとよ）にあらず〉と回想している。〈ありありて〉は〈幾百の富士〉と、それに励まされた幾百の〈われ〉の両者をあらわしている。

高瀬一誌（かずし）（一九二九～二〇〇一）作は破調だが、内容の無意味（ナンセンス）さとマッチし、独自の世界をうたっている。〈眼をつむれば／まっくら／やみが来る／そんなことにも／気づかざりけり〉と句切って二句目四音で読むべきだろうか？　あるいは〈眼をつむれ／ばまっくら／やみが来る／そんなことにも／気づかざりけり〉と句切って初句命令形と読むべきだろうか？

四　一九九〇年代の短歌界の現象

高野公彦『現代の短歌』〈昭和の時代を生きた歌人のアンソロジー〉（一九九一）、「短歌　俳句　川柳　101年」（「新潮」一九九三年一〇月号臨時増刊）、小高賢『現代短歌の鑑賞101』〈明治三六年～昭和四五年生れの歌人のアンソロジー〉、『岩波現代短歌辞典』（以上、一九九九）などが刊行された。

『岡井隆コレクション』1～8（一九九四～九六）、『馬場あき子全集』1～13（一九九五～九八）、『佐佐木幸綱の世界』1～16（一九九八～九九）、『塚本邦雄全集』1～15＋別巻1（一九九八～二〇〇一）のようなそれまでの仕事の集大成とも言うべき全集が刊行された。

三枝昻之『討論　現代短歌の修辞学』（一九九六）、久我田鶴子『雲の製法――小野茂樹ノート』、小林恭二『短歌パラダイス――歌合二十四番勝負』、俵万智『あなたと読む恋の歌百首』

（以上、一九九七）、今野寿美『わがふところにさくら来てちる――山川登美子と『明星』』、篠弘『現代短歌史の争点――対論形式による』、『新星十人』（以上、一九九八）、『短歌と日本人』Ⅰ〜Ⅶ（一九九八〜九九）、『現代短歌ハンドブック』（一九九九）などが刊行された。

評論を中心とした同人誌「ノベンタ」（一九九〇〜二〇〇二）、短歌の国際化をめざした「THE TANKA JOURNAL」（一九九二〜二〇一七）などが創刊された。「ＮＨＫ歌壇」（一九九七〜）が放映された（二〇〇五年から「ＮＨＫ短歌」に改名）。

歌壇賞、斎藤茂吉短歌文学賞（以上、一九九〇〜）、河野（こうの）愛子賞（一九九一〜二〇〇四）、歌人クラブ新人賞（一九九五〜）、寺山修司短歌賞（一九九六〜二〇一六）、若山牧水賞（一九九六〜）が新設された。

一九〇八年に創刊され写生を主張して近代短歌史に重要な役割を果たした「アララギ」が一九九七年に終刊し、さまざまな特集が組まれた。そのなかで岡井隆は、土屋文明の「民衆」は勤労者であり主婦や無職の人を想定していなかった、と批判している（「『アララギ』――この近代短歌の精粋」「短歌研究」一九九七年七月）。また吉川宏志は、アララギは「リアルな生活感を、新しい技法を用いて表現しようとする意欲」が不足していたのではないか、と批判している（「'97特集展望」「短歌年鑑　一九九八年版」短歌研究社）。

一九四九年に創刊された「女人（にょにん）短歌」も、一九九七年に終刊した。その終刊号に代表の森岡貞香(さだか)が「現在は女歌人だけの横のつながりというよりは男性に伍して、女性も互いに活動していくのであって、当初の目的は充分に達成したと思います」(「平成九年第四十九回春季総会の記」)という言葉を記している。

一九九八年に竹柏会「心の花」が短歌結社としてはじめて百周年を迎え、記念号、記念会などがおこなわれた。同年に宇宙からディスカバリー号の向井千秋が短歌の上の句を詠み下の句を募集するという試みがおこなわれ、一四万首以上の応募があった。

国旗・国歌法が一九九九年に施行されたが特に君が代をめぐっては短歌界でも議論が起こり、「君が代・日の丸のうた」(「短歌往来」一九九九年一一月)などの特集が組まれた。

土屋文明が百歳で亡くなられた(一九九〇)。

三節　一九九〇年代の中間考察

一　口語と直喩の広がり

(一)　口語の広がりと問題点の意識化

一九九〇年代の中間考察としてまず修辞の傾向をみると、口語がますますもちいられ、二一

(二)で考察するように記号なども導入されるようになった。
馬場あき子は口語の広がりについて、自分の歌に「口語脈がしきりに入りこむようになり」(「あとがき」『飛種』一九九六)と書き、座談会でも「どうしても主流は口語と文語の混ざり合ったスタイルになっていってるということはあるのね。わたしみたいなのもやっているんだもの」(「座談会」「短歌年鑑　一九九八年版」短歌研究社、一五頁)と言い、文語と口語の併用現象を指摘している。

篠弘は、助詞、助動詞による小さな哀感、もの悲しげな抒情の表現がなくなり、「明るさへの願望」が出てきたことを指摘している(「座談会」「短歌この十年をふりかえる」「歌壇」一九九七年六月)。

栗木京子は、「サラダ現象以来、私も心おきなく自作に口語の言い回しを滑り込ませるようになった」と言いつつ、「究極のところで私は口語に心を許していないのではないか」と言っている。そして、たとえば「夕暮れ」について、文語で「さびしかりけり」ならその詠嘆は心情を貫いて真っ直ぐに上昇する方向性を持ち「詠い上げている」が、口語で「さびしいな」「さびしいですね」だと「語り掛け」となり、語尾によって発話者の年齢、性別、心理状態などが即座に分別されてしまいがちになる、と指摘している(「口語に心を許すなかれ」「短歌」一九九八年九月)。

大辻隆弘は口語化に対して、〈忘れたいらし〉のように辞（助詞・助動詞）の部分にも口語〈たい〉と文語〈らし〉を混用するのは無責任な態度である、と批判している（「試金石としての『たいらし調』」「短歌研究」一九九八年二月）。

吉川宏志は、作品における文体の断片調を指摘している（「座談会」「ぼくらで『新しき短歌の規定』をしてみよう」「短歌」一九九九年一月、一四四、一五二頁）。穂村弘は、口語は結句にカタルシスがなくなるので体言止めが多くなることなどを語っている（「口語短歌の現在、未来」「歌壇」一九九九年一二月）。

このように自作もふくめた口語の広がりは認めつつ、その問題点にも意識的な問いかけがみられた。

前川佐重郎は、青山霞村（〈うた人が佳い句に点うちゆくやうに晴れてまた降る三日晴雨〉『池塘（ちとう）集』一九〇六）、石川啄木、西村陽吉（〈穴から半身　あをいやもりが身を出してまだ寒い日を　じつと喰べてる〉『現代口語歌選』一九二二）、西出朝風、木下利玄、土屋文明、前川佐美雄（〈何んといふひろいくさはらこの原になぜまつすぐの道つけないか〉『植物祭』一九三〇）、山崎方代、寺山修司、そして現代の俵、穂村等の口語歌の歴史を考察している。そして口語歌の「その詐術とも言うべき言葉の危うい操りが現代短歌に幅と奥ゆきを与えているのを見逃してはなるまい」と言っている（「口語歌について——反逆と遊戯と必然」「短歌」一九九八年九月、のちに『前川佐重郎歌集』二〇一六に収録）。

（二）　直喩の広がり

喩について考察すると、現在の短歌は隠喩に対して直喩が多い傾向がある。たとえば『サラダ記念日』では「ごとし」「ような」という直喩は三八首（八・八％）あった。またある座談会では佐佐木幸綱が比喩（暗喩）の衝撃力がなくなったことを語り、岡井隆が直喩の復活を語っている（「歴史にまなぶ」「短歌」一九八九年一月）。

この直喩について吉川宏志は、それを「転轍機（てんてつき）」（車両を切り換えて他の線路に導く装置）と表現し、「意味の上では大きな飛躍を求めながら、やわらかな調べの歌をつくりたい欲求があるからなのではないか」と、その存在理由を述べている。そして穂村弘の〈「さかさまに電池を入れられた玩具（おもちゃ）の汽車みたいにおとなしいのね」〉（『シンジケート』）の〈みたいな〉について、現在は「比喩と比喩されるものが緊密に結びついているのではなく、もっと恣意的に、遊び心をもって結びつけられている」としている（「直喩の現在――序詞（じょことば）的直喩の問題」「塔」一九九六年九月）。

そして吉川自身をふくめて、次のような直喩の歌がみられる。

画家が絵を手放すように春は暮れ林のなかの坂をのぼりぬ

吉川　宏志『青蟬』一九九五年

こんなのはフルーツ味のノドあめのようにハンパな才能だから

枡野　浩一『ますの。』一九九九年

吉川宏志（一九六九～　）作は〈画家が絵を手放すように〉という直喩が、画家の、それなりに大切にしていた自分の描いた絵を手放すようにと読め、そのような大切な何かを失っていくような春の暮れ方を、個性的に表現している。また下の句の〈林のなかの坂をのぼりぬ〉は何げない内容だが、その春の風景に作中主体もいることにより、歌全体の現実感覚（sense of reality）を増す効果を生んでいる。

枡野浩一（一九六八～　）作は、〈ハンパな才能〉のハンパさを、〈フルーツ味のノドあめ〉という味わった者も多く、誰にでもわかりやすいモノを取り上げ、直喩〈ように〉をもちいてうまく表現している。

なお他ジャンルにおいても若い作者の直喩がみられる。たとえば芥川賞を受賞した綿谷りさ『蹴りたい背中』（二〇〇三）では、小説の題にもなった、愛しいよりも強い、背中を蹴りたいという気持ちが立ち上がる場面を直喩によって描写している。

「川の浅瀬に重い石を落とすと、川底の砂が立ち上って水を濁すように、〝あの気持ち〟が底から立ち上ってきて心を濁す。いためつけたい。蹴りたい。愛しいよりも、もっと強い気持ちで。」（傍点は引用者による）

そして直喩は機知を基本とし、たとえば吉川が引用した穂村の歌に示されるように、喩えるもの〈さかさまに電池を入れられた玩具の汽車〉と喩えられるもの〈おとなしい〉の関係が分かりやすい。

それに対して暗喩は、直喩と比較すると喩えるものと喩えられるものの関係が理解しにくい。また、〈噴水は疾風にたふれ噴きゐたり　凛々たりきらめける冬の浪費よ〉（葛原妙子『原牛』一九五九）のように、まず上句が下句の像的な喩になっているがそこで終わらず、次に下句も上句の意味的な喩となって上句の情景が一層明確になり、さらにまた上句の明確になった像が下句の喩となる、という喩の相互性が存在する場合がある（拙稿「遺産―0―1」「ノベンタ」第一〇号、二〇〇二）。

それに対して直喩は基本的に「喩えるもの」―「喩えられるもの」の関係に相互性がなく一方向で、読者も一首を逆に読み返したりする必要がなく、そういう点でも受け入れられやすい。

したがって話し言葉でしゃべるような「口語化」の時代に受け入れられやすく広がっていった、ということができる。

二　多様化する主題

(一)〈私〉という主題

うたう主題としては、まず穂村弘が生きている不快感をうたっているようにさまざまな〈私〉という主題が存在する。このような状態について穂村は、「〈わがまま〉について」という評論で「言葉で創り出した世界の全体が〈私〉」と表現している(「短歌」一九九八年九月、のちに『短歌という爆弾』に収録)。これについては「おわりにかえて」二で後述したい。

(二)　湾岸戦争という主題

次に社会的な主題をみていくと、まず一九九一年の湾岸戦争があげられる。これはその後の歴史から考えてみると、中東が新たな紛争の発生源となり、グローバル化の中で九・一一テロ(二〇〇一)、イラク戦争(二〇〇三)、パリ同時多発テロ(二〇一五)などが起こっていったことと連動するものであった。また日本においても、ＰＫＯ協力法の成立(一九九二)、自衛隊のイラク派遣(二〇〇四)、安全保障関連法の成立(二〇一五)などがおこなわれ、テロや戦争が対岸の火事ではすまされなくなっていき、それらとの距離をどう取るかが現在まで問われている。

そうしたなかで短歌の世界では、戦争という「重い」主題を多様化した修辞でうたおうとする試みがなされていった。

世界の縁にゐる退屈を思ふなら「耳栓」を取れ！▼▼▼▼▼ＢＯＭＢ！
荻原　裕幸『あるまじろん』一九九二年

にぎやかに釜飯の鶏ゑゑゑゑゑゑゑゑゑゑひどい戦争だった
加藤　治郎『ハレアカラ』一九九四年

侵攻はレイプに似つつ八月の涸谷（ワジ）越えてきし砂にまみるる
黒木　三千代『クウェート』一九九四年

荻原（おぎはら）裕幸（一九六二～　）作は「日本空爆　１９９１」という連作の中にあり、日本が空爆されたことを仮定してうたっている。そして爆弾が落下することをあらわすものとして、〈▼▼▼▼▼〉という記号を効果的に使っている。なお〈世界の縁にゐる退屈〉とは、中東に対して極東の日本のわれわれを指しているのだろう。

加藤治郎作も、空爆下の人々の惨状を、蓋をされた〈釜飯〉中の〈鶏〉の鳴き声を仮想して、〈ゑゑゑゑゑゑゑゑゑ〉と視覚的にも効果的に表現している。

黒木三千代（一九四二〜　）作は、湾岸戦争の発端となったイラクのクウェートへの〈侵攻〉を、〈レイプ〉と重ねつつ〈涸谷（ワジ）越えてきし砂にまみるる〉と身体のように擬人化させてうたっている。

篠弘は、湾岸戦争、東欧の問題などが伝えられるが映像は「撮影しうる限定されたもの」であり、「各個の思想や認識が確かなものでなければ、こうした事件にふれた社会詠は成立しない」としている（「3社会的な主題」「再興する評論時代」「短歌年鑑　一九九二年版」角川）。また彦坂美喜子も、湾岸戦争詠について事実の記述という方法があるが、それはメディアの操作に加担する危惧があることを指摘している。そして「事」を私に近づけてとらえるという方法もあり、朝日歌壇に掲載された〈戦争の無きを願いてひよこ描く冬の日溜まり音ひとつなし〉（徳島県　中村小真沙）のような、非常に自己に近いところから自己に向かって発語する歌を紹介している（「社会詠の方法と可能性について」「歌壇」一九九一年五月）。

（三）　高齢社会の到来

日本社会の少子高齢化は周知の事実だが、六五歳以上の人口比率が七〜一四％未満が「高齢化社会」、一四～二一％未満が「高齢社会」、そして二一％を超えると「超高齢社会」とされる。そして日本はすでに一九七〇年に「高齢化社会」、一九九四年に「高齢社会」、二〇〇七年に「超高齢社会」になっている。

この高齢化という問題は、歌の主題になりやすい。なぜなら歌人は七〇代が二九・二％で最も多く、次に八〇代の二三・四％が多いことにも示されるように平均年齢が高いこと（五章「歌人調査」（二〇一一））、また高齢化は社会全体の構造や意識に関連する「社会問題」ではあるが、自分自身の老いや近親者の介護など個人の身近に降り注いで「口語化」してくるので、歌の主題としてうたいやすいからである。

高齢化の問題はいくつかの短歌総合誌で特集が組まれているが、特に「短歌」が一九八七年二月号の特集「〈老い〉の歌」から「老いと熟成の歌」（一九八八）、「〈老い〉と青春の歌」（一九八九）、「老いと死生観」（一九九〇）、「老いと孤独の歌」（一九九一）、「老いと性」（一九九二）、「老いと慟哭の歌」（一九九三）、そして一九九四年二月号の「大特集・老いて青春を求める」までの八年間の二月号（一九八九年は三月号）に「老い」の特集をおこなっている。また一九九〇年九月号も「第2の人生」についての特集をおこなっている。

そのなかで来嶋靖生は、「新しい老いの青春歌」として八〇代の齋藤史（ふみ）（一九〇九～二〇〇二）に着目する。

白き鳥は陽に溶けて消えのこりたる黒鳥一羽光を放つ

齋藤　史『秋天瑠璃』一九九三年

この歌について来嶋は、「通俗的な青春歌ならば目は白鳥に行くだろう。（中略）だが作者の心は黒〔黒〕鳥の放つ光に立ち止まる。（中略）この『発見』が出来るかどうか、新しい老いの青春歌の成否はここにかかる」としている。このように来嶋は、〈黒鳥〉に目を据えそこに〈光〉を見るという「表現行為において常識や分別を越える勇気」に「老いの青春歌」の特徴を見出そうとしている（「新しい老いの青春歌はあるか」「短歌」一九九四年二月）。

また七〇代の森岡貞香（さだか）（一九一六〜二〇〇九）の歌も、老いてこそ得たものをうたっている。

をみな古りて自在の感は夜のそらの藍青に手ののびて嗟（なげ）くかな

森岡　貞香『百乳文（ひゃくにゅうもん）』一九九一年

女性が「花の色は移りにけりな」と嘆くのではなく、年をとってこそ獲得した〈自在の感〉、それは夜の空の〈藍青（らんせい）〉にまで手が伸びるような感覚であり、しかしまた〈嗟（なげ）く〉（感嘆する）

ようなものでもある。初句〈をみな古りて〉から四句目〈藍青に手の〉までののびやかな歌いぶり、そして〈のびて嗟くかな〉の一字字余りのたゆたいまで、言葉も、心も自在であり、七〇代の作者によってうたわれた艶のある老いの歌である。

このように高齢化に伴い、ある年齢に達した歌人の熟練の技と世界観もみられてゆく。なお一九九〇年代は中年期も話題となった。そして松平盟子は、老年期の前に長い中年期が生まれつつあるが、女性と比べて男性の方が中年を意識しているのではないか、と書いている（「長すぎる中年、の歌」「短歌」一九九〇年三月）。

(四)　天安門、阪神・淡路大震災、オウムなどの主題

またその他にも、さまざまな主題がうたわれた。

なぜ銃で兵士が人を撃つのかと子が問う何が起こるのか見よ
中川　佐和子『海に向く椅子』一九九三年

地震の夜の寒の望月凝血のごとき光の満ちていしこと
道浦　母都子『夕駅』一九九七年

修行するぞ。修行するぞ。修行するぞ。

ねばねばのバンドエイドをはがしたらしわしわのゆび　じょうゆうさあん

加藤　治郎『昏睡のパラダイス』一九九八年

中川佐和子（一九五四〜　）作は、一九八九年の中国の民主化運動にたいする武力弾圧であった天安門事件をうたっている。前述したように、テレビなどのマスメディアを通じて社会的事件をうたうことは難しいが、この歌では映像の前での〈なぜ銃で兵士が人を撃つのか〉という〈子〉の問いと、それに対する母の〈何が起こるのか見よ〉という毅然とした答えが一首を成立せしめている。初出は朝日歌壇で大きな話題となり、その年の朝日歌壇賞を受賞した。

道浦母都子（もとこ）（一九四七〜　）作は、一九九五年の阪神・淡路大震災の歌。一月一七日に発生し、六千人以上の死者を出したが、その大震災を〈夜の寒の望月〉が〈凝血のごとき光〉に満ちていたと自然に託してうたっている。

加藤作は、同じ一九九五年のオウム真理教事件をうたっている。地下鉄サリン事件などの悲惨な事件を起こした教団には、マスコミに登場して一時は女性ファンなども生まれた上祐史浩（じょうゆう）をはじめとして、高学歴の若者が入団していた。〈ねばねばのバンドエイドをはがした〉あとの〈しわしわのゆび〉は、そのような日本のふやけた、どうしようもない状況をあらわし、結句〈じょうゆうさあん〉は上祐へ黄色い声をあげるような、助けを求めるような心情をうたっている。加藤は歌集のあとがきでオウム真理教事件などに言及しつつ、「日常を成立させている意識が消失した領域に奇妙な楽園を見出した人々は、全くの他者だろうか」と問うている。

なおフェミニズムに関連して、米川千嘉子は小島（ゆ）、水原、辰巳などの女性歌人について、「フェミニズムにわずかに遅れてきた世代」として、「女性という性が長くかかえてきた女性らしさや、逆に怨念や痛みなど、深く心性に属する性の特質を、すでにある自明のものとして抱えなおしているように見える」と指摘している（「わが性への距離」「現代短歌雁」三四、一九九五年一一月）。そして歌人の歌人論はしばしば自分自身についても語っているので、これらの指摘は米川にもあてはまる、と考えられる。

三　私性についての議論

私性（わたくしせい）についてもさまざまな議論がおこなわれ、たとえば内藤明は、現在は「現実の『我』の中から、近代が作り上げたと信じられて来た強固な自我の存在はすっかり影をひそめ」、「明瞭な輪郭をもたない個が、情報化された社会の中を浮遊する」と指摘している（「われの生成・主体のゆくえ」「音」一九九九年四月、八三頁）。

また小池光は短歌にはその言葉の意味性を収斂させる「一個の生きていく主体」＝「私」（作者）が想定されなければいけない、という見解を示している。また短歌の本質として、長歌と反歌の関係のように、何かに対して作者が「受けて返す」というものがある、としている（「第Ⅱ部・誌上シンポジウム　現代短歌のニューウエーブ」「短歌研究」一九九一年一一月）。

おわりにかえて

一　一九九〇年代の時代背景――バブル崩壊

一九九〇年代の時代背景は、やはりバブル経済の崩壊であろう。金融引き締め政策により株価、地価が急落してバブル経済が崩壊し、社会は長期的な不況となった。「ライトヴァース」のような「明るい・かるい」歌は、もはや手放しではうたえなくなっていったのである。

また一九九五年に阪神・淡路大震災、オウム真理教事件が起こり、みてきたようにそれらを主題にした歌が詠まれた。海外では一九九一年に湾岸戦争が起こり、日本は多額の支援をしたがアメリカなどから非難され、一九九二年のＰＫＯ協力法の成立をへてカンボジアなどへ自衛隊が派遣されていった。

また平成の大合併（一九九九～二〇一〇）がおこなわれ、伝統ある地名が消滅していった。[15]

政治の世界では細川首相の非自民政権が一九九三年に誕生したが、九四年には社会党の村山首相の自民・社会・さきがけ政権となり、九六年には自民党の橋本首相の同連立政権となった。このような連立政権のもとに、成田空港問題の強権的姿勢の謝罪（一九九五）、村山談話（一九九五）、血友病患者のＨＩＶ感染の謝罪（一九九六）などがおこなわれた。また一九九六年には初の小選挙区制による衆院選がおこなわれた。このように政治の世界でも、バブル経済崩壊後の国のかたちが模索されていった。

なおこの時期の青少年問題としては女子高生の援助交際や、少年による神戸連続児童殺傷事件（一九九七）などが着目された。

海外では一九九〇年に東西ドイツが統一し、九一年にはソビエト連邦が消滅し、社会主義という「大きな物語」がさらに崩壊していった。日本ではマルクス主義はまずその著作によって輸入された。したがって当時の国際的圧力の影響もあってプロレタリア独裁から党独裁、個人崇拝になってしまった東欧やソ連の現実と直面しているヨーロッパの知識人と比較すると、日本の知識人の社会主義理解は観念的、ユートピア的と言わざるをえないところがあった[16]。また長期にわたり戦争をおこなったアメリカとベトナムが、一九九五年に国交正常化を果たした。

二　一九九〇年代の結語——「わがままな私」と「個人化」の進行

この時代の短歌の傾向を、穂村弘は〈わがまま〉と表現している。穂村は、坂井修一が現在の短歌の特徴を「明るいニヒリズム」と言っているのを紹介しつつ、穂村自身、そして井辻朱美、早坂類、東直子などの歌は共同体的な感性よりも個人の体感、世界観にもとづいており、憧れや愛の感覚は強いがあくまでも一人の信仰であり〈わがまま〉であるとし（「〈わがまま〉について」）、「わがままな私」の存在を示している。[17]

そして吉川宏志は、共同体的感性が通じなくなった原因として、一人一人の家族、職業などの生活感情が異なってしまったことと、都市化による自然の破壊をあげている（「座談会」「ぼくらで『新しき短歌の規定』をしてみよう」「短歌」一九九九年一月、一四七、一四八頁）。

さらに穂村は、「私は短歌の進化論を信じておらず、この詩型に様々な新しい表現要素が付加されて総体として前へ進んで行くというヴィジョンを持つことができない」とし、「ひとつの歌と出逢うことはひとつの魂との出逢いであり」、「その継承は時空間を超えた飛び火のようなかたちでしかあり得ない」としている（「〈わがまま〉について」）。

この穂村の一連の言説については、この時代の短歌の特徴を〈わがまま〉ととらえたのは卓見であり、特に同世代以下の多くの歌人に影響を与えた。また確かに何が「短歌の進化」かは一概には言えないし、歌との出逢いは「魂の出逢い」であり、短歌は「自分専用の呪文」という穂村の主張も、作者の実感としては理解することができる。しかし、たとえば穂村の後の世代の少なからぬ者が穂村の短歌と評論を情熱を込めて読み、「穂村弘体験」をへて短歌をうたっていったので、そのような何らかの歴史の積み重ねも生じている、ということができる。

さらにこの穂村の〈わがまま〉という発言自体、U・ベックが分析している家族や職業の動揺による社会の「個人化」の進行[18]として説明することができ、やはり社会現象としてある歴史的文脈の中で生じた、ということができる。

なお小笠原賢二は、俵や穂村などに対して、それは「〝宇宙遊泳型〟の感性」であり、「始めも終りも無い無限反復をくり返すだけだ」と批判している（「同義反復という徒労」『終焉からの問い』一九九四）。また穂村、加藤などに対しては、短歌が「何でもありという状況」となり、「定型との格闘」や「世紀末的な平和や自由との格闘」がなくなり、「恒常的短歌滅亡の時代」になってきている、と批判している（「恒常的短歌滅亡の時代」同）。このような小笠原の批判は、小笠原は文芸批評家であり、何らかのものに到達したり、格闘したりすることに価値をおく「文学観」からの批判、ということができる。

注

（1）山田航は、〈「ゆひら」〉が「『雪』が『ひらひら』舞うというオノマトペ的な用法も果たされている」としている（「㉗章」穂村・山田『世界中が夕焼け』二〇一二）。
（2）加藤治郎は、俵と穂村の会話体を比較して、俵は「何か会話したという印象」が文脈に入っているのに対し、穂村は「実在しない誰かにしゃべらせて」、自分が反応を返したり返さなかったりしている、したがって「孤立感が俵万智より深まっている」と指摘している（「第Ⅱ部・誌上シンポジウム　現代短歌のニューウエーブ」「短歌研究」一九九一年一一月、五八頁）。

（3）たとえば坂井修一は、荻原、加藤、穂村などの特徴として、「前世代の挫折感が、みずからの価値観が通用しないことの挫折感であったとすれば、加藤たちの挫折感は最初から最後まで一定の価値観を持てないでいることの構造的な挫折感といえるのだろうか」としている（「メタの崩壊」「現代短歌雁」三一、一九九四年一〇月）。

（4）この主に二〇一〇年代末＝平成末に提起された「ニューウェーブ」の定義、名称などをふくむさまざまな問題は、一九九〇年代の定義、名称などと比較・検討した方が理解・説明しやすいと考えられるので、この二章で取り上げることにした。

（5）加藤治郎は修辞に対して意識的で、口語のみならず会話体、音などによりイメージを生成（イメージング）し、仮想現実主義（バーチャル・リアリズム）を志向して、リアリズムを更新しようとこころみている（『ＴＫＯ（テクニカル・ノックアウト）』一九九五）。また記号の詠み込みは、やはりワードプロセッサー普及の影響が大きい。

（6）穂村弘は「ニューウェーブ」の特徴として、口語の導入を重視した発言をしている（「新刊ＪＰ二〇一二年七月二八日」excite. ニュース（二〇一八年五月二〇日閲覧））。

（7）二〇一一年のシンポジウム「ニューウェーブ徹底検証」では、加藤が、ニューウェーブは近代的主体ではない何かを「無意識の作用」を通じて模索する試みであった、としている。そして例として、荻原裕幸〈鬯鬯鬯鬯と不思議なものを街路にて感じつづけてゐる春である〉（『あるまじろん』一九九二）をあげ、〈鬯（ちょう）〉（香草、香酒）という見慣れない漢字が、無意識の先にある「何か」を志向するものである、としている（山木礼子「未来創刊六〇周年記念大会・シンポジウム『ニューウェーブ徹底検証』レポート」「未来」二〇一一年一二月、六三頁）。確かにこの歌は近代的主体が関知し得ない世界をうたおうとしており、「ずれ」を「補修」すると言うよりは「意識化」しようとした歌、と考えることができる。

（8）たとえば『現代短歌のニューウェーブとは何か？』（二〇二〇（令和二））では、「ニューウェーブ以降の短歌」という項目が立てられている。

（9）これは平成のウェーブが令和で継続することを妨げるものではないが、「ニューウェーブ」が三〇年以上継続すると考えるよりは、新しいウェーブが生まれることに期待していきたい。

（10）注記させていただければ、「ニューウェーブ」のような中核とフォロワーの関係は、結社よりもつながりやすく、自由度もあるが、切れやすいという特徴もあるのだろう。結社の場合は入会申し込みをし、会費も払うので、中核の者が〇〇結社の歌は私たちだけだとはなかなか言えないが、「ニューウェーブ」のように定義があいまいで、結社のような関係がないネットワークでは関係消滅に対するハードルも低くなるのである。

また運動体の中核になって組織の維持、運営、選歌や歌集出版のアドバイスなどをすることは「特権」のようにも思われるが、クレームなどもついてくるし、自分の創作の時間は侵食されていくなかなか継続しがたい大仕事でもある。

中核とフォロワーのそれぞれの要求をもとにした適切な関係は、「ニューウェーブ」であろうと、他の組織であろうと、永遠の課題である。

（11）飛び石リフレインは古典和歌にもみられ、たとえば山部赤人〈田子の浦ゆうち出でて見ればま白にそ富士の高嶺に雪は降りける〉（『万葉集』巻三）は、「た」「の」「う」「ゆ」「ふ」「に」の六つの飛び石リフレインがある。

（12）『砂の詩学』を底本とした。ただし底本の誤植は、著者に確認の上訂正した。

（13）学園闘争の社会学的分析としては、教育や研究を問う「新しい社会運動」としての側面に着目した拙稿「『青年の異議申立』に関する仮説の事例研究――社会主義運動仮説と新しい社会運動仮説を対象として」（日本社会学会「社会学評論　163」一九九〇年一二月）、自己否定から他者否定への過程などを指摘した同「第8章　学園闘争の統計的研究と学生集団の事例研究」（野宮大志郎編『社会運動と文化』二〇〇二）などがある。また活動家へのインタビューをもとに東大闘争を考察した同卒論が、小熊英二『1968【上】若者たちの叛乱とその背景』（二〇〇九）の第一〇、一一章に引用されている。

（14）伊藤は「私なりの闘争に対する想いはあった」としながら、「学園闘争に直接関わる語は私のタブーだった」と書いている（「空そそのかす」「歌壇」一九九五年四月）。

（15）塚本邦雄は「地名はすべて詩歌を伴はぬ歌枕、言葉の名所」と言っている（「歌枕考現学」『塚本邦雄全集　第一二巻』二三頁、二〇〇〇）。この伝統ある地名の消滅も終章四節二で考察する「合理化」と関係する、と考えられる。

（16）またマルクス主義がなぜ多くの人々を行動に駆り立てたかというと、その当時としては高度な理論的な完成度と、世の中にただ富める者と貧しい者が存在するのではなく、富める者（資本家）が貧しい者（労働者）を搾取しているという関係がある、と提示したことによると考えられる。

(17) 穂村は〈わがまま〉に井辻等も入れており、したがって〈わがまま〉は、平成口語尖鋭化ニューウェーブより広い現象を説明するものになっている。なお穂村は俵も〈わがまま〉にふくめているが、一九八〇年代のライトヴァースの俵と、一九九〇年代に言及された〈わがまま〉とは異なる、と本書は考えている。

(18) U・ベックは「産業化された近代の生活と思想が準拠している座標系――その座標軸は家族と職業であり、科学と進歩への信仰である――は動揺」（東廉・伊藤美登里訳『危険社会』一九九八、一七頁）しはじめており、現代はさまざまなリスクが出現してきている「危険社会（リスク）」である、と論じている。そして個人化が進行し、たとえば階級や家族から「解放」された個人が労働市場へ放り出されて、「あらゆる危険やチャンスや矛盾に満たされた労働市場における自分個人の運命に、注意を向けられるようしむけられた」（同、一三八頁）としている。

三章　二〇〇〇年代――「かけがえのない私」と失われた二〇年

一節　斉藤斎藤と吉川宏志

一　「空虚さ」を機知をもってうたう斉藤斎藤

二〇〇〇年代には、第二回歌葉(うたのは)新人賞を受賞し、明らかにペンネームとわかる斉藤斎藤（一九七二〜　）という歌人が登場した。

雨の県道あるいてゆけばなんでしょうぶちまけられてこれはのり弁

『渡辺のわたし』二〇〇四年

「お客さん」「いえ、渡辺です」「渡辺さん、お箸とスプーンおつけしますか」　同

シースルーエレベーターを借り切って心ゆくまで土下座がしたい　同

一首目は代表歌にもなっているが、〈雨の県道〉にぶちまけられた〈のり弁〉が現代のやりきれなさ、空虚さを伝えている。腰の句の〈なんでしょう〉が読みに一呼吸をおかせ、効果的である。

二首目はコンビニのような安価な食物を提供する店の場面なのだろう。匿名の大衆社会における〈「お客さん」〉という呼びかけに対して、作中主体は〈「いえ、渡辺です」〉と名前を言うという、かなり不気味な返事をしている。しかしこの「抵抗」も、店員の〈「渡辺さん、お箸とスプーンおつけしますか」〉というマニュアル化された対応により、再び大衆社会の中へ空虚に回収されてゆくのである。

三首目は、おそらく昇っていく〈シースルーエレベーター〉に、一人の男が土下座しているのが見えるという情景が、この上なく滑稽で、不気味で、哀しい。

これらの作品は、修辞としては基本的に口語で、会話体、リフレインなどがもちいられている。そして主題としては機知（ウイット）をもとに、〈私〉の「空虚さ」をうたっている。また私性（わたくしせい）については、「私」（作者）≒〈私〉（作中主体）の状態である。

そういう点では穂村弘に通じている、ということができるが、三節二―(一)で触れるように一九九〇年代の穂村等と比較すると〈わがまま〉がなくなってゆき、バブル崩壊後の不況が定着した社会の中で、より現実に密着してうたっている、ということができる。

この点については斉藤斎藤自身が、「日常的な貧しさから離れたものを作ろうという気がさほど起こらない」(「特別鼎談――言葉の宇宙」「弦」三号、二〇〇八年、二六頁)と言っているが、それは青年期にある程度バブル経済を体験した俵、穂村らと、ほとんど経験しなかった斉藤斎藤の世代差、ということができる。

二 「実感」をうたう吉川宏志

吉川宏志は、前章でも取り上げたようにすでに一九九五年に歌集を出して評価を得ていたが、二〇〇〇年代には四冊の歌集のほかに評論集も刊行し、さらに充実の時を迎えた。

しらさぎが春の泥から脚を抜くしずかな力に別れゆきたり　『夜光』二〇〇〇年

死ぬことを考えながら人は死ぬ茄子の花咲くしずかな日照り　同

リモコンの疣様(いぼよう)のもの押すたびにテレビは死者を増やしてゆけり　『曳舟』二〇〇六年

一首目は連作の他の歌から相聞とも読めるが、結句〈別れゆきたり〉にたいして、〈しらさぎが春の泥から脚を抜く〉の後を、直喩の「ように」ではなく、〈しずかな力に〉と直接うたっているところが特長的である。ここで読者は〈しずか〉ではあるが〈力〉から、〈別れ〉にある必然性を感受するのである。

二首目は、病気をしたり、年老いたりしてだんだん死が近くなったときに、人は〈死ぬことを考えながら〉死んでゆくものだ、と上梓時は読んでいた。

しかし二〇年近くたってあらためて読んでみると、〈死ぬことを考えながら〉はもっと長い人生の時間のことで、そのとき、どきに人は〈死ぬことを考えながら〉、結局は明確な答えを得られずに死んでゆくものだ、と読んだ。そうすると下の句の〈茄子の花咲くしずかな日照り〉も、二〇年前よりずっと長い時間をあらわしていると感じられた。

三首目は連作の他の歌からテレビで事故を見ているようだが、〈リモコンの疣様(いぼよう)のもの〉という見立てが、死者が増えていく事故に緻密にマッチしている。また〈テレビは死者を増やしてゆけり〉と〈テレビ〉を主格に置くことによって、作中主体、そして読者も死者が増えていく事故の悲惨さから少し距離を置くことができるのである。

なお吉川は、修辞でみると〈ゆきたり〉、〈ゆけり〉のように基本的に文語を使っている（吉川の口語の問題は三節一―（一）で後述する）。また主題は、これらの歌は基本的に「私の生活」だが、その後は東日本大震災をへて原発などへ多岐にわたっていく。そして「私」（作者）＝〈私〉（作中主体）ではあるが、かなりイコールに近い、ということができる。

そして吉川は評論集も刊行しているが、そこにおける吉川短歌のキーワードは、本の題名ともなった「実感」であろう。吉川は『風景と実感』（二〇〇八）で「実感」についてさまざま語っているが、音楽を例としては、「バッハの生命のリズム」が楽譜に書かれ、それがバッハの曲の「演奏者の身体を通して、まざまざと蘇る」としている。そして短歌においては、「紙に書かれている文字を、読者が身体を通して再表現すること」によって実感が生まれる、としている（「一章『実感』と『思想』」）。

二節　二〇〇〇年代の歌人の歌

次に同時代の二〇〇〇年代の各世代の歌人の歌を読んでいくことにしたい。

一　一九七〇年代生れの歌人

まず斉藤斎藤と同じ一九七〇年代生れの歌人の歌を読んでいくことにしたい。

夜の尾に淡くつながる白光(びゃくくわう)をみることあらず職を得てより
大松　達知『フリカティブ』二〇〇〇年

五月八日（月）　メール届く、最後の二行は読みたくはなかった
思いきることと思いを切ることの立葵までそばにいさせて
永田　紅『北部キャンパスの日々』二〇〇二年

ブローチは短剣のかたち心臓のありかを探して夏は終わりぬ
松野　志保『モイラの裔』二〇〇二年

もちあげたりもどされたりするふともがみえる
せんぷうき
強でまわってる
今橋　愛『O脚の膝』二〇〇三年

中央線に揺られる少女の精神外傷(トラウマ)をバターのように溶かせ夕焼け
笹　公人『念力家族』二〇〇三年

あり得ないと言われて思う方舟がこぼして消えた動物のこと
増田　静『ぴりんぱらん』二〇〇三年

繰り返すかなしみのような夕焼けにわれは知りたし糸車の主
盛田　志保子『木曜日』二〇〇三年

「やさしい鮫」と「こわい鮫」とに区別して子の言うやさしい鮫とはイルカ

松村　正直『やさしい鮫』二〇〇六年

菜の花のひとりひとりが手を振れりふたたび会えぬ四月　そのほか

駒田　晶子『銀河の水』二〇〇八年

大松達知（一九七〇～　）作は、職を得てからの世界が四句目までに表現されている。〈夜の尾に淡くつながる白光〉とは、それぞれ人により何か夜の遠くに見えるような淡い光、と解釈することができる。そして大松は、短歌は「〔作者の〕内臓や肉体などを通過してくる、あたたかで匂いのある息」であり、「その息は小さくても濃く、本物である」（「小さくて濃い本物の息」「短歌」二〇〇二年一二月）といい、実感を重視した短歌観を示している。

永田紅（一九七五～　）作は詞書から恋人との別れをうたっている、と思われる。歌意としては、いわゆる〈思いきる〉＝あきらめるということと、〈思い〉があってもそれを〈切る〉ということの間で私は悩み、苦しみ、でもせめて〈立葵〉が咲くまでは〈そばにいさせて〉、と読んだ。だから最初の〈きる〉は平仮名なのに対し、その後の〈切る〉は漢字で「切る」ことを強調した、と思われる。また〈立葵〉は六～八月に咲くので、枯れるまでではなく咲くまではそばにいさせて、と読んでみた。

松野志保（一九七三〜　）作は、自分がつけている〈ブローチ〉なのだろう。「自殺願望」とまでは言えないが、何らかの理由で死を身近に感じ続けた〈夏〉を、胸に揺れ続けた〈短剣のかたち〉の〈ブローチ〉で詠んでいる。

今橋愛（一九七六〜　）作は、一行目はセックスの最中で〈もちあげたりもどされたりする〔自分の〕ふとももがみえる〉という歌意で、二行目以下はその部屋の光景、と読んだ。

句切れをみると、

もちあげたり／もどされたりする／ふとももが／みえる
せんぷうき／
強でまわってる／

となり、ほぼ五七五七七を守っていることがわかる。また四句目は、〈みえるせんぷうき〉が行またがりになっているが、これは〈み（見）える〉の目的語が行的には〈ふともも〉、句的には〈せんぷうき〉となり、〈ふともも〉が見え、次に〈せんぷうき〉が〈強でまわってる〉のが見えるという視点の転換が表現されている。

笹公人（きみひと）（一九七五〜　）作は〈夕焼け〉をうたっているが、作者には中央線に揺られている〈少女の精神外傷（トラウマ）〉が見えている。そして少女の肩越しに見えている〈夕焼け〉にそれを〈バターのように溶かせ〉と呼びかけているのである。

増田静(しずか)（一九七二〜　）作は、〈〔ノアの〕方舟がこぼして〔世界から〕消えた動物〉が、一首のなかで機知(ウイット)をもって詠まれている。初句二句がいきなり〈あり得ない／と言われて思う〉から始まっているのも効果的である。

このように笹、増田等の歌は、基本的に機知(ウイット)をもってうたっている。

盛田志保子（一九七七〜　）作は、〈夕焼け〉を〈繰り返すかなしみのような〉と直喩でうたい、それがどこから生まれたかを子どものように知りたがっている。そして〈糸車〉は〈繰り返す〉の縁語であり、したがって〈繰り返すかなしみのような夕焼け〉を紡ぎ出し、寄り合わせる〈糸車の主〉を私は知りたい、と読むことができる。

松村正直(まさなお)（一九七〇〜　）作は、〈やさしい鮫とはイルカ〉という子どもの発想をやさしさを込めてうたっている。そして松村は「作品の中の確かな手触りや実感を通じて、自分の輪郭を取り戻したい」（「もうニューウェーブはいらない」「短歌」二〇〇二年一二月）と言い、やはり「実感」を重視する考えを示している。

駒田晶子（一九七四〜　）作は、〈菜の花のひとりひとり〉とうたうことによって、人間が手を振っているように〈菜の花〉が風に揺れている風景を想像させる。それは〈ふたたび会えぬ四月〉に手を振っているようでもあり、〈そのほか〉の多くのものに手を振っているようでもある。一字あけをふくむ〈　そのほか〉はかなり大胆なうたい方だが、ひらがなの〈ひとりひとり〉と一字あけの後にゆれあい、違和感はない。

これらの一九七〇年代に生まれ、二〇〇〇年代に第一歌集を出した若者は、ほぼ高度成長期を過ぎてから少年・少女期を過ごし、バブル期を過ぎてから青年期を迎えている。したがって俵や穂村などと比較すると、より落ち着いて、日常の細部をうたう傾向がある、ということができる。

二　下世代の歌人――一九八〇年代生れの歌人

次に下世代の一九八〇年代生れの歌人の歌を読んでいくことにしたい。

目に刺さる光欲しくてシンバルをランプシェードの代はりに吊りぬ
石川　美南『砂の降る教室』二〇〇三年

かたつむりとつぶやくときのやさしさは腋下にかすか汗滲(し)むごとし
小島　なお『乱反射』二〇〇七年

夥(おびただ)しき手は遠のきて夕暮れにジャングルジムは光をのせる
花山　周子『屋上の人屋上の鳥』二〇〇七年

えーえんとくちからえーえんとくちから永遠解く力を下さい

笹井　宏之『ひとさらい』二〇〇八年

もういいね許していいね下敷きを反らせてみたら海に似ている

野口　あや子『くびすじの欠片』二〇〇九年

石川美南（一九八〇～　）作は、先端恐怖症と逆のような、〈目に刺さる光〉を欲する繊細な神経をうたっている。〈シンバル〉の形状とカタカナが、〈目に刺さる光〉となってわれわれに刺さってくる。

高校生で角川短歌賞を受賞した小島なお（一九八六～　）は、二十歳で第一歌集『乱反射』を上梓した。提出歌は意外と解釈が難しいが、直喩〈ごとし〉については、〈私〉が〈かたつむり〉を想像して〈かたつむりとつぶやくとき〉、〈私〉はふだんよりやさしい、やわらかい心身となる、そしてそれは〈腋下〉にかすかに汗が滲みるような感覚である、と読んでみた。そして読者はそこから、ほのかなエロチシズムを感受するのである。

花山周子（一九八〇～　）作は、子どもたちの〈夥しき手〉が去ったあとの夕映えの〈ジャングルジム〉をやさしくうたっている。結句〈光をのせる〉は、〈夕暮れ〉の光と、子どもたちの手形の光も想像できる。

なお小島なおは小島ゆかりの娘、花山周子は花山多佳子の娘、そして前述した永田紅は永田和宏と河野裕子の娘である。このように戦後の親子歌人がこの時代に登場してきている。

笹井宏之（一九八二〜二〇〇九）は二〇〇九年に二六歳の若さで永眠したが、第四回歌葉新人賞を受賞した期待の新人であった。提出歌はリフレインを効果的に使いつつ、下の句で種明かししている〈永遠解く力を下さい〉が、決してかなえられない願いなので哀しい。〈永遠解く力〉とは、「永遠に解く力」ではなく、「永遠を解く力」と読んだ。[1]〈えーえんとく／ちからえーえん／とくちから／永遠解く／力を下さい〉という句切れも、次第に種が明かされていくようで効果的である。

野口あや子（一九八七〜　）作は〈もういいね許していいね〉という口語を駆使したリフレインが、人を許す自分を〈許していいね〉と問うているようで切ない。下敷きを反らせてみたら盛り上がる波のように見える〈海〉とは、そのような世界から抜け出せる窓口として読むことができる。

三　上世代の歌人

それでは最後に、一九七〇年代生まれより上世代の歌人の歌を読んでいくことにしたい。

（一）　一九六〇年代生まれの歌人

二人して交互に一つの風船に息を吹き込むようなおしゃべり
千葉　聡『微熱体』二〇〇〇年

たすけて枝毛姉さんたすけて西川毛布のタグたすけて夜中になで回す顔
飯田　有子『林檎貫通式』二〇〇一年

午前二時電話しながらボトル抱く影にも光にもなれる水
江戸　雪『椿夜』二〇〇一年

好きだった世界をみんな連れてゆくあなたのカヌー燃えるみずうみ
東　直子『青卵』二〇〇一年

ハロー　夜。ハロー　静かな霜柱。ハロー　カップヌードルの海老たち。
穂村　弘『手紙魔まみ、夏の引越し（ウサギ連れ）』二〇〇一年

黄銅の面錆びながら薬莢のなほ艶めきて子らに踏まるる
矢部　雅之『友達ニ出会フノハ良イ事』二〇〇三年

スプーンを覗き込んでは春の日をぼくは逆さに老いてゆくのか
奥田　亡羊『亡羊（ぼうよう）』二〇〇七年

すこしづつかたちたがへてちちふさは左右にありぬしづくしてありぬ

真中　朋久『重力』二〇〇九年

千葉聡（一九六八〜　）作は、〈二人して交互に〉なので交互に継続し、〈一つの風船に息を吹き込むような〉なのでそれなりに力を込めているのだが、決して相手に届かない、届こうとしないという現代の〈おしゃべり〉がうたわれている。

飯田有子（ありこ）（一九六八〜　）作は、何らかの理由で夜中に切羽詰まって、〈枝毛〉をいじり、〈姉さん〉を呼び[2]、〈西川毛布のタグ〉を見すえ、〈顔〉をなで回して、何度も〈たすけて〉と叫んでいるのだろう。〈たすけて枝毛／姉さんたすけて／西川毛布の／タグたすけて夜中に／なで回す顔〉と句切ってみても、結句以外字余りなのだがあまりそれを感じさせず、〈たすけて〉の三回のリフレインによる切迫感が伝わってくる[3]。

江戸雪（一九六六〜　）作は、下の句のボトルの中の〈影にも光にもなれる水〉が、午前二時の〈電話〉の内容の巧みな喩になっている。この〈電話〉もやがて、「首を傾けて肩との間で持てる大きな受話器」という注が必要になっていくのだろうか？

東直子作は、〈好きだった世界〉は「あなたの」ではなく「私の」と読み、その世界も、それを連れて行こうとするあなたも湖の上で燃えて消えようとしている、という一種の相聞歌として読んだ。一句ごとの転換が個性的におこなわれる最後の結句で「私が好きだった世界」、そして「私が好きだったあなた」の燃える悲しみを感じたい。

穂村弘作は、年齢の影響もあるのか？〈サバンナの象のうんこよ聞いてくれ――〉と比較すると、〈ハロー〉と三回静かに呼びかけている。しかし人間ならぬ〈静かな霜柱〉、〈カップヌードルの海老たち〉などのつややかなものへの呼びかけは、基本的に切ないもので、背景に空虚さがある。

矢部雅之（一九六六～　）の、今のところ唯一の歌集である『友達ニ出会フノハ良イ事』は、特にⅡ部が報道カメラマンとして中東へ行った体験からうたっており、現地の写真もふんだんに掲載されて大きな特長となっている。提出歌もそのような歌の一つであり、〈薬莢（やっきょう）〉が〈なほ艶めきて子らに踏まるる〉という小状況をうたいながら、戦争という大状況を伝えている。

奥田亡羊（ぼうよう）（一九六七～　）作は、春の草木萌える日に、覗き込んだスプーンの奥では、空間も、時間も歪み、〈ぼく〉は逆さに老いてゆくような気がするという、壮年でもある作者の空間と時間に対する不思議な感覚をうたっている。

真中（まなか）朋久（一九六四～　）作はエロティックな歌だが、下の句の〈ありぬ〉のリフレインが歌を俗に陥らせずに抑制を効かせている。〈左右〉だけが漢字であることも、その存在感を増している。

（二）　一九五〇年代生れの歌人

はるかなる湖（うみ）すこしずつ誘（おび）きよせ蛇口は銀の秘密とも見ゆ

大滝　和子『人類のヴァイオリン』二〇〇〇年

月ひと夜ふた夜満ちつつ厨房にむりッむりッとたまねぎ芽吹く

小島　ゆかり『希望』二〇〇〇年

他愛なきいさかいなれど徒らにこと荒立てし夜の湯豆腐

黒岩　剛仁『天機』二〇〇二年

入れかわる二人のわたしが口漱ぐ朝、歯ブラシがうまく握れぬ

加藤　英彦『スサノオの泣き虫』二〇〇六年

紺碧の葡萄の房を抱きたる少女乗り来て秋となるバス　谷岡　亜紀『闇市』二〇〇六年

大滝和子（一九五八～　）作は、目の前の〈蛇口〉から水が滴り落ちることを、〈はるかなる湖（うみ）すこしずつ誘（おび）きよせ〉、〈銀の秘密〉と個性的にうたっている。穂村弘は大滝の歌を、「混沌と計りがたい現実世界を独自の回路によってデジタルに変換した比喩の集積によって成り立っている」（「ミイラ製造職人のよう」『短歌という爆弾』二二九頁）と解説している。ただ大

滝の歌の場合は、デジタル変換だけでなくアナログ変換のような歌もみられ、穂村も言っているように「混沌と計りがたい」と大滝が感受する世界の自身への「入力」（同、一六七頁）と、「独自の回路」による「変換」が魅力的な作者、ということができる。

　小島ゆかり作はたまねぎが芽吹くところをあらわす〈むりッむりッ〉というオノマトペが個性的である。〈むりッむりッ〉と芽吹く〈たまねぎ〉と共に、同じ球体で、ひと夜ふた夜と満ちる〈月〉も生命体のような印象を読者に与える。

　黒岩剛仁（たけよし）（一九五九〜　）作は相聞と読め、〈荒立てし〉と過去形なので、〈湯豆腐〉は煮立ち、静まっていった〈いさかい〉の喩として読むことができる。

　加藤英彦（一九五四〜　）作は、連作「分裂するわたし」の中にある。昨日の〈わたし〉と今日の〈わたし〉がうまく入れ替われない朝の違和感を、三句以下の〈口漱ぐ／朝、歯ブラシが／うまく握れぬ〉という句切れでうまくあらわしている。

　谷岡亜紀（一九五九〜　）作は、結句が「秋のバス行く」などではなく〈秋となるバス〉とうたうことによって、上の句の〈紺碧（こんぺき）の葡萄の房〉〈少女〉が生きてゆく。谷岡は〈１００km／hでホンダ飛ばせば超都市の欲望よ飢餓よ真夜中の祭〉（『臨界』一九九三）などの社会詠が知られているが、提出歌のような歌にも着目すべきで、案外繊細なロマンチストであるのかもしれない。

（三）　一九四〇年代以前生れの歌人

歩み終え祈るかたちに膝をおる駱駝は父のかなしさに似て

小高　賢『本所両国』二〇〇〇年

渓流(たにがわ)にビール冷やせばレッテルの剥げて青春無聊の日々よ

福島　泰樹『朔太郎、感傷』二〇〇〇年

病院横の路上を歩いていると、むこうより永田来る

何といふ顔してわれを見るものか私はここよ吊り橋ぢやない

河野　裕子『日付のある歌』二〇〇二年

スキンヘッドに泣き笑ひする母が見ゆ笑へ常若(とこわか)の子の遊びゆゑ

春日井　建『朝の水』二〇〇四年

水汲みは女の仕事深きよりひそけきものを汲みて太りき

春日　いづみ『問答雲』二〇〇五年

冷奴ひとりにひとつわたるころ死者のはなしが生者にうつる

外塚　喬『漏告』二〇〇七年

ひと日生きひと日生きんと専らなるこころのごとし剥きあげし卵
竹山　広『眠ってよいか』二〇〇八年

小高賢（一九四四〜二〇一四）作は、確かに歩み終えて疲れた〈駱駝（らくだ）〉はかなしみを表しているようで、類型的にうたわれがちな〈父〉を個性的にうたっている。「似る」ではなく、〈似て〉と詠みさしで終わっているところも余情を呼び、哀しみを誘う。『家長』（一九九〇）という歌集を出したことにも示されるように、小高の主題は「大きな物語」を生きた明治の鷗外などと対比しつつ現代の男性像をうたうことであった。

福島泰樹（一九四三〜　）作は、〈渓流（たにがわ）にビール冷やせばレッテルの剝げて〉という動きのある言葉が〈青春無聊（ぶりょう）の日々〉の序詞（じょことば）のようになっている。そして全て現在形でうたっていることから、福島の〈青春無聊の日々〉という思いは現在も続いている、と読むことができる。また福島は短歌絶叫コンサートを日本だけでなく海外でもおこない、国際的な歌道弘布に貢献している。

河野裕子（かわのゆうこ）（一九四六〜二〇一〇）は晩年癌（がん）を患い、六〇代半ばで他界した。提出歌は詞書に示されるように、癌を告知され、夫の永田和宏もそれを知らされて会う、という劇的な場面で詠まれている。結句〈吊り橋ぢやない〉への転換が鮮烈で、ふつうは、あなたが歩いている路上は〈吊り橋ぢやない〉と読むのだろう。しかし〈われを見るものか〉〈私はここよ〉という強い言葉のつながりから、〈私〉（河野）は〈吊り橋ぢやない〉、だから吊り橋を覗き込むように見ないで！　そして私とあなたがいる世界は〈吊り橋ぢやない〉、揺れたり崩れたりなんかしていない！　と読むことができる。[4]

春日井建（一九三八〜二〇〇四）作は、上の句は癌の治療で〈スキンヘッド〉になってしまった春日井を見て、〈母〉が〈泣き笑ひする〉情景が詠まれている。そして下の句で春日井は、〈常若（とこわか）の子の遊びゆゑ〉〈笑へ〉と、〈母〉へ命令形でうたうのである。

〈子の遊びゆゑ〉には、「一般的な子どもの遊び」という意味と、「あなたの子どもの遊び」〈ゆゑ〉〈笑へ〉という意味が込められている。生涯独身であった春日井建が、おそらく最も長く、純粋に愛した〈母〉への最晩年の歌である。[5]

〈女の仕事〉としての〈水汲み〉は万葉集にも詠まれているが、春日いづみ（一九四九〜　）作ではそれを否定的にとらえずに、〈深きよりひそけきものを汲みて〉とうたっている。最後の〈太りき〉にも、女性は痩せていた方が良いという言説に対するアンチテーゼとしても読むことができるが、さまざまな肯定的イメージが込められている。

外塚（とのつか）喬（一九四四〜　）作は、葬儀のあとの会食の場面なのだろうか、お通しの〈冷奴〉が一人に一つ渡る頃にはもう亡くなった人は話題とならなくなり、その場にいる人などの〈生者〉に話題が移っていった、とうたっている。そして作者も、葬儀に行くくらいなのでそれなりに〈死者〉と関係はあったのだろうが、このような場面を少しかなしみながらも、その中の一人として移っていく話を聞いたり、話へ加わったりしてゆくのである。上の句の〈冷奴ひとりにひとつわたるころ〉という場面と時間の設定が的確で、現代のひとつの「生者」と「死者」の関係をよくあらわしている。

長崎で被爆した竹山広（一九二〇～二〇一〇）は、本書の対象となる期間では被爆体験だけでなく、自らの現在の生についてもさまざまにうたっている。提出歌の〈こころのごとし〉と直喩で表現された〈剥きあげし卵〉は、〈ひと日生きひと日生きんと専らなるこころ〉によって剥き上げた行為の結果ということと、つるりとした形状の両方を表している。なお竹山は『竹山広全歌集』を二〇〇一年に上梓し、迢空賞、[6]詩歌文学館賞、斎藤茂吉短歌文学賞の三賞を同時受賞した。

四　二〇〇〇年代の短歌界の現象

辞典として『現代短歌大事典』（二〇〇〇）、『名歌名句辞典』（二〇〇四）、『現代短歌の鑑賞事典』（二〇〇六）、アンソロジーとして小池・今野・山田（富）『現代短歌一〇〇人二〇首』（一九三八～一九七五年生れの歌人）（二〇〇一）、小高賢『近代短歌の鑑賞77』（二〇〇二）、小高賢『現代の歌人140』（明治四一～昭和五〇年生れの歌人）（二〇〇九）が刊行され、『角川現代短歌集成』1～4＋別巻（二〇〇九）も刊行された。

評論集としては阿木津・内野光子・小林とし子『扉を開く女たち——ジェンダーからみた短歌史1945—1953』、内野『現代短歌と天皇制』、小塩卓哉『海越えてなお——移住者たちが短歌に綴った二十世紀』、小池・三枝・島田修三・永田（和）・山田（富）『昭和短歌の再検討』、品田悦一『万葉集の発明——国民国家と文化装置としての古典』（以上、二〇〇一）、小木宏『囚われて短歌を遺した人びと』（二〇〇六）、小高・大辻・吉川・松村（正）他『いま、社会詠は』（二〇〇七）、来嶋靖生『大正歌壇史私稿』（二〇〇八）などが刊行された。

歌人論等としては、大下一真『山崎方代のうた』、小池光『茂吉を読む——五十代五歌集』（以上、二〇〇三）、秋元千恵子『含羞の人　歌人・上田三四二の生涯』、今野寿美『24のキーワードで読む与謝野晶子』（以上、二〇〇五）、及川隆彦『インタビュー現代短歌』（二〇〇六）、大井学『浜田到　歌と詩の生涯』、坂出裕子『無頼の悲哀——歌人大野誠夫の生涯』（以上、二〇〇七）、大辻隆弘『アララギの脊梁』、川野里子『幻想の重量——葛原妙子の戦後短歌』、松村由利子『与謝野晶子』（以上、二〇〇九）などが刊行された。

「短歌ヴァーサス」（二〇〇三～二〇〇七）、「悟葉」（短歌総合紙）（二〇〇四～）、「牧水研究」（二〇〇六～）などが創刊された。東郷雄二「橄欖追放」（短歌コラム等のウェブサイト）

（二〇〇八～）が開設された。

「うたう作品賞」（二〇〇〇）では、選考委員と作者の双方向のコミュニケーションを交えながら賞の選考がおこなわれた（「うたう　短歌研究創刊八〇〇号記念臨時増刊」二〇〇〇年一二月）。歌葉新人賞（二〇〇二～二〇〇六）では選考の過程でネット上に選者や作者以外の人がコメントを書き込むことや公開選考会などがおこなわれ、英語、詞書、横書き、記号などを駆使した応募作がみられた。歌人クラブ評論賞、前川佐美雄賞（以上、二〇〇三～）、葛原妙子賞（二〇〇五～二〇一六）が新設された。

荻川善夫等による現代短歌研究会（二〇〇一～二〇〇八）、超結社の集団であるガルマン歌会（二〇〇五～）、さまよえる歌人の会（二〇〇七～）が発足した。マラソン・リーディングという基本的に数人の歌人が次々に自作の短歌を朗読するイベントが二〇〇一～二〇〇四年に毎年開催され、その後も同様の大小の朗読イベントが二〇一〇年代にかけて複数回開催された。[7]文学フリマ（文学作品展示即売会）（二〇〇二～）が開催された。

窪田章一郎（二〇〇一）、斎藤史（二〇〇二）、春日井建、島田修二（以上、二〇〇四）、塚本邦雄[8]（二〇〇五）、近藤芳美、築地正子、山中智恵子（以上、二〇〇六）、菱川善夫（二〇〇七）、前登志夫（二〇〇八）等の短歌史を支えた多くの歌人が亡くなられた。

三節　二〇〇〇年代の中間考察

一　「口語化」の進展と「棒立ちの歌」「名詞化」

（一）　言葉の口語化とそれへの問題提起

二〇〇〇年代でも言葉の面での口語化が進展した。例えば二〇〇三年の座談会で、穂村弘は、いちいち転向宣言しているわけではないが文語体で書いていた歌人がだんだん口語を導入している、と発言している。また小池光、永田和宏は、自分たちは文語定型だが作品に口語がふっと入ってくる時のインパクトはある、としている（『短歌年鑑　二〇〇四年版』短歌研究社）。

また二〇〇九年の座談会でも穂村は、大家、中堅の歌集の口語含有率が増えている、と発言している（『短歌年鑑　二〇一〇年版』短歌研究社、一五頁）。二〇〇九年の短歌研究新人賞選考座談会で佐佐木幸綱は、「完全に口語の時代が来た」としつつ、文体はまだ「過渡期の状態にある」と発言している（『短歌研究』二〇〇九年九月、一〇九頁）。また池田はるみは、高野公彦が長い年月をかけて文語・旧かなの中に口語を入れてきたことを検証している（「短歌におけるレトリック——文語短歌に口語を溶かして」『未来』二〇〇八年三月、のちに『池田はるみ歌集』二〇一三に収録)。

ただし言葉の口語化に対しては、そのなし崩し的広がりに対しての議論も生まれた。

大辻隆弘は、吉川宏志の〈旅なんて死んでからでも行けるなり鯖街道に赤い月出る〉(『海雨』二〇〇五)に対して、〈行ける〉という口語の可能動詞に〈なり〉という文語の助動詞をつなげた〈行けるなり〉は、グロテスク以外の何物でもないとし、口語と文語の無秩序な混交を批判している(「第一章　ご都合主義的言語観」大辻・吉川『対峙と対話　週間短歌時評06―08』二〇〇九)。これに対して吉川は、「上句のやけっぱちな気分は、『行けるなり』という型破りな言い方でしか表現できないものだったのだ」としている。したがって「下句もまがまがしいイメージで作っている」とし、むしろ「壊れたような奇妙な感覚を生み出すことが狙いだった」とその意図を示している(「自由な言語感覚も大切」同)。これに対して大辻は、吉川の「狙い」を知って安堵したとしつつ、文語と口語の「濫用」は好ましいことではない、としている(「『行けるなり』について」同)。

この二人の議論によって口語化に対する新しいルールが生まれたわけではないが、口語化のときどきに疑問を投げかけ、確認していく作業は重要である。(9) 現在では「行けるなり」に違和感を持つ歌人はどれくらいいるのだろうか。

佐佐木幸綱と安田純生は対談をおこない、一口に文語といっても、平安朝の文語文法とはかなり違うものが使われていること（佐佐木）、近代以降に古語でも現代語でもない「近代詩歌語」が作られてきたこと（安田）、を語っている（「文語表現のこれから」「歌壇」二〇〇六年七月）。

（二）「武装解除」された「棒立ちの歌」、「想いと等身大の文体」

穂村弘は『短歌の友人』（二〇〇七）でいくつかの修辞に関する重要な発言をしている。

まず穂村は、「私」の実感を忠実に盛り込むために、修辞の意識的な「武装解除」がおこなわれ、今や定型の「枠組み」は漠然とした長さの意識だけではないだろうか、としている（「短歌的武装解除のこと」「第2章　口語短歌の現在」『短歌の友人』）。そして短歌の世界は「実感の表現」への動きに充ちているとし、その例として岡井隆、加藤治郎、吉川宏志、東直子、今橋愛、斉藤斎藤らをあげている（「『実感の表現』をめぐって」「第3章　〈リアル〉の構造」同）。

また今橋愛、盛田志保子、千葉聡などの歌をあげつつ、二〇〇〇年代は「想いと等身大の文体」が生まれ、それは歌としては「棒立ち」という印象を与える、そしてそれは自己意識のフラット化に根ざし、「等身大的なセルフイメージ」と「素朴な世界観」をあらわしている、としている（「棒立ちの歌」「第2章　口語短歌の現在」同）。

また現代社会は愛や優しさの総量は昔と変わらないが、それを伝搬循環させる「酸素」のようなものがなくなって行き場を失っている「酸欠世界」である、という認識も示している（「酸欠世界」「第3章〈リアル〉の構造」同）。

このように穂村は、「口語化」の中での修辞の「武装解除」、その結果としての「棒立ちの歌」などを示している。

（三）「名詞化」という加工

今井恵子は駅などの「切符の取り忘れが発生しました」というアナウンスについて、「取り忘れる」が「取り忘れ」と名詞化されたために、動から静への変質と、動作主からの事柄の分離が起きる、としている。そしてこの名詞の多用による無人化の背後にはデジタル社会の到来がある、としている（「求められる現代の言葉」（現代短歌評論賞）「短歌研究」二〇〇八年一〇月）。

穂村弘はこのような名詞化は、毎日繰り返される「切符の取り忘れ」を効率的に処理するために言葉の摩擦係数を下げた言葉だ、と指摘している（「短歌時評」朝日新聞、二〇〇八年一〇月一三日）。

最近は尾頭付きの魚は気味が悪くて食べられない人がいるそうだが、この例で考えてみると、ぴちぴちと動いている、あるいは動いているところを想像してしまう一匹の魚は食べられないので、食べやすく切り身にするように「名詞化」して提供していく、ということなのだろうか？

ただし今井は「名詞化」を否定的のみにはとらえていないようで、穂村の〈ハロー　夜。ハロー　静かな霜柱。ハロー　カップヌードルの海老たち。〉について、三つの名詞が「居心地のいいデジタル的空間を生んでいる」とし、さらに「モノローグの世界から外へ出ようとする能動性が感じられる」としている（「求められる現代の言葉」六七頁）。

この穂村の歌などは、やはり魚の例でいくと、ほどよく焼き上げられ、ラップされて読者に差し出された切り身、といえるだろうか？　このような変化は、「口語化」のなかで、良くも悪しくも、第二芸術論が批判した「濡れた湿っぽいでれでれした詠嘆調」（小野十三郎「奴隷の韻律」『小野十三郎著作集　第二巻』一九九〇）がなくなっていき、快や不快などのドライ化した気分をうたっていったことと関係する、と考えられる。

二　「かけがえのない私」やテロなどの主題

（一）「かけがえのない私」をうたう

なみの亜子は、〈おにぎり〉という同じ題材をうたった穂村と吉川の次の歌を比較する。

二度三度嚙みついているおにぎりのなかなか中味の具が出てこない　穂村　弘
おにぎりは前歯で食べるものとおもう濡れたる海苔に歯は触れながら　吉川　宏志

そして穂村の歌には現代の焦燥感、吉川の歌には〈おにぎり〉の風情や存在感がある、としている（「ニューウェーブの後に〈その一〉」「路上」二〇〇六年一〇月）。

これはやはり本書の文脈でいえば、穂村は〈おにぎり〉という素材で現代の「空虚さ」を機知（ウイット）をもってうたっているのに対し、吉川は〈おにぎり〉の「実感」をうたっている、ということができる。

そして大辻隆弘は、穂村の「リアル」とは「現代の浮遊感のなかで、一瞬感じ取ることのできる刹那的な感触のようなもの」なのに対し、吉川の「実感」は「身体性に基礎づけられたもの」としている。そして「もはや現実のなかの小さな破綻や違和感のなかにしか、信じうるものを見いだせない」という点で、「ふたりの『ヒロシ』はまぎれもなく同時代の兄弟なのだ」と書いている（「リアルと実感」大辻・吉川『対峙と対話　週間短歌時評06―08』）。[10]

これもやはり本書の文脈でいえば、世代差はあるにせよ、ふたりの「ヒロシ」ともに主題が身近になってきている「口語化」されている時代を生きている、ということができる。

そして斉藤斎藤は「私」の歌い方について、この時代においては、作者は自分を異常とか天才などとは思わなくて、ふつうに存在している私の「かけがえなさ」をうたっている、としている(「生きるは人生と違う」「短歌ヴァーサス」一一号、二〇〇七)。

このように二〇〇〇年代において、作者は、私に対する過剰な幻想は基本的に持っていない。そして穂村弘や斉藤斎藤のように機知(ウイット)をもって「空虚さ」をうたうにせよ、吉川宏志のように「実感」からうたうにせよ、身近な私の「かけがえなさ」、つまり「かけがえのない私」をうたっている、ということができる。

(二) テロという主題

二〇〇一年九月一一日にアメリカで同時多発テロが起こり、それに連動したイラク戦争(二〇〇三)やテロも続き、これらをどううたうかについてさまざまな議論が起きた。

(ア) 九・一一テロにおける心情と認識の問題

九・一一テロについては、たとえば次のような歌が話題になった。

紐育空爆之図[11]の壮快よ、われらかく長くながく待ちゐき

大辻 隆弘『デプス』二〇〇二年

そしてこの歌について大辻自身は、「不謹慎な言葉であることを自覚している」があえて言えば、「(前略) あのテロリストの棄私の精神のありように、そして、それが厳然とした形をもってそこに屹立していることに、あの夜、心を震わせてしまっていた」と解説している。また「(前略) そのつどそのつど湧き起こってくる心情こそが、その瞬間の『真実』であるはずだ。短歌とは、そのような心情の誠に直接的に繋がる詩型である」として、短歌が「心情の誠」をうたうことを強調している (「時評」「未来」二〇〇一年一一月、二〇〇二年六月、『セレクション歌人9　大辻隆弘集』二〇〇四に収録)。

これに対して石井辰彦は、「その時々に湧き起る心情を掬い取るのはよい」が、「心情を凝視し、その心情を通して世界を認識しようと努力することこそが肝要」、と批判している (「心情の器、詩の器」「短歌往来」二〇〇四年一二月)。

この点について私見を書かせていただければ、確かに大辻の短歌は認識よりも心情をうたうという主張も分からないではないが、テロに対する心情も、大辻も自身について説明しているように、ある認識をもとに生まれてくる。したがって、少なくても私は、〈紐育空爆〉を、たとえ〈之図〉としたところで、〈壮快〉〈長くながく待ちゐき〉などとうたうことには責任がとれない、といわざるをえない。また付言すれば、この歌は大辻の歌のなかで、大辻らしいひとつひとつの言葉への目配りが弱く、それほど良い歌だとも思えないのである。

ただ大辻も、石井も、心情は短期的という点では一致していると思うが、一人の人を何十年も好きなことのように長期的な心情もあるし、逆に戦前と戦後のように、短期間で一八〇度認識が変わる場合もあるだろう。

なお阿木津英は、新聞歌壇と短歌総合誌の歌を分析し、新聞歌壇には難民やテロ被害者の立場からの歌が多いが、短歌総合誌では、前述した大辻の歌のような、アメリカを批判した歌がみられる、としている。(「〝良い歌〟とはどのようなものか」「短歌往来」二〇〇二年四月)。

そしてこの社会詠の、何をどう歌うかなどの対象との距離の問題は、この時点ではまだ海の向こうの事件についてであったが、二〇一一年の東日本大震災、そして二〇二〇年以降のコロナ禍において、より身近な問題になっていくのである。

(イ)　テロの歌い方の可能性

なおその後も戦争やテロが続き多様にうたわれていったが、特にテロを主題とした次のような歌が生まれた。

知らずしてわれも撃ちしや春闌(た)くるバーミアンの野にみ仏在(ま)さず

美智子皇后　二〇〇一年

鉈彫りの円空仏見ればくらぐらとビルに喰ひ込みし刃思ほゆ
栗木　京子『夏のうしろ』二〇〇三年

爆殺よりわづかに早き爆死ゆゑ人の死を見ず人の死知らず
伊藤　一彦『微笑の空』二〇〇七年

美智子皇后（現上皇后）（一九三四〜　）作は、初句二句で心理、三句以降で情景をうたっている。二〇〇一年三月にアフガニスタンのバーミアンにある石仏はテロにより破壊されてしまったが、作者は一九七一年に現地を訪れており、この世界に配信されたニュースに深い悲しみを感じてうたわれている。

永田和宏は「複雑な人間心理の奥を詠まれた一首である」「破壊に手を貸しているのは、ひとりひとりの〈無関心〉ではなかったのかと、ひそかに自問されている」と鑑賞している。

また宮内庁は「人間の中にひそむ憎しみや不寛容の表れとして仏像が破壊されたとすれば、しらずしらず自分もまた一つの弾を撃っていたのではないだろうか、という悲しみと怖れの気持ちをお詠みになった御歌」とコメントをしている。(12)

栗木京子作は、九・一一テロからしばらくたってからの歌で、二句目がこの作者にしては珍しい九音の字余りになっている。(13)この歌について栗木は「円空仏を見たときに、ああ、木からこうやって命は生まれたけれども、あの事故ではたくさんの方が亡くなったんだ」という実感からうたっており、逆の関係ではない、と発言している（「鼎談『歌が誕生するとき』」「塔」二〇一五年一一月、四四―四五頁）。

確かにこの歌は、「九・一一テロ→円空仏」とうたうのではなく、九・一一テロを忘れられない日常の中で円空仏を見て、眼前の円空仏から〈くらぐらと〉ビルに喰い込んだ飛行機を想像して詠んだ点が特長的な歌である。また言葉の選択としては、「飛行機」などではなく〈刃（やいば）〉と詠み込んだところが一首の核となっている。

伊藤一彦作は中東での自爆テロをうたった歌、と思われる。爆発物を自ら装着しておこなう自爆テロは敵の殺傷を目的とするが、確かに敵の〈爆殺〉よりもわずかに早く自らが〈爆死〉することになり、自分が殺傷する〈人の死を見ず〉、〈人の死知らず〉、ということになる。

そしてこの下の句の〈人の死を見ず人の死知らず〉という語り口は、単に事実を機知（ウイット）をもって詠んでいるのではなく、自爆テロの実行者は本当に殺される人のことを想像しているのか、という静かな抗議が込められている、と読みたい。

このように海外のテロについても、さまざまな歌い方の可能性がみられている。

（三） 超高齢社会の到来

日本社会の少子高齢化はますます進展し、二〇〇七年には六五歳以上が二一％を超える「超高齢社会」となった。そして短歌の世界では、多様な老いをうたう歌がみられた。

（ア）　自身の老いをうたう歌

会ふ人の皆犬つれし小公園吾が曳く白狐他人(ひと)には見えず

富小路　禎子『芥子と孔雀』二〇〇二年

わかき日は駱駝を欲しとおもひしにやさしき瘤のごとくに老いぬ

前　登志夫『流轉』二〇〇二年

富小路禎子(とみのこうじよしこ)（一九二六～二〇〇二）作は、不思議な歌。皆が犬を連れているなかで老女が〈白狐〉を曳いておりそれが老女と読者には見える、という味わい深い歌である。また〈会ふ人〉がいる〈小公園〉なので老女と人との密が濃いはずなのだが〈白狐〉は見えない、という設定もおもしろい。

前登志夫（一九二六～二〇〇八）作は、珍しい動物として無邪気に駱駝を欲しがっていた若き日を思い出しつつ、今は自分が身体も、心も〈瘤(こぶ)〉のように老いてしまった、とうたっている。しかしそれを歎くのではなく、自分の心身が〈やさしき瘤〉のようなものになった気もすると、老いを、やさしく、ユーモラスにうたっている。

（イ）　介護する側の歌

また高齢化の進展とともに、介護をする側の歌も生まれていった。

幾本もの管につながりしろじろと繭ごもる妻よ　羽化するか、せよ。

桑原　正紀『妻へ。千年待たむ』二〇〇七年

桑原正紀（一九四八〜　）作は長い間介護をし、〈幾本もの管〉に繫がっている妻を、〈しろじろと繭ごもる妻よ〉と詩的飛躍をもって呼びかけている。そしてさらに歌は飛躍し、〈羽化するか、〉と問いかけ、〈せよ。〉と命令形で終わる。〈羽化〉には、昆虫がさなぎから羽が生えて成虫になることと、転じて中国の神仙思想で人間に羽が生えて空を飛ぶ仙人となることの意味もある。そしてこの歌の場合も、管に繫がれているところから解き放たれて、自由に空へ飛んでいって欲しいという思いが込められている。

また宮崎県社会福祉協議会が「老いて歌おう」（二〇〇二〜）を創刊した。

（四）　国際化、「敬虔な判断停止」、システム化、ジェンダーという主題

（ア）　短歌の国際化

岡井隆と坂井修一は、「グローバリゼーションと歌の未来」という題で対談をおこなっている。そこで岡井は「［グローバリゼーションは］日本語で何と言えばいいのかといった時に、すっと入ってくる翻訳語がない」と言い、坂井は「グローバリゼーションと肌の触れ合いが両立するのかに私の興味はあります」と言っている（『短歌往来』二〇〇七年七月）。

ところでグローバリゼーション（globalization）とは、経済、政治、文化などが地球規模に拡大発展することをさすが、「その最終的な基盤が市場における選択と優位性に依存する」（『社会学事典』二〇一〇、八六九頁）ことが明らかになるにつれて、ネガティヴな意味が強くなっていった。また市場原理がグローバル化するにつれ、「合理化」の過程で、家族、職場、地域なども解体していき、それは穂村のいう酸欠世界（本書一二九頁）と関係する、と考えられる。

したがって本書では、基本的に短歌に関しては「グローバリゼーション」という言葉は使わずに、「短歌の国際化（internationalization）」という言葉で考えていくことにしたい。この場合国際化には、それぞれの文化を尊重しつつ交流していく、という意味を持たせているつもりである。また国際化といっても、現在の国境や国を不変なものと固定的に考えているわけではないことを付記しておきたい。

（イ）近代短歌の「敬虔な判断停止」の問題

穂村弘は、斎藤茂吉〈荒川の水門（すゐもん）に来て見ゆるもの聞こゆるものを吾は楽しむ〉（『たかはら』一九五〇）について、そこに「生のかけがえのなさ」がうたわれているが、同時に世界に対する「敬虔な判断停止」におちいっている、と批判している（「〈私〉の革新について」「第6章　短歌と〈私〉」『短歌の友人』）。

この「敬虔な判断停止」について、穂村は明示的に書いているわけではないが、近代短歌批判の文脈で書いており、やはり戦後の第二芸術論で問われた短歌の思想性や社会性のなさという、世界に対する「判断停止」の危険性を指摘している、と考えられる。そして短文ではあるがこのような指摘を書くことに、あらためて穂村の短歌に対する真摯さをみることができる。

そして管見によれば、さすがに一首の歌の中で、「生のかけがえのなさ」をうたい、世界に対する「判断」もうたうことは成し難い。したがって一人の歌人として、また一人の人間としても、「生のかけがえのなさ」を感じたり、社会などに対する「判断」をしたりする場合があるので、複数の歌の中でそれらをうたっていくことが可能性として考えられる。

たとえば高野公彦は、同じ歌集の中で次のような歌を詠んでいる。

現し世の命いとしもゆつくりと桃を回して桃の皮むく　『水苑』二〇〇〇年

鳥の目が蛇(へび)の目に似てゐたることああ宗教にその目棲みをり　　同

一首目は、穂村も引用しているが、〈現し世の命いとしも〉と「生のかけがえのなさ」をうたっている。それに対して二首目は〈鳥の目〉が執念深い〈蛇の目〉に似ていて、さらに〈ああ〉と嘆きつつ〈宗教〉にその目が棲んでいるとうたっているので、宗教批判の歌として読むことができる。そして連作の中には〈宗教は教義に拠りて殺戮をせし歴史あり今も殺戮す〉のような歌もあり、さらに一九九六年の作品なので、前年のオウム真理教事件を「判断」している、と読むことができる。

（ウ）　システム化と「マクドナルド化」、壁（ザ・システム）

また穂村は二〇〇三年に札幌で現代短歌研究会の公開合評『前衛とは何か』――今日の新鋭歌人による実験作を中心に」に参加し、菱川善夫とディスカッションをおこなった。そこでは社会のシステム化の問題に対して、穂村は病院でバーコードを患者に付けること、スターバックスでカップの大中小を問われること、などをあげた。それらに対して菱川は、アウシュビッツをシステムの例としてあげた（「現代短歌研究」第三集、二〇〇四）。

議論が嚙み合っていたとはいいがたいが、「口語化」する世界の中を生きている穂村[14]と、「大きな物語」の世界を生きてきた菱川が、それぞれの世代的背景を背負いつつ、現代社会のシステム化の問題について具体例を示しつつ、真剣に意見を交わし合っていたことは興味深いことである。

なおG・リッツアは『マクドナルド化する社会』（一九九九）などで、スターバックス、マクドナルドなどに示される現代社会のシステム化の問題を分析している。そして「マクドナルド化」による1健康への害と環境破壊、2客と従業員の脱人間化、3（従業員と客や客同士の接触の簡略化、「家族らしい食事」の減少などの）人間関係への否定的影響、4（世界中の）均質化などを示している[15]（「七章　五 脱人間化」）。

これは基本的に個別企業への批判というよりは、「マクドナルド化」という社会現象を分析し、問題提起をしたもの、と考えることができる。そして私も一消費者として、どのようにマックや、スタバや、コンビニなどのベンリなシステムへ過度に依存しないように生活して「生きる」のかを、その商品化のプロセス、人間と人間関係への影響、環境問題への対応なども考慮しつつ考えていきたい、と願っている[16]。

また村上春樹も、壁（ザ・システム）と卵（掛け替えのない魂が、壊れやすい殻に入っている人間）との関係について語っている[17]。

このシステム化の問題については、終章などでも考察していくことにしたい。

（エ）　ジェンダー論の視点

森井マスミは「ジェンダーのかなたに――馬場あき子、山中智恵子と斎宮」（『不可解な殺意』二〇〇八）という評論で「男の敗北が美しいのは、権力が男の側にあることの派生物として、男の悲劇があるからである」とし、それに対して「女の悲劇とは（中略）男女の非対称性に根ざした根源的な構造の矛盾を開示して、それに対する決定的な批判として、力を発揮しうるものだといえる」としている。

またさらに「だからこそ女が女として、歴史を発見することの意味はそこにあり、女を単に狂気や錯乱、もしくは神秘や幻想の側に追いやって、理知的な世界をおびやかす情念なるものを、女の悲劇の核心にすえることは、女という存在が持つ根源的な批判性を、そぎ落そうとする悪意でしかない。そしてそこでは歴史のかなたにみられた、女の力の疎外が、隠蔽的に繰り返されている」と女性と歴史との関係について語っている。

この「男女の非対称性に根ざした根源的な構造」、および「女という存在が持つ根源的な批判性」は、本書の文脈から言えば終章二節三で考察する「文化的性別（ジェンダー）」と関連する、ということができる。このように森井の評論は、二〇〇〇年代に馬場あき子、山中智恵子の分析をもとにジェンダーについて論じた先駆的な研究、と言える。(18)

三　私性におけるさまざまな試み

（一）うたわないという私性

横山未来子は、自分は「車椅子で生活をしている」が、「そういったことを具体的に歌に詠みこんだこと」はない、としている。なぜなら実体験そのものよりも「私の根拠へ向かって」うたいたいからであり、またその一方で「自身の生を基盤とすることを忘れずにいたい」と言っている（「私と〈私〉」「短歌」二〇〇三年一一月、『セレクション歌人30　横山未来子集』二〇〇五に収録）。

このように「私」のある部分をうたわずに〈私〉をうたうという私性観も重要である。そしてこれを拡大していけば、たとえば「私」の家族、職場、恋愛、社会との関係などをうたわないという「うたわないという私性」を考えることができる。[19]

（二）私性におけるカメラアイ、ホームレス歌人

斉藤斎藤は、〈沈黙のわれに見よとぞ百房の黒き葡萄に雨ふりそそぐ〉（斎藤茂吉『小園』一九四九）について、歌の中でカメラが〈沈黙のわれに見よとぞ〉では茂吉の背中などをふくめて斜め後ろから撮っているが、〈百房の黒き葡萄に雨ふりそそぐ〉においては茂吉の視線に同

一化していく、としている。そして茂吉の背後から茂吉アイへとカメラが移動することにより、一首の中で〈私〉と茂吉が折り重ねられる、と分析している（「生きるは人生と違う」）。

なお私性（わたくしせい）についてはその他に、「公田耕一」と名乗る「ホームレス歌人」が二〇〇八年一二月～二〇〇九年九月の期間に朝日歌壇に投歌し、〈パンのみで生きるにあらず配給のパンのみみにて一日生きる〉などの約四〇首が掲載され、その実在もふくめて話題となった[20]（松井多絵子「或るホームレス歌人を探る――響きあう投稿歌」（現代短歌評論賞）「短歌研究」二〇一〇年一〇月）。

おわりにかえて

一　二〇〇〇年代の時代背景――「失われた二〇年」と自己確認

二〇〇〇年代の時代背景としては、やはりバブル崩壊後の「失われた二〇年」という長期的な不況をあげることができる。そのなかで日本社会の解体・再編が進行し、小泉政権（二〇〇一～二〇〇六）で郵政民営化がおこなわれ、民主党政権（二〇〇九～二〇一二）が誕生したりした。

国際的には二〇〇一年九・一一のアメリカでの同時多発テロとその後のイラク戦争、各国でのテロなどがあり、本章でみてきたように多くの歌と議論が生まれた。

また二〇〇〇年代の、特に前半は戦後非行の第四のピークでもあった。そして影山任佐は、かつての非行は物的欠乏を背景としたやむにやまれぬ非行であったが、この時代の非行は、ネットで予告をする犯罪などに示されるような、空虚な自己を満たしていきたいという自己確認型非行である、としている（「少年の凶悪犯罪連鎖」毎日新聞、二〇〇〇年五月一八日夕刊）。

この空虚な自己の確認という問題は、短歌の詠み、読みにも関係している。つまり現代短歌における作者―読者の関係も、家族や地域などの絆が弱まるなかで稀薄な自己を口語でうたうことによって確認し、直喩などの分かりやすい修辞によって身近と考えられる読者にも確認してもらいたい、また読者の側もリフレインなどの分かりやすい修辞の短歌を読み、機知（ウイット）などを楽しみながら身近に感じられる作者と繋がっていきたいという要求が背後にあるのではないか、と考えられるのである。

なお日本産の鴇（とき）が二〇〇三年に絶滅し、「鴇色」という色（の認識）もあやうくなり、日本文化のある部分がそこなわれていったのである。

二　結語――「かけがえのない私」と液状化社会

このように「失われた二〇年」といわれる時代において、三節二―（一）で考察したように、歌人は自分に過剰な幻想は持たず、ふつうに存在している「かけがえのない私」をうたっている。

Z・バウマンによれば、現代社会は近代の流体的（リキッド）な段階であり、「液状化した社会」である。そしてそのような「液状化した社会」の中で人々は、社会に「根」を下ろす、あるいは逆にそこから「根絶」される、というような関係ではなくなり、ある港に錨を下ろして「承認」してもらい、また錨を上げて出港し、次の港に錨を下ろして「承認」を受ける、というような関係になる、としている（「5　共同体　クローク型共同体」森田典正訳『リキッド・モダニティ』二〇〇一）。

このように現代社会は、人々が個人化、液状化し、「私（アイデンティティ）」が不安定となった社会、と考えることができる。そしてそのようななかで歌人は身近な実感などを大切にし、「かけがえのない私」をうたおうとしていたのである。

注

（1）なお東直子は、『『永遠と口から』にも読めて二重性がある」としている（東・穂村『しびれる短歌』二〇一九、一二五頁）。

（2）穂村弘は「枝毛姉さん」と句切らずに読んでいる（『短歌の友人』九九頁）。
（3）なお同じ歌集の〈球体にうずまる川面いやでしょう流れっぱなしよいやでしょう〉は、いろいろな解釈があるだろうが、水洗トイレをうたっている、と読んでみた。
（4）のちに河野はこの歌について、次のように回想している。「彼とは三十年以上暮らしてきたが私を見るあんな表情は初めて見た。痛ましいものを見る人の目。この世を隔たった者を見る目だった。」（「癌を病んで」『わたしはここよ』二〇〇二）
（5）その後母の方が先に亡くなり、春日井は次のような挽歌をうたっている。

泣き疲れし冬のわらべと白すべく母を失くせし通夜の座にゐる　『井泉』二〇〇二年

なお私事ではあるが、二〇〇〇年前後に春日井さんと政子母堂が出席した中部短歌会の名古屋の歌会に参加させていただいたことがあった。その歌会後の会場付近の道で春日井さんが自ら手を挙げてタクシーを止め、その手を母親の方へ向けて「お母さんはこのタクシーでお帰りなさい」と言った時の掌の動きと、いつもクールだった春日井さんの孝行に満ちた声は忘れることができない。また春日井は一九七九年の父親の死にあたって結社誌の編集を引き継ぎ、作歌を再開しているが、結社の後継には母親を助けるという動機もあったのではないかと推察できる。
（6）筆者（大野）は迢空賞の受賞式に参加したが、被爆した年上の歌人に敬意を表して竹山のスピーチを選考委員の岡井隆、篠弘が立って聴いていたシーンが印象的であった。
（7）マラソン・リーディングについては、田中槐から情報提供をしていただいた。
（8）塚本に関する拙稿としては、「六章　塚本邦雄の憎悪する私・再帰しない私——その短歌と俳句から」(『短歌・俳句の社会学』二〇〇八)を参照。そこでは塚本の短歌、俳句を資料として、戦争などへの憎悪と、「私」へは再帰していかない構造などを分析した。

(9) たとえば田中収は、石川啄木、プロレタリア短歌、「新日本歌人」などの口語歌の研究をおこなっている(『口語短歌の研究』二〇〇二)。

(10) なお『対峙と対話』の第四章で、大辻と吉川はメルロ・ポンティの解釈をめぐって論争をしているが、これは解釈の緻密さからして大辻の議論の方が妥当である、と考えられる。

(11) 加古陽(かこよう)は、一九九六年に会田誠が摩天楼をゼロ戦が爆撃しているというフィクションを描いた「紐育(ニューヨーク)空爆之図」という絵がある、と指摘している(「座談会」「平成の事件と短歌」「歌壇」二〇一九年一〇月、六〇頁)。

(12) 作品や宮内庁コメントなども、永田和宏『象徴のうた』二〇一九、一三四―三七頁から引用している。また「皇后」の称号は作品発表当時によった。

(13) なお作者からいただいた手紙によれば、二句目の字余りは、「テロの映像の衝撃を表そうとして、どうしても字余りになってしまったのではないか」とのことであった。

(14) なおその後も穂村は社会のシステム化を問題にし、「お一人様三点限り」などの選択(肢)を強いて来るコンビニ的圧力の「社会」で「生きのびる」ことを考えるだけではなく、より広い「世界」の中で「生きる」ことの大切さを語っている(穂村弘「5 内なるコンビニ的圧力との戦い」「11 世界と社会と人間の集団は、イコールじゃないのだと異議申し立て」「第三講　いい短歌とは、生きることにはりつく短歌」『はじめての短歌』二〇一四)。

(15)　またリッツアは「マクドナルド化する社会のなかで生きるための実用ガイド」(一〇章)として、小さな修正を積み重ねる、行きすぎた合理化をしないような対案を示す、専門職などの合理化されていないニッチを切り開く、利用せざるをえないときだけマクドナルド化したシステムを利用するという個人の対応をする、などを提案している。

そして「結び」では、「わたしは本書をつうじて、マクドナルド化の不可逆性を強調したけれども、わたしのもっとも甘い期待は、わたしが間違っているということである」と語っている。そして楽観的になりすぎることに注意しつつ、「わたしの希望は、(中略)、マクドナルド化の最悪の影響に抵抗したり、それを和らげたりすること」であるとし、詩人のディラン・トーマスの次の言葉で文章を終えている。

「あの快い夜のなかへおとなしく入っていってはいけない。光の滅んでゆくのを激怒せよ　激怒せよ」

(16)　私も本書執筆にあたり、アマゾンで本を買い、マック、スタバで原稿を書き、帰りにコンビニで発泡酒を買ったりもしている。せめて本の選択はあまり大情報技術産業に依存し過ぎないように、月一ぐらいで本屋、古本屋を回るようにはしているが、動物がアクリルのオリから出てその周りを回るくらいなような気がしないでもない。

(17)　この村上の壁と卵の話は二〇〇九年のイスラエルでのエルサレム賞の受賞式の講演で、直接的には当時のイスラエル軍のガザ地区への攻撃を批判したと考えられるが、より普遍的な現代社会におけるシステムと人間の関係の比喩としても読むことができる(「村上春樹さん記念講演全文　下」

毎日新聞、二〇〇九年三月三日夕刊）。

（18）森井は、馬場あき子の「斎贄（いつきのにえ）」（『無限花序』一九六九）などには、自身の安保闘争の敗北の体験を重ねつつ、「叛乱に失敗した兄の痛みに心を寄せるほか、なす術をもたない」式子内親王の無力、「ひいては女であるために革命にくみしえないことの痛恨」がかいまみられる、と考察している。

また山中智恵子の「雨師すなはち帝王にささぐる誄歌（るいか）」（『みずかありなむ』一九六八）では、「天皇制の起源へと遡り、女の霊力を切り捨てて自らの権力を築きあげた天皇に対して、その総括を迫っているのだが、そこに宥恕と哀惜の情が感じられるのは、女という存在にまつわる宿命が、山中にとって受け入れられているからである」と考察している。

（19）五章四節三では、現実の自己やまわりの人をどの程度うたうのかについての調査、分析をおこなっている。

（20）なお公田の〈(柔らかい時計)を持ちて炊き出しのカレーの列に二時間並ぶ〉の〈(柔らかい時計)〉は、ダリの絵にある溶けているような時計である、という読みがある。

これは魅力的ではあるが知的過ぎる読みとも考えられ、素朴に「腹時計」と読んでみたい。その方が（　）の形に合い、〈持ちて〉〈二時間並ぶ〉の現実感覚（sense of reality）も増す、と考えられるのである。

四章　二〇一〇〜二〇二一年――「つぶやく私」と大震災・コロナ禍という文明災害

それでは最後に、二〇一〇〜二〇二一年の短歌について考察していくことにしたい。[1]
なおこの時期は現在に近いこともあり、一九八〇年代生まれ、九〇年代生まれをはじめとしてなるべく多くの歌人の歌を紹介していくことにしたい。またまだ歌集を上梓していない歌人の雑誌に掲載された歌も取り上げていくことにしたい。

一節　一九八〇年代生まれの歌人の歌

まず一九八〇年代生まれの歌人の歌を、一、二〇一〇〜二〇一五年、二、二〇一六〜二〇二一年に分けて読んでいくことにしたい。[2]

一　二〇一〇～二〇一五年の歌

したいのに　したいのに　したいのに　散歩がどういうものかわからない

笹井　宏之『てんとろり』二〇一一年

一夜漬けされたあなたの世界史のなかのみじかいみじかい私

同

ことばになる前のわるぐち、パパイヤの黒光りしたつぶつぶの種

馬場　めぐみ「見つけだしたい」（第五四回短歌研究新人賞）

「短歌研究」二〇一一年九月

なついた猫にやるものがない　垂直の日射しがまぶたに当たって熱い

永井　祐『日本の中でたのしく暮らす』二〇一二年

目覚めると満月のすごい夜だった頬によだれがべったりあって

同

月を見つけて月いいよねと君が言う　ぼくはこっちだからじゃあまたね

同

青空に浮かぶ無数のビー玉のひとつひとつに地軸あるべし

山田　航『さよならバグ・チルドレン』二〇一二年

たぶん親の収入超せない僕たちがペットボトルを補充してゆく

同

ピアスとは浮力を殺すため垂らす錘(おもり)だれもが水槽の中
山田　航『水に沈む羊』二〇一六年

これは君を帰すための灯　靴紐をかがんで結ぶ背中を照らす
大森　静佳『てのひらを燃やす』二〇一三年

褪せる、には対語はあらず標識の〈百万遍〉の字の青が見ゆ
同

喉の深さを冬のふかさと思いつつうがいして吐く水かがやけり
同

秋茄子を両手に乗せて光らせてどうして死ぬんだろう僕たちは
堂園　昌彦『やがて秋茄子へと到る』二〇一三年

さようならいつかおしっこした花壇さようなら息継ぎをしないクロール
山崎　聡子『手のひらの花火』二〇一三年

蟻に水やさしくかけている秋の真顔がわたしに似ている子供
山崎　聡子『青い舌』二〇二一年

はつなつの光よ蝶の飲む水にあふれかえって苦しんでいる
服部　真里子『行け広野へと』二〇一四年

びいだまを少女のへそに押当てて指に伝はるちひさき鼓動
吉田　隼人『忘却のための試論』二〇一五年

笹井宏之（一九八二〜二〇〇九）は二〇〇九年に永眠したが、二年後の二〇一一年には第二歌集『てんとろり』が上梓された。一首目は「どんぞこ」という連作の最後にあり、〈したいのに〉の四回のリフレインがうっすらと狂気も感じさせて、印象的である。そして下の句は、作者がこの歌を詠んだ時点で病気によって実際に散歩ができなかった可能性はあるが、それを越えて、〈散歩がどういうものかわからない〉という機知（ウイット）を持った問いかけが、散歩の、どこへ、どのように、何時間歩けば散歩になるというような定義がないという本質をよく際立たせている。

二首目も〈あなた〉にとっての〈私〉という希薄な存在を、試験勉強で〈一夜漬けされた〉〈あなたの世界史のなか〉という機知（ウイット）をもった設定でうたっている。

穂村弘は、近代短歌などにあった「〈われ〉を中心とした同心円」のようなエゴの存在に対し、笹井の歌の世界は私の特権性の希薄、虫や無生物を含めた他者への愛という「魂の等価性」の世界である、としている。そしてその根本にあるのは「自我の突出したエゴイズムは世界を滅ぼすという感覚」としている（「再結成のバンドのドラマーたち」「穂村弘インタビュー」「短歌」二〇一九年四月、七七頁、「魂の等価性というモチーフ」「インタビュー〈近代短歌〉は終わらない」「現代短歌」二〇二〇年七月、六九頁）。

馬場めぐみ（一九八七〜　）作は、〈パパイヤ〉を割るとダイダイ色の果肉の中央に〈黒光りしたつぶつぶの種〉がある。〈種〉は食べられないので取り除くわけだが、それは邪悪な感じがして、〈ことばになる前のわるぐち〉の喩となっている。「わるくち」でなく〈わるぐち〉と濁っているところも種っぽい感触がある。

歌集名も印象的な永井祐（一九八一〜　）作の一首目は、〈なついた猫にやるものがない〉と〈垂直の日射しがまぶたに当たって熱い〉が、切り離されるとそれぞれの言葉がややキツイ印象も与える。しかし両者が、たとえば「なついた猫にやるものがない　だからというわけでもないが　垂直の日射しがまぶたに当たって熱い」のように「ゆるく」接続していると読むことによって、ややさみしく、ややけだるい昼の雰囲気を醸し出している。

二首目の上の句と下の句は、一首目と比較するとやや順接の関係はある。しかし、やはり上句と下句の間へ「だから」よりも「だからというわけでもないが」の方が挿入できるように、ゆるく接続していて、むしろそのことによって〈満月のすごい夜〉の無気味な雰囲気が表現されている。

そして三首目の、二字空け(3)によって離された上の句と下の句も、やや逆接の関係はあるが、やはりゆるく接続している。そしてそのことによって二人の関係性の空気感のようなものを表現している、ということができる。

これらの永井の歌の句と句の関係は、前が後の「順当な原因・理由になっている」という順接とはいえず、また逆接ともいえない。しかしまた前と後で切れているとも言いがたく、どちらかがどちらかの喩になっているわけでもなく、前と後で接続はしている。したがってこのような接続を、順接でも逆説でもないゆるい接続という意味で「ゆるふわ接続」と名付けてみたい。(4)

「ゆるふわ接続」とは句と句をゆるく接続させることによって、一首全体としてある空気感、雰囲気を表現するもの、と定義される。「ゆるふわ」という語は辞書にも載っているが、(5)本書では「ゆる」は「ゆるく接続」、「ふわ」は「ふわっと空気感を表現」という意味を込めている。そしてこのゆるふわ接続は、さまざまな現象が、順接、逆接などの明確な関係で繋がっているのではない現代の社会を反映している、といえるだろう。

穂村弘は「現実」と三首目の歌との関係について、「『現実のリアル』が、そのまま短歌のなかに出現した驚き」があり、「『歌のリアル』の底が抜けたという印象をもった」としている(6)(「『歌のリアル』の底が抜けた」朝日新聞、二〇〇八年一二月一四日)。

また『日本の中でたのしく暮らす』という歌集名について、「こんなタイトルはないみたいなところに、いや、でも、あるでしょうという球の投げ方をしている」とし、「アララギでも、前衛でもない」「リアリズムの更新」(7)をした、と言っている(「座談会」「新しい歌とは何か」

「短歌」二〇一三年一月、八九頁）。なおこの「リアル」への志向は、現実（リアル）な生活世界が希薄化しているためと考えられ、短歌に限らずにさまざまな分野にみられる。(8)

山田航（わたる）（一九八三～　）作の一首目は、詩的飛躍がある〈青空に浮かぶ無数のビー玉〉が、下の句で〈ひとつひとつに地軸あるべし〉と詠まれたことにより、重みと存在感を増して一首の中に位置づいている。

二首目は連作「ペットボトル・ウォーズ」の中にある。上の句と下の句の関係が微妙によく、また下の句〈ペットボトルを補充してゆく〉は、ペットボトルを新しく買って補充するのではなく、捨てないでおいたペットボトルの容器にお茶などを補充してゆく、と読んだ。その方がわびしい感じが増すと考えられる。

第二歌集『水に沈む羊』(9)の歌である三首目は、学校を水槽に喩え、その中でのいじめをうたった連作「水槽」の中の歌。現代では若い男性もピアスをつけており、それをファッションではなく、〈浮力を殺す／ため垂らす／錘（おもり）だれもが〉と句またがりにして屈折させてうたってい る。また〈だれもが〉にはいじめられる側もいじめる側も含まれている。

大森静佳（一九八九～　）は『てのひらを燃やす』で第二〇回日本歌人クラブ新人賞、第三九回現代歌人集会賞、第五八回現代歌人協会賞をトリプル受賞した。

一首目は、おそらく〈私〉（作中主体）が〈君を帰すための灯〉を点けたあとに、〈君〉の

〈背中を照らす〉〈灯〉を見詰めている。〈これは君を帰すための灯〉からは寂しさが伝わってくる。

二首目の〈百万遍（ひゃくまんべん）〉は、大森が学んだ京都大学の近くの地名。〈標識の〈百万遍〉の字の青〉はやや褪せてきており、その対語なく〈褪せる〉標識に、褪せることを止めることができない、暮らした街の百万ともいえるさまざまな記憶を思った、と読んでみた。

三首目は、水の動きとともに〈私〉の意識が〈喉の深さ〉から〈冬のふかさ〉、そして〈うがいして吐く水〉へと移り、結句でそのかがやきを見詰めているという転換が深い。

二首目の「なくて」などではない〈あらず〉、「見える」などではない〈見ゆ〉、三首目の「かがやいた」などではない〈かがやけり〉などの文語が、視線を、そして歌を引き締めている。歌集の栞（しおり）で中津昌子は、大森を「（前略）常に、今、ここを確かめるように、眼前のものに目を注ぎ、胸に沈める」と評し、三首目については、「そのつよさが、有機的な奥ゆきをもつうがいの場面の『水』を異様に輝かせる」と論じている。

堂園昌彦（一九八三〜　）作の〈秋茄子〉は美味しいので「嫁に食わすな」ともいわれるが、夏の盛りを越えてできるので、さみしくもある。そのさみしさは光らせることによりいっそう増し、〈どうして死ぬんだろう僕たちは〉という問いへ作者を、そして読者を導いてゆく。[10]

山崎聡子（一九八二〜　）作の一首目は連作「死と放埓（ほうらつ）なきみの目と」の中にあり、〈さようなら〉をリフレインさせながら、〈花壇〉でおしっこをすることや〈息継ぎをしないクロール〉ができた自分に〈さよなら〉を告げている歌、と読むことができる。

二首目はその後生まれた子どもをうたっている。子の〈蟻に水やさしくかけている〉という残酷な行為が、〈秋の真顔（まじめな、真剣な顔）〉で的確に〈わたし〉へつながっていく。「あとがき」によれば子どもは作者と同性の女の子のようである。秋という澄んだ季節も、四季の中で一番この歌にふさわしい。平岡直子が「山崎の歌集には子どもという存在のどこか底知れぬ不気味さ」が書かれている、と言っている（「二〇二一年の当時者性」「短歌研究年鑑二〇二二年版」短歌研究社）。

服部真里子（一九八七～　）作は〈蝶の飲む水〉というミクロへの焦点化が効果的で、それによってかえって、〈あふれかえって苦しんでいる〉のは〈はつなつの光〉であり、作者であり、世界全体でもある、と感じさせる。栗木京子が歌集の栞で服部の歌の特徴として「大雑把にならず、だからといって自閉的にもならない」と評している。

吉田隼人（一九八九～　）作は、連作「びいだまのなかの世界」にある。その連作名に示されるように、〈びいだま〉〈へそ〉〈ちひさき鼓動〉などの細部に焦点を当てた不思議な世界がうたわれている。

二　二〇一六～二〇二二年の歌

戦場を覆う大きな手はなくて君は小さな手で目を覆う
木下　龍也『きみを嫌いな奴はクズだよ』二〇一六年

職歴に空白はあり空白を縮めて書けばいなくなるひと
虫武　一俊『羽虫群』二〇一六年

頭を下げて頭を下げて牛丼を食べて頭を下げて暮れゆく
萩原　慎一郎『滑走路』二〇一七年

果てまでの時間は長く水色のカーテンの襞数へゐたりき
小佐野　彈『メタリック』二〇一八年

春のあめ底にとどかず田に降るを田螺はちさく闇を巻きをり
藪内　亮輔『海蛇と珊瑚』二〇一八年

「それより」で私は止める五歳からもみあげにある白髪の話
川島　結佳子『感傷ストーブ』二〇一九年

冷たい水いくら飲んでもおまえのように生きられねえよ　ヒヤシンス　咲く

佐佐木　定綱『月を食う』二〇一九年

負けたほうが死ぬじゃんけんでもあるまいし、開いたてのひらの上の蝶

平岡　直子『みじかい髪も長い髪も炎』二〇二一年

木下龍也（たつや）（一九八八～　）作は、架空の戦争をうたった連作「無色の虹」の中にある。上の句の〈戦場を覆う大きな手〉とは、単に戦場を見えなくするような手ではなくて、戦場をこの世からなくしていけるような手、と読みたい。また下の句の〈小さな手で目を覆う〉は、無力感だけではなく、そこに〈君〉の感受性と哀しみも読みたい。「戦争」ではなく〈戦場〉と詠み込んだことで臨場感が増している。

虫武（むしたけ）一俊（一九八一～　）作は縮めて書かざるをえない職歴の〈空白〉と、そこで出会った人に思いをはせている。〈いなくなるひと〉というひらがなが、それらの〈ひと〉の親しさと存在の薄さをあらわしている。歌集の解説で石川美南が「就職氷河期という時代状況がどこまで作用したかはわからないが、職を持たずに二十代を過ごすという経験が、作風に与えた影響は大きいのだろう」と書いている。

萩原（はぎはら）慎一郎（一九八四～二〇一七）作の〈頭を下げて〉の三回のリフレインは、真ん中の〈頭を下げて〉はお昼に牛丼を食べる時の行為、その前後の〈頭を下げて〉は、午前と午後の

〈暮れゆく〉までの、仕事上のやむをえない行為として読むことができる。

小佐野彈（一九八三〜　）作は、この歌の前の〈開かれるとき男体は爛漫の春に逆らふ器（うつわ）であつた〉という歌などと共に読むと、男性同性愛の性愛の歌だとわかる。〈果てまでの時間〉まで、ベッドから眺めているであろう〈カーテンの襞（ひだ）〉を数えているというシチュエーションが細やかである。

藪内亮輔（一九八九〜　）作は、やわらかい春の雨がとどかない田の底の世界を、〈田螺（たにし）はちさく闇を巻きをり〉と、くぐもるように効果的に描写している。上下をつなぐ〈を〉は「降るけれども」のように逆接として読みたい。

川島結佳子（ゆかこ）（一九八六〜　）作は、相手の〈五歳からもみあげにある白髪の話〉を、言葉をはさんで〈「それより」で私は止める〉という倒置の歌。穂村等と比較すると相手の話に入っていっているが、会話は成り立っていない。歌集名『感傷ストーブ』はラジオネームのようなので、「感傷的なストーブ」ではなく、「感傷するストーブ」のような主体で、低温で、火などは立たないのだろう。渡辺松男が栞で、歌集名は川島さん自身のラジオネームかもしれない、「紙やすりのようにざらざら」な眼前のこの世をうたっている、と解説している。

佐佐木定綱（一九八六〜　）作は、水栽培ができる〈ヒヤシンス〉と比較しつつ自分の人生を嘆いている。初句の単なる「水」ではなく〈冷たい水〉という言葉のチョイス、結句の「ヒヤシンス」と言いっ放しにならずに、〈　咲く〉と一字あけで一呼吸おきヒヤシンスを愛でているところなど、才を感じさせる。他にも〈男性の吐瀉物眺める昼下がりカニチャーハンかおれも食いたい〉などの、現在の正規雇用されえない若者の立場から、さまざまな現象をうたっている。

平岡直子（一九八四〜　）作はなかなか解釈が難しいが、〈じゃんけん〉のあとの場面と読んでみた。そして、自分は〈開いたてのひら〉を、すなわちパーを出し、その上に〈蝶〉がとまった、そして相手はチョキを出して自分は負けたが、別に〈負けたほうが死ぬじゃんけんでもあるまいし〉、でももしグーにしたらじゃんけんには勝つがこの蝶は死ぬ、という歌意と読んでみた。これも基本的に機知の歌といえよう。

吉川宏志は基本的にこの世代の作品について、「よく言えば気負いがない」が「低空飛行的な感じ」と評している（「〈自分〉の存在しないところにある幸せ」「短歌往来」二〇一三年一月、六二頁）。これは穂村弘が、永井等を低温で起きるやけどという意味で「低温やけど」と評したことと繋がっている（「座談会」「短歌」二〇一四年二月、九〇頁）。つまり基本的にバブル経済の体験がないこの世代は、上世代からはテンションや熱が低くみえるのである。そうしたなかで山田（航）、虫武、萩原、佐佐木（定）等は社会的な閉塞感を感じつつうたっている、ということができる。

二節　二〇一〇〜二〇二一年の歌人の歌

次に同時代の一、下世代、二、上世代の歌人の歌を読んでいくことにしたい。

一　下世代の歌人――一九九〇年代生れの歌人

くちづけで子は生まれねば実をこぼすやうに切なき音立つるなり
安田　百合絵「本郷短歌」創刊号、二〇一二年

凍結は水の端より　生別は会はむこころをうしなひてより
小原　奈実「本郷短歌」二、二〇一三年

溶かしつづける水、溶けつづける氷、音が鳴らせるなら氷水
佐伯　紺「あしたのこと」(第二五回歌壇賞)
「歌壇」二〇一四年二月

宇宙時間息づいている公式を黒板消しが粒子へ返す

鈴木　加成太「革靴とスニーカー」（第六一回角川短歌賞）
「短歌」二〇一五年一一月

煮えたぎる鍋を見すえて　だいじょうぶ　これは永遠でないほうの火
井上　法子『永遠でないほうの火』二〇一六年

きみのこともっとしにたい　青空の青そのものが神さまの誤字
西村　曜『コンビニに生まれかわってしまっても』二〇一八年

エスカレーター、えすかと略しどこまでも　えすか、あなたの夜をおもうよ
初谷　むい『花は泡、そこにいたって会いたいよ』二〇一八年

万華鏡銃のごときを構へ世は打ち砕かれしときのみ美(は)し、と
川野　芽生『Lilith』二〇二〇年

あかるいと言われるたびに胸にある八百屋に並ぶ枇杷六つ入り
工藤　玲音『水中で口笛』二〇二一年

安田百合絵[11]（一九九〇～　）作は不思議な歌。〈くちづけで子は生まれねば〉なので、それではは安心してキスをしているのかというとそれは〈切なき音〉を立てている。しかしそれでは子が生まれないから切ない、相手の子を生みたいのかというと、〈実をこぼす〉はほのかに子

を生むことの喩とはなりつつ、それも微妙に違う。最終的には、子を生むことに行き着く行為ではないからこそ〈くちづけ〉は掛け替えのないものであり、この上なく切ないものである、と読んでみた。また安田は文語を駆使しており、〈音立つるなり〉は、〈立つる〉が他動詞「立つ」の連体形なので、「なり」は推定ではなく断定をしている、と読むことができる。

　そして俵万智〈砂浜を歩きながらの口づけを午後五時半の富士が見ている〉（『サラダ記念日』）と比較してみると、万智の〈午後五時半の富士〉に見られている楽しげな〈口づけ〉に対し、百合絵の〈くちづけ〉は密室での行為のように閉じ、その切なさを見詰めている。

　小原奈実（一九九一〜　）も文語旧かなをもちいている。そして「ごとく」のような直喩も使わずに、一字あけ前後の〈凍結は水の端より〉と〈生別は会はむこころをうしなひてより〉の対比を基本構造として、抒情的な修辞（ことば）を使わずに理系のレポートのように、自然と人の心の現象を歌い込んでいる。〈凍結は水の端より〉との対比により、心の中心へ凍結がひたひたと迫っていくような迫真力が生まれる。「別れ」などではなく〈生別〉という言葉の選択も鋭利である。

　佐伯紺（一九九二〜　）作は〈氷水〉をうたった歌。〈氷〉を〈溶かしつづける水〉、〈水〉により〈溶けつづける氷〉、そしてそれらをかき混ぜて〈音が鳴らせるなら氷水〉という現象を、〈溶かしつづ／ける水、溶け／つづける氷、／音が鳴らせる／なら氷水〉という微妙な句またがりを駆使してうたっている。

鈴木加成太（一九九三～　）作は〈黒板〉に〈宇宙〉に関する〈公式〉が書かれていたのだろうか？〈宇宙〉の縁語である〈粒子〉が詠み込まれているところなど、巧みな歌である。また〈宇宙時間〉だけが〈息づいている〉世界で、教師や生徒などの人間は消えているのである。

井上法子（一九九〇～　）作は何度も読んでみて、良い歌だと思った。〈煮えたぎる鍋を見すえて〉読者に地獄の業火のような「永遠のほうの火」を想起させるところもさることながら、上下一字あけの〈　だいじょうぶ　〉が、むしろ水蒸気のような不安を読者に起こさせる。

西村曜（一九九〇～　）作の初句二句は、読者に一瞬「きみのこともっとしりたい」の誤字か？と思わせながら、〈きみのこと〉で〈もっとしにたい〉（＝死にたいほど好きである）、〈きみのこと〉を〈もっとしにたい〉（＝死なせたいほど好きだ）などのさまざまな言葉を想像させてゆく。一字あけの初句二句と三句以降の間は、直喩の「と言ってしまったように」でつなげることができ、〈きみのこともっとしにたい〉「と言ってしまったように」〈青空の青そのものが神さまの誤字〉であり、世界は素晴らしくもかなしい誤字のようなもので成り立っているのだ、と読むことができる。

初谷むい（一九九六～　）作も不思議な歌[12]、〈エスカレーター〉を略した〈えすか〉が二回目のリフレインで恋人のように擬人化する、という転換をしている。また腰の句である三句目の〈どこまでも〉は、〈あなたの夜をおもうよ〉だけではなく、〈えすかと略し〉にもかかり、さらに〈エスカレーター〉にもかかって、どこまでも昇っていくような夜のエスカレーターの像を生んでゆく。

またこの一首のみなら〈あなた〉は擬人化した〈エスカレーター〉である〈えすか〉、と読むことができる。しかしこの歌がある連作「おはよ、ジュンク堂でキス、キスだよ」の中では〈きみ〉がうたわれているので、連作の中の歌としては〈あなた〉は〈きみ〉で、エスカレーターに乗っているその小さな後ろ姿が見えてくる。[13]

川野芽生(めぐみ)(一九九一〜　)作も文語の緻密な歌、上の句は〈万華鏡〉を「銃のごとく」〈構へ〉とは詠まずに、〈万華鏡〉自体が〈銃のごとき〉という自分の世界観を示して詠んでいる。そして最後の〈へ、と〉は、字足らずと断定を避けるため、と読んだ。やや唐突になるところを、〈ごとき〉〈とき〉に続く〈と〉の三回の飛び石リフレインが中和させている。

歌集名の「Lilith(リリス)」とは「ユダヤの伝承において男児を害すると信じられていた女性の悪霊」だが、現代では「女性解放運動の象徴の一つ」にもなっている(フリー百科事典『ウィキペディア(Wikipedia)』)。歌集中には詞書などがないため難解な歌も多いが、栞で水原紫苑、佐藤弓生(ゆみお)等が豊富な西洋文学などの知識をもとに行き届いた解釈をおこなっている。

〈あかるいと言われるたびに〉違和感が湧くことは多くの人にあるだろうが、工藤玲音（一九九四～　）作はそれを、〈八百屋〉の、おそらく屋外の光りにさらされ、贈呈用などではなく、プラスチックの透明なうすい箱に入れられた、ややくすんだ色であろう〈枇杷〉でよくあらわしている。〈言われるたびに〉→〈胸にある〉という存在の仕方も、現実感覚（sense of reality）を持たせる。結句〈枇杷六つ入り〉というややぶっきらぼうなうたい方も、この歌の内容によくマッチしている。

このように、一九八九年生まれの大森、藪内を含めたほぼ一九九〇年以降生れには、大森、藪内、安田、小原、川野（芽）等のように、文語をもちいて世界を凝視し、見入るように彫り込んでうたおうとする学生短歌会出身の若い歌人がいる。それに対して「若いのによく文語を知っている」と言われることもあるが、現在の日本の一般的な人生では大学受験期が最も文語や古典に接する時期なのであり、むしろ「若いからよく文語を知っている」のである。(14)

大森静佳は、自分たちの世代は「社会にこすられる感じや生活の中から歌っていくという姿勢があまりなくて、それよりもことばとことばをぶつけるおもしろさ、イメージの飛ばせ方とかにこだわる」と自己分析している（「特別対談」「短歌を詠むということ」「短歌」二〇一三年八月、八一頁）。

そして川野里子は「文語はそれ自身、語られる必要がないほど泰然と短歌という様式の背後にある、漠然とそう信じられてきた」が、「文語こそそれぞれの時代の必要、あるいはそれぞれの作者の渇望から生みだし続けられた文体の堆積した地層」と考察している。そして「今日的な必要によって生み出された『新しい文語』がある可能性」を指摘している（「三　今について　1　むしろ「語られぬ文語」の問題として」『七十年の孤独——戦後短歌からの問い』二〇一五）。

二　上世代の歌人

（一）　一九七〇年代生れの歌人

遺稿歌集ひらく鴨川ゆふされば風のかたちにゆがむ蚊柱

光森　裕樹『鈴を産むひばり』二〇一〇年

六面のうち三面を吾にみせバスは過ぎたり粉雪のなか

同

四季はやがて私を残し行くだろう　雲あまた飛ぶ雨後の青空

田中　拓也『雲鳥』二〇一一年

ホットケーキ持たせて夫送り出すホットケーキは涙が拭ける

陸橋のうえ乾きたるいちまいの反吐ありしろき日々に添う白

雪舟　えま『たんぽるぽる』二〇一一年

湯の中にわれの知らざる三分をのたうち回るカップラーメン

内山　晶太『窓、その他』二〇一二年

うなぎの顔の尖りつつ泳ぐさびしさだ　嵐のあとを人ら混み合ふ

田村　元『北二十二条西七丁目』二〇一二年

「ナイス提案！」「ナイス提案！」うす闇に叫ぶわたしを妻が揺さぶる

澤村　斉美『galley』二〇一三年

鰺焼いている間に今朝を受けいれるそののち深くなる雨の音

堀合　昇平『提案前夜』二〇一三年

水槽の魚のように粉雪を見ている家に帰れぬ友と

島田　幸典『駅程』二〇一五年

パンチョなる元山賊が出てきてよく殺しよく結婚をする

鳥居『キリンの子』二〇一六年

佐佐木　頼綱「風に膨らむ地図」（第二八回歌壇賞）

「歌壇」二〇一七年二月

光森裕樹（一九七九〜　）作は、一首目の鴨川で開く〈遺稿歌集〉は、その中に良い歌があればあるほど、それが〈遺稿歌集〉であることがかなしい。そんな作者の思いが、自然現象である〈凪〉によって、その〈かたちにゆがむ蚊柱〉にあらわされている。そして〈歌集〉、〈鴨川〉、〈凪〉、〈かたち〉、〈ゆがむ〉、〈蚊柱〉という「か」の飛び石リフレインが、歌のリズムを形成してゆく。

二首目はバスの上と下、向こう側は見えないという個性的な空間把握の歌だが、結句〈粉雪のなか〉によってそれが視覚がぼやけるような世界にあることを伝えている。

四季の全てが人を残して行くことは本来はありえないが、田中拓也（一九七一〜　）作はひとつ、ひとつの季節が、やがて自分を残して行ってしまうことを、躍動感ある〈雲あまた飛ぶ雨後の青空〉を遠くに見ながら感じている。自然をうたいながら、壮年となった作者の静かな孤独感がうたわれている。

雪舟えま（一九七四〜　）作は、出勤する夫に持たせるという、あまりありえない設定でうたわれている〈ホットケーキ〉のリフレインが印象的である。そして〈ホットケーキは涙が拭ける〉という機知を楽しみつつ、〈ホットケーキ〉で涙を拭かなければいけないような事態が夫におこる可能性をリアルに感じるならコワい歌、ということもできる。

内山晶太（一九七七〜　）作は、〈乾きたるいちまいの〉と〈反吐〉を繊細に詠みつつ、下の句では〈しろき日々に添う白〉と、視ている自分たちの〈しろき日々〉も詠み込んでいる。下の句で〈反吐ありしろき／日々に添う白〉と句またがりをもちい、〈反吐〉を〈日々〉へ、縫い込むように詠み込んでいる。伊藤一彦は、〈しろき日々〉は「歌集全体の印象からいえば白濁の感じ」と鑑賞している（「二つの林檎、二つの炎の幸不幸」「短歌」二〇一三年七月）。

田村元（はじめ）（一九七七～　）作は、〈われの知らざる〉と詠みつつ、〈のたうち回るカップラーメン〉に共感を寄せてうたっている。これを加藤治郎の〈にぎやかに釜飯の鶏ゑゑゑゑゑゑゑゑひどい戦争だった〉（『ハレアカラ』一九九四）と比較してみると、〈釜飯〉と〈カップラーメン〉の大きさの違い以上に、加藤がそれを湾岸戦争の喩としてもちいたのに対し、田村は基本的に自分の喩としてもちいている、という違いがある。

澤村斉美（まさみ）（一九七九～　）作は、〈さびしさ〉という詠み込むのが難しい言葉を、個性的に〈うなぎの顔の尖りつつ泳ぐ〉と結びつけている。下の句も水分を含んだ〈嵐のあと〉や、水槽の中のような〈混み合ふ〉という〈うなぎ〉の縁語のような言葉を巧みに詠み込んでいる。

堀合昇平（一九七五～　）作は連作「提案」の中にあるが、会社の企画会議などの悪夢を見ているのだろうか？〈「ナイス提案！」「ナイス提案！」〉という虚しい掛け声のリフレインに迫力がある。〈うす闇に〉というのも不気味で、切ない。

島田幸典（一九七二～　）作は、一般的な朝でなく〈今朝〉という特定の仕方がうまい。

「のちに」などではなく〈そののち〉というくぐもるような詠み方も、焼いている〈鰺（あじ）〉〈深くなる雨の音〉と共に一首の雰囲気を形成している。

鳥居（生年非公表）作は孤児院でのクリスマスの場面らしく、〈水槽の魚のように〉という直喩が孤児院の中での息苦しさ、冷たさをあらわしている。そして〈家に帰れぬ友〉といる自分も、家に帰れないのであろう。

佐佐木頼綱（一九七九〜　）作はメキシコへの旅行詠「風に膨らむ地図」のなかの歌、パンチョ・ビアはメキシコの革命家で義賊ともいわれた。この歌の前に〈ゆつくりと我の論理を変へながら読み継ぐ『メキシコ革命史』を〉とあり、異文化に接触したことにより日本での〈我の論理を変へながら〉、道徳的批判などは加えずに〈よく殺しよく結婚をする〉と詠んでいる。連作からは祖父佐佐木治綱（はるつな）[15]の思想詠、祖母佐佐木由幾[16]の美学の系譜を感じさせる。

（二）　一九六〇年代、五〇年代生れの歌人

吾（あ）を去りし人の笑まひのさびしさに似てともりをり春の夕月

大塚　寅彦『夢何有郷（むかいうきやう）』二〇一一年

ひまはりの種テーブルにあふれさせまぶしいぢやないかきみは癌なのに

子と我と「り」の字に眠る秋の夜のりりりるりりりあれは蟋蟀（こおろぎ）
渡辺　松男『蝶』二〇一一年

バスタブに遊ばす左右（さう）の膝小僧しんじつ生きてきたのだらうか
俵　万智『オレがマリオ』二〇一三年

鳴く蟬の声ごゑ椎の木がとどめ椎の実となり秋日に降らむ
内藤　明『虚空の橋』二〇一五年

ねぶみして引くおいびとが「信」といふ「信」は亻（にんべん）から冷ゆるなり
柴田　典昭『猪鼻坂（いのはなざか）』二〇一七年

坂井　修一『古酒騒乱』二〇一九年

大塚寅彦（一九六一〜　）作は壮年の相聞歌。自分の〈さびしさ〉ではなく、吾を去った人がたたえる〈笑まひのさびしさ〉と、それに似て灯る〈春の夕月〉の取り合せが巧みな歌である。

渡辺松男（一九五五〜　）作は、癌の妻をうたっている。ひまはりは明るい花だが、〈ひまはりの種〉は殻が黒ずんでいたりして必ずしも明るいわけではない。そんな〈ひまはりの種〉を、やや手元や行動がおぼつかなくなってしまった妻が、テーブルに溢れさせてしまったのだろう。それを見た作者が、おもわず〈まぶしいぢやないか〉と思い、その暗さをともなうまぶしさの中で〈きみは癌なのに〉とあらためて思うのである。

俵万智作は、東日本大震災で仙台から避難してきた石垣島での〈子〉という愛しい人との生活をうたった歌。シングルマザーなので「川の字」ではなく〈「り」の字に眠る〉とうたい、そこから生まれた〈りりりるりりり〉というオノマトペに俵の言語センスがよくあらわれている。『オレがマリオ』では、避難の過程を詠んだ〈子を連れて西へ西へと逃げてゆく愚かな母と言うならば言え〉が有名だが、一首の歌としてみるならこの歌の方が完成度が高い。

内藤明（一九五四～　）作は、裸で、縮こまらざるをえず、湯面上に揺らしている〈左右の膝小僧〉を見つめているという上の句の場面設定のもとに、〈しんじつ生きてきたのだらうか〉という壮年のふとした自問が現実感覚（sense of reality）をもって詠まれている。

柴田典昭（一九五六～　）作は「まひる野」らしい堅実な歌だが、〈蟬の声ごゑ〉を〈椎の木〉がとどめ、それが〈椎の実〉となり、〈秋日に降らむ〉という詩的な転換がうたわれている。

坂井修一作は「議事録」という連作の中にあり、坂井は東大大学院情報理工学系研究科教授なので教授会などの会議の場面を詠んでいる、と考えられる。また連作の他の作品を読むと、〈おいびと〉は以前は尊敬していたが現在は〈俗物〉になってしまった人物のようで、初句二句の〈引く〉という動詞以外のひらがなはその子どもっぽさを暗示している、と読むことができる。また下の句は、その人の言う「信」は人間的な温かさが冷めている、という歌意であろう。

また管見によれば最近の坂井の『世界を読み、歌を詠む』（二〇二一）をはじめとする評論活動には、相互に関連しながら次のような三つの特徴がある。

その第一は、豊富な知識を背景とした紀元前四千年から紀元二千年に及ぶ文明論である。そこで坂井は虐殺や処刑などを見つめ、「文明の愚かさの極みにあって、少しでも人を幸せにする方法はないものか。そういう悲しい主題が、私の書生生活を貫いている」（『世界を読み、歌を詠む』一九八頁）と語り、基本的にはペシミズムの態度をとっている。

また第二は、主に近代を対象とした知識人論である。木下杢太郎を「心の相談相手とする文人」（「うたごころは科学する」日経新聞、二〇二〇年一二月一三日）とし、斎藤茂吉の戦争責任を検証しながら（「戦争責任（上）（下）」『世界を読み、歌を詠む』）、ペシミズムとオプティミズムいう点では、基本的にニュートラルな態度をとっている。

そして特徴の第三は、オプティミズムの態度を生きる評論内の〈私〉（作中主体）の存在である。これは青年期のある種の「狂気」に対して、還暦前後の坂井がある種の「稚気」（「あとがき」同）をもって世界に接していったため、と考えられる。そしてその背景には、故郷松山の風土(「故郷」「松山」同)と、岩田正との交流がある(「ユマニテの声」「現代短歌」二〇一八年二月)、と考えられる。

このような最近の坂井の志向は新しい知識人としての在り方を模索していると考えられ、その全体像はまだ明らかにされていないが、ぜひ専門の情報学についてもさらに言及しつつ[17]、自己充足的なライフスタイルもふくむ[18]、人生百年時代の知識人像を提示して欲しい[19]、と思う。

(三) 一九四〇年代以前生れの歌人

おのれより濃き夕映えを浴びしかばこの山もみぢ明日は散るべし
稲葉 京子『忘れずあらむ』二〇一一年

酢の匂ひ賑はしくたつ厨房の真夏は若き妻の日のごと
雨宮 雅子『水の花』二〇一二年

知るゆゑに言はぬこともあり蠟の灯の炎の尖(さき)の見えざる熱気
尾崎 左永子『薔薇断章』二〇一五年

ゾウを見てゾウさんと呼びトラを見てトラさんとふつう人は呼ばない
奥村 晃作『八十の夏』二〇一七年

稲葉京子（一九三三～二〇一六）作は、〈夕映え〉〈山もみぢ〉という自然をうたいながら、結句〈明日は散るべし〉は自分へも向かい、〈おのれ〉の生き方をうたった歌としても読むことができる。

雨宮雅子（一九二九～二〇一四）作は、晩年になって、酢を煮立てたりして料理をした〈厨房〉のような〈若き妻の日〉に思いをはせている。〈真夏〉という季節も効果的で、うっすらと色気も感じさせる。

尾崎左永子（一九二七～　）作は、〈炎の尖の見えざる熱気〉が〈知るゆゑに言はぬこと〉自体と、〈言はぬ〉という作者の思いの両方の喩として読むことができる。老年の凜としたうたいぶりであり、二句目の字余りを許容して入れた〈も〉にも着目したい。

奥村晃作（一九三六～　）作は、だからなんなんだ？　でもどうしてなんだ？　と読者を自家薬籠中に誘っていくような現代のただごと歌。「さん」付けをする動物としない動物の差異、「寅さん」という愛称だった渥美清などへ妄想は広がってゆく。奥村自身の解説によれば、現代ただごと歌は「『存在』や『認識』に発想の契機をもつ作を第一の特色」（「ただごと歌」『現代短歌大事典』）とされている。

三　二〇一〇～二〇二一年の短歌界の現象

アンソロジーとして、篠弘『新版　現代の短歌――篠弘の選ぶ一〇〇人・三八四〇首』（一九四五年以降の短歌）（二〇一二）、石田郁男・大野道夫『近現代短歌アンソロジー』〔近現代の九九首の英訳・仏訳〕、山田航『桜前線開架宣言』〔一九七〇年以降生れの歌人〕（以上、二〇一五）、東直子・佐藤弓生・千葉聡『短歌タイムカプセル』〔戦後から二〇一五年までの間に歌集を刊行した歌人〕（二〇一八）、瀬戸夏子『はつなつみずうみ分光器』〔二〇〇〇～二〇二〇年に刊行された第一～三歌集〕（二〇二一）が刊行された。

評論集として、井上美地『現代短歌と史実――リアリズムの原点』（二〇一〇）、篠弘『残すべき歌論――二十世紀の短歌論』（二〇一一）、内野光子『天皇の短歌は何を語るか』（二〇一三）、水原紫苑『桜は本当に美しいのか――欲望が生んだ文化装置』（二〇一四）、品田悦一『万葉ポピュリズムを斬る』、篠『戦争と歌人たち――ここにも抵抗があった』、田中綾『非国民文学論』、中根誠『プレス・コードの影――ＧＨＱの短歌雑誌検閲の実態』（以上、二〇二〇）、中村佳文『日本の恋歌とクリスマス――短歌とＪ-ｐｏｐ』（二〇二一）などが刊行された。

歌人論等として、渡英子（ひでこ）『メロディアの笛――白秋とその時代』（二〇一一）、秋葉四郎『茂吉　幻の歌集『萬軍』――戦争と斎藤茂吉』（二〇一二）、中根『兵たりき――川口常孝の生涯』

（二〇一五）、江田浩司『岡井隆考』（二〇一七）、田村元『歌人の行きつけ』、古谷智子『片山廣子――思ひいづれば胸もゆるかな』（以上、二〇一八）、加藤孝男『与謝野晶子をつくった男――明治和歌革新運動史』、山中律雄『川島喜代詩の添削』（以上、二〇二〇）、阿木津英『アララギの釋迢空』、加藤治郎『岡井隆と現代短歌』（以上、二〇二一）などが刊行された。

うた新聞、現代短歌新聞（以上、二〇一二〜）、「佐佐木信綱研究」、「現代短歌」（以上、二〇一三〜）、「INTERNATIONAL TANKA」（二〇一七〜）、「ねむらない樹」（二〇一八〜）などが創刊され[20]、従来より安価な歌集出版として新鋭短歌シリーズ（二〇一三〜）が刊行された。

現代短歌社賞（二〇一三〜）、佐藤佐太郎短歌賞（二〇一四〜）、笹井宏之賞（二〇一九〜）、塚本邦雄賞、書評を対象とするBR賞（以上、二〇二〇〜）が新設された。

大学短歌バトル（二〇一五〜）が開催された。全国高校生短歌大会（短歌甲子園、岩手、二〇〇六〜）、牧水・短歌甲子園（宮崎、二〇一一〜）、高校生万葉短歌バトルin高岡（富山、二〇一六〜）の成績上位校等の交流戦が二〇二一年におこなわれた[21]。

現代歌人協会、日本歌人クラブが、「高校新学習指導要領・大学入学共通テストについての声明」（二〇一九）、「日本学術会議の新会員任命拒否に反対する声明」（二〇二〇）を発表した。特に学術会議に関する声明では、戦前の大日本歌人協会の〔自主解散〕の問題に触れつつ、「任命拒否をきっかけにして（中略）政府に逆らう表現者（歌人を含む）は排除すべきだ、という風潮までは、わずかの距離しかありません」という反対理由を明らかにしている。

このような声明を出せたことは、戦前・戦中の短歌と戦争の関係などへの反省から出発し、第二芸術論の洗礼を浴びた戦後の短歌の歩みの重要な果実、と言える。

しかしまた残念ながら、二〇二一年一二月現在で任命拒否は撤回も、明確な説明もされていない。さまざまな要因はあるが、同時期の検察庁法改「正」案はネット世論の盛り上がりなどにより撤回されており、残念ながら三権分立ほど学問や表現の自由は国民の切実な問題ではなく、国民生活に息づいていない、とも言える。

われわれは今後ともこのような問題を注視していく必要がある。

加藤克己（二〇一〇）、石川不二子、岡井隆（以上、二〇二〇）が亡くなられた。

三節　二〇一〇～二〇二一年の中間考察

一　修辞――口語論の展開

修辞については「口語化」の進展の中で二〇一〇～二〇二一年は口語論が展開をとげた。まずこれを（一）詠みにおける時制の多様化、（二）句切れなどの読みの展開からみていくことにしたい。

（一）詠みにおける時制の多様化

口語歌の詠みについて、岡井隆は永井祐、堂園昌彦、山田航などは助動詞を使わないこと、口語の現在形で過去や未来を表現していることを指摘している（「座談会」「秀歌とは何か」「短歌年鑑　二〇一四年版」角川、一五五—五六頁）。澤村斉美は、助動詞がない現在形が詩情を生む場合を指摘している（「助動詞から見えること」「短歌研究」二〇一四年七月）。また斉藤斎藤は文語の方が時間の奥行きは表現できるが、時間幅の表現については違いはない、と指摘している（「口語短歌の『た』について」「短歌人」二〇一四年九月）。

そして大辻隆弘は、

白壁にたばこの灰で字を書こう思いつかないこすりつけよう
永井　祐『日本の中でたのしく暮らす』二〇一二年

について、〈白壁にたばこの灰で字を書こう〉、〈思いつかない〉、〈こすりつけよう〉という三つの時間の定点を口語の現在形でうたいつつ移動している、としている。そしてそれによって「浮遊する『今』を生き生きと記述」している、と評価している（「多元化する『今』」『近代短歌の範型』二〇一五）。

このような、文語ほど時制が明確でない口語の、三点の「今」を移動しつつうたっていくような歌い方に現実感覚（sense of reality）があるのは、われわれの生きている現代社会における一つ、一つの「今」が希薄化しているため、と考えられる。確かに現代社会においても、「私」の意識と身体は、常に一時点の、一空間の「今」にしか存在しない。しかし、たとえば私が子どものころ、家でテレビを見ながら食事をする金曜夜八時はその時点だけの絶対的な時間であった。しかし現代社会ではテレビは録画できるし、自分が録画していない何十年前の映像でもユーチューブで観ることができる。また食事も、何時でもファストフードへ行ったり、コンビニで買って食べることができる。そして遠隔地の人ともスマフォで交信したり、ズームなどで顔を見つつ多人数でも会話できるのである。

このように現代は「今」の濃度が希薄化しており、それが多様な「今」をゆるく詠むことを許容している、と考えられる。

（二）句切れなどの読みの展開

次にみられることは、口語歌の読みの展開である。ここで具体的な歌の読みを考えてみることにしたい。

くもりびのすべてがここにあつまってくる　鍋つかみ両手に嵌めて待つ

五島　諭『緑の祠』二〇一三年

この五島諭（さとし）（一九八一～　）の歌について、小島ゆかりは「最後は二音字余りで『待つ』を入れている」と発言していることからして、〈くもりびの／すべてがここに／あつまって／くる　鍋つかみ／両手に嵌めて待つ〉と読んでいる（「座談会」「短歌は世代を超えられるかⅠ」「短歌年鑑　二〇一五年版」角川、一三九頁）。この読みは、五七五七七の韻律を重視し、それを歌の頭から当てはめていった読み、といえる。

これに対して永井祐は、〈くもりびのすべてがここにあつまってくる／鍋つかみ両／手に嵌めて待つ〉と読んでいる。[22] これは五七五七七の韻律をそれほど重視せず、自分の感性で読み下していく読み、といえる。この点について永井は、「〈くもりびの／すべてがここに／あつまってくる〉と読むと生じる〉三句目の二音字余りを『やや無理』と判断して、読み下しパターンに切り替えて読んでいる」としている。そして永井は、読み下して読むことによって「そこに危うさを読み取る」、「静かな語りに含まれたあるヤバさ」がある、としている（「私たちの好きな句跨り」「短歌」二〇一五年九月)。

そして私も、曇り日の全てがここ＝眼前に集まって来る、そしてそれを捕まえるかのように鍋つかみを両手に嵌めて待つ、という行為にある危うさ、ヤバさがあることには同意する。しかし一字あけの前を句切らずに読み下して読んでもあまり危うさは増さず、むしろ〈くもりびの／すべてがここに／あつまってくる〉と句切れを入れた方が、うたっていることが際立ち、危うさが増すように思う。

なお一字あけの後については、〈くる　鍋つかみ／両手に嵌めて待つ〉だと結句が字余りで弛緩した感じとなってインパクトが弱くなるのに対し、〈鍋つかみ両／手に嵌めて待つ〉だと句切れによって描写された行為の危うさが増す、と私も考えている。

そして阿波野巧也は、私と同じ句切れで読んでいる。そして三句目を七音にすることで「リズムのギアが入り直し、勢いを止めることなく下の句へとリズムの波が伝達してゆく」、また「すべて」「あつまって」の「て」が、〈手に嵌めて待つ〉と結句の頭にくることによって、「リズムを力強く支えているのではないか」とし、飛び石リフレインなどのリズムの観点から自分の読みの有効性を論じている（「口語にとって韻律とはなにか」「京大短歌」二一、二〇一五）。

このような口語歌のさまざまな読みに対しては、上の世代からあまりに微細なところに入り込んでいる、という批判もある（吉川宏志「微細化するリズム感」うた新聞、二〇一五年九月）。これはやはり、世代による口語歌への親和性の問題と思われる。つまり「口語生れで口語育ち」（「韻文性の奥のほう」「短歌」二〇一五年一二月、一八〇頁）と自称している永井等の世代にとっては、口語の細部に着目して詠み、読んでいくことは、スマートフォンなどのタッチパネルをピンチアウト＝指で広げ、画面一杯に拡大して読むように、細部に入り込んでゆくというよりは、かるい操作で細部を拡大してみるような感覚なのではないか、と思う。

そして本書の流れの中では、「口語化」の進展により五七五七七の韻律のしばりが弱くなり、多様な詠み[23]と読み[24]の可能性が生じた、ということができる。

（三）「棒立ち」は呪いか？祝福か？、字余りなどの問題

口語歌は添削が難しいと言われているが、「うたう☆クラブ　10年の軌跡」（「短歌研究」二〇一二年七月）では、ヒント、感想を言って方向性を示す（小島ゆかり）などの双方向のやり取りの例が示されている。

また斉藤斎藤（「文語の〈われわれ〉、口語の〈わ〉〈た〉〈し〉」「短歌研究」二〇一四年一一月）、松村正直（「日本語文法と短歌」「短歌」二〇一七年二月）などのように、現代日本語の文法論から口語歌を論じようとする評論も生まれてきている。[25]

口語の問題と関連する方言については、「その土地の言葉と短歌」（「歌壇」二〇一六年一一

月）などで論じられている。

柳澤美晴は、三〇代を中心とする歌人は「棒立ちのポエジー」などの「穂村の言葉を呪いとして拒絶し、別の道をゆくか、若しくは彼の言葉を祝福として受け入れて棒立ちを賞賛するか」「自らの歌作で証明せねばならなかった」としている。そして現状は「新しい批評の言葉をもたない」ことが問題なのであり、その「機は既に熟している」と言っている（「棒立ち、だったのか」「短歌往来」二〇一八年五月）。

松村正直はラインやツイッターに触れながら、「文字を打ってるわけだから一応は書き言葉なんだけど、マンガのフキダシみたいな感じで書き言葉を打ってる」、そして短歌の文体にもその影響が出て、「書き言葉が話し言葉化したものとしての短歌、みたいな感じになってる」と発言している（「現代短歌社賞選考座談会」「現代短歌」二〇二一年一月、五〇頁）。

俵匠見（たくみ）は、短歌作品の考察と歌人へのアンケート調査をもとに、現代短歌の字余りとリズムの関係を研究している。そして初句は字余りになりやすいが結句はなりにくい、字余りの場合は二重母音[ai]（「未来」に含まれる[ai]など）が句末に現れやすい、などを分析している（「現代短歌の字余りとリズムについての考察」『言語資源活用ワークショップ2021発表論文集』国立国語研究所言語資源開発センター、二〇二一）。

二　文明災害などの主題

（一）「つぶやく私」の存在

二〇一〇～二〇二一年の短歌において「低温」などの性格づけがおこなわれていたことを前節でみたが、この時代の私を表す言葉として「つぶやく私」を考えてみたい。

これは言うまでもなくツイッターの広がりを背景にしているが、一、口語で、ひとりごとのようにつぶやく、二、公と私が接近し混合する[26]、三、顔が見えず、匿名性があり、「私」＝〈私〉の状態である、四、短文である、などの点から短歌における私を説明するのに適切である、と考えられる。

（二）　東日本大震災（二〇一一年）

この時代の社会的主題としては、まず二〇一一年三月一一日の東日本大震災があげられる。東日本大震災は、湾岸戦争（一九九〇）、九・一一同時多発テロ（二〇〇一）などと異なり、日本国内で起こったので、短歌を詠む人も被害者をふくむ「当事者」になった。また自然災害としてだけでなく、原子力発電所の事故も起こったので、避難生活や文明のあり方などが問題となっていった。

（ア）震災をうたった歌

それではまず震災をうたった歌を、雑誌や合同歌集などから読んでいくことにしたい。

探す人目を閉じる人座る人その背に春の海がふくらむ

里見　佳保「短歌」二〇一一年六月

絵日記の青いクレヨン匂ふべし海に遊べぬ子らに来る夏

斉藤　梢「コスモス」二〇一二年一月号

水が欲し　死にし子供の泥の顔を舐めて清むるその母のため

柿沼　寿子（宮城県歌人協会）『合同歌集　東日本大震災の歌』二〇一二年

波に消えし子の名呼ばれてハイと言う胸に遺影の入学式の母

揚妻　和子　同

里見佳保（よしほ）（一九七三〜　）作は、最後の〈春の／海がふくらむ〉が上の句で詠まれたすべての人の行為を包んでゆくようだ。

斉藤梢（一九六〇〜　）作は連作「遠浅」のなかにあり、〈海に遊べぬ子ら〉は〈絵日記〉に〈海〉を描けないので、他のものを描いた〈青いクレヨン〉を〈匂ふべし〉とうたっている。

る。

最後が〈遊べぬ子ら〉で終わらずに〈来る夏〉で終わっていることで歌に広がりが生まれてい

柿沼寿子（ひさこ）（一九五三～　）作は、一字あけをふくむ倒置された初句〈水が欲し　〉が印象的だが、うたわれた内容の重さがダイレクトに伝わり、それ以上の解説は不要であろう。

揚妻（あがつま）和子作も、初句〈波に消えし〉が具体的で印象的だが、やはりその後にうたわれた内容の重さに、これ以上の解説は不要であろう。

これらの歌は基本的に機会詩としての特徴がある(27)、と考えられる。

次に個人歌集の歌を読んでいくことにしたい。

逃げないんですかどうして？下唇を噛む（ふりをする）炎昼のあり
高木　佳子『青雨記』二〇一二年

前震にすくむ足元すくひ上げみちのく軋ませ巨大地震来る
山口　明子『さくらあやふく』二〇一二年

昔（むがす）むがす、埒（らづ）もねえごどあつたづも　昔話（むがすこ）となるときよ早来（はよ）よ
佐藤　通雅『昔話（むがすこ）』二〇一三年

iPad片手に震度を探る人の肩越しに見るふるさとは　赤

三原　由起子『ふるさとは赤』二〇一三年

余震(なゐ)の夜を愛されてをりまざまざと眼裏に顕つ瓦礫のなかを

梶原　さい子『リアス／椿』二〇一四年

横積みのままの時間よ、横積みの墓石に人は手を合はせたり

本田　一弘『磐梯』二〇一四年

高木佳子（一九七二～　）作は、何度も聞かれたであろう〈逃げないんですかどうして？〉に対するひそかな対応が（　）をもちいて詠まれている。結句〈炎昼のあり〉はその状態のやり切れなさを、やや過去のものとしてあらわしている。連作「見よ」の中にあり、その九首前の歌の詞書に「2011.03.29　被曝スクリーニング」、四首後の歌の詞書に「2011.10.12　ホール・ボディ・カウンターで測定」と書かれている。

山口明子（一九七一～　）は岩手県で大震災にあった。提出歌は上の句の〈前震にすくむ足元〉を〈すくひ上げ〉という足元の描写から、四句目で〈みちのく軋ませ〉と詠み、東北全体におよぶ〈巨大地震〉を読者へ伝えてゆく、という転換をみせてゆく。

佐藤通雅(みちまさ)（一九四三～　）作は、大震災が〈昔話(むがすこ)〉となるときが〈早来(はよ)よ〉と、祈りのよう

にうたっている。方言で詠むことによって不思議な現実感覚（sense of reality）が生まれ、音読をするとそれが増すことになる。

三原由起子（一九七九～　）は福島生れであり、提出歌はその〈ふるさと〉の大震災を、〈iPad片手に震度を探る人の肩越しに見る〉という場面設定のもとにうたっている。結句の一字あけをふくむ〈ふるさとは　赤〉によって、強い切迫感が生まれてゆく。

梶原さい子（一九七一～　）作は、前衛短歌で岡井隆が試みたように、初句二句の性愛と大震災を、〈まざまざと眼裏（まなうら）に顕（た）つ〉ものでもあり、現実にその〈なかを〉生きるものでもある〈瓦礫（がれき）〉によって結びつけてうたっている。

本田一弘（一九六九～　）は会津若松で大震災に遭った。提出歌はそれから二年後の歌で、〈手を合はせたり〉という行為の対象として、いまだ整理させることのなき〈横積みの墓石〉、そして〈横積みのままの時間〉がうたわれている。

（イ）　震災詠に関する議論

震災詠については、いくつかの議論がみられた。その第一は、震災を経験していない者が「安易に」震災を詠むことを批判する議論である。たとえば大辻隆弘は、震災後に「事実の重み」、「事実こそが大事なんだという言説の圧力が強まった状況」を感じる、と発言している（「座談会」「現代短歌は新しい局面に入ったのか」「短歌年鑑　二〇一七年版」角川、一三四頁）。

それに対して第二に、震災を体験したかということと、震災を詠むこととは別の問題である、という議論も提出された。たとえば三枝昻之は、「それぞれの立場ならではの切実さ」があり、「詩の問題としてはフィフティ・フィフティなのであって、〔関東大震災詠などの〕歴史に学べば当事者と非当事者という議論はでてこない」と発言している（「座談会――3・11から二年震災詠を考える」『短歌年鑑 二〇一四年版』短歌研究社、一八頁）。

この議論については、詩歌の問題としては究極的には三枝の言うとおりで、震災をうたうことと、震災の当事者であるかないかは、「フィフティ・フィフティ」であろう。

たとえば吉川宏志は、自分の歌は「震災詠」ではなく、京都にいても大飯原発の問題があり、原発の電気が来ているから、「それについてどう思うかという角度から歌った」としている。そして「私」は「自分の身体だけにあるんじゃなくて、もっと環境的なものを含めて存在する」、原発事故はそういう「私」を侵すので、「それに対する危機感がこみあげて、あのときは歌わざるを得なかった」としている[28]（「見えないものを見つめるために」『塔』二〇一四年八月）。

また土井礼一郎は「短歌評論の責任」という特集で、被爆した者や被爆していない戦後生れの者の原爆詠について考察している。そして「現代の歌人らがそれぞれの立ち位置で原爆の惨禍に思いをはせた歌たち」に着目し、それによって「設置されていくひとつひとつ小窓を、評論は歌人らのあとをしつこく追うようにして開けて歩かなければならない」としている[29]（「短歌の窓を開くこと――『原爆詠』から」「短歌研究」二〇二〇年一〇月）。

大震災と短歌の関係について、高木佳子は、震災後に東北は離郷者ではなく在住者によって描かれる傾向があること、また「私」から「みんな」「ふくしま人」などのように「共同体」として詠まれるが、そこからはみ出すものもあること、を指摘している（「東北という空間が容れるもの」「短歌往来」二〇一六年四月）。また高木は、震災後に自然は被庇護者として、福島という場所を投影するものとしてうたわれるようになった、としている（「自然詠とフクシマ」「現代短歌」二〇一七年六月）。

震災詠の傾向は多様にあるだろうが、佐藤通雅は、「河北新報」の歌壇の選歌をしたが家族、とりわけ幼子を亡くした歌が一つとしてなく、とても言葉にできない人が相当数いること、宮城県高校文芸コンクールの選歌もしたが、震災詠が出詠されたのは震災から三年後くらいからだったことを指摘している（「沈黙の部分について」「現代短歌」二〇一七年四月）。

「塔短歌会・東北」は大震災の年に『99日目』という震災詠の合同歌集を刊行し、その後震災の一年毎に合同歌集を刊行している。

(三)　グローバル化するコロナ禍（二〇二〇〜）と文明災害

(ア)　コロナ禍をうたった歌

二〇一九年末に中国の湖北省武漢市で報じられた新型コロナウイルス感染症（COVID-19）は、二〇二〇年三月にはWHOがパンデミック（世界的流行）を宣言するまでグローバルに広がっていった。日本でも二月に初の死者が確認され、三月には東京オリンピック・パラリンピックの延期が決定され、七月には死者が千人を超えた。

二〇二一年は七〜九月にオリンピック・パラリンピックが緊急事態宣言が発令されるなかほぼ無観客で開催されたが、コロナ禍はおさまらず、二〇二一年末で国内の感染者約一七三万人、死者約二万人に達した。

このような情況の中で、さまざまなコロナ禍をうたう歌が生まれていった。

コロナ禍のマスクぞあかねさす昼の死角に朴の花咲かせゐる
足立　敏彦「自選作品（二）」「短歌年鑑　二〇二一年版」角川

クラスターつて果物の房をも言ふらしい熟れたぶだうの汁が飛び散る
黒木　三千代「短歌研究」二〇二〇年五月

コロナ見舞書きつぎ気づく「君」といふ文字にコロナの既に潜むを

恋をした　路上で君が　泣いたから　死ねと叫んで　眠りについた
春日　真木子「歌壇」二〇二〇年七月

指名　翔太郎（手塚マキと歌舞伎町ホスト80人作、俵万智・野口あや子・小佐野彈編）『ホスト万葉集（巻の二）』二〇二〇年

感染者二桁に減り良いほうのニュースにカウントされる人たち
俵　万智『未来のサイズ』二〇二〇年

子が志村けんの死で知る「ようせい」に妖精でない意味があること
山本　夏子（現代歌人協会）『二〇二〇年　コロナ禍歌集』二〇二一年

足立敏彦（一九三二～　）作は、急に皆が〈死角〉に隠れるように〈マスク〉をつけるようになった異様な〈昼〉の光景を、黄白色の〈朴の花〉であらわしている。〈マスク〉と枕詞をもちいた〈あかねさす昼〉の色の対比も印象的である。

黒木三千代作はコロナと共に流行した言葉の一つである〈クラスター〉を詠み込み、下の句で〈クラスター〉から外へ感染が飛び散るイメージを喚起させている。

春日真木子（一九四〇～　）作は、〈「君」といふ文字〉に〈コ〉〈ロ〉〈ナ〉が潜んでいると

いう発見の歌。〈「君」〉も、自分も、もう感染しているかもしれないし、〈見舞〉を送っても感染させるかもしれないという不安が潜む日々を表現している。

指名翔太郎（一九八二〜　）作は、五文字の言葉を各句の最初に折り込む折句になっており、「ころなしね（コロナ死ね）」が詠み込まれている。コロナ下で「夜の街」と何かと批判的に話題にされた歌舞伎町のホストたちの歌集『ホスト万葉集（巻の二）』に収録されている。[30] 編者の一人である野口あや子は、光源氏は「元祖チャラ男」であると言い、ホストとの類似性を指摘している。

俵万智作は、毎日のコロナのニュースを不安に駆られて見ている日常から、〈感染者〉の〈二桁〉という数字ではなく〈人たち〉という一人、ひとりの人間に心を寄せて詠んでいる。「感染死」のような重い言葉ではなく、誰でもなる可能性がより高い〈感染者〉を詠んでいるところなど、語の選択がゆきとどいている。

山本夏子（一九七九〜　）作は、コロナ禍を身近に感じるきっかけの一つとなった元ドリフターズの〈志村けんの死〉を題材にうたっている。「ようせい」（妖精）という子どもも知っている言葉のリフレインを核として、「し」（志、死、知）、「い」（「ようせい」に妖精でない意味）の飛び石リフレインがさりげなく韻律を形成している。

（イ）　コロナ禍に関する議論と文明災害

新型コロナウイルスは人から人への感染力が強く、だれでも被害者にも、加害者にもなりうるという特徴があり、身近に、「口語化」してきている。[31]

また交通網の発達により急速にグローバルしたことも特徴であり、現代文明とかかわりの深い「文明災害」ということができる。「文明」の定義として「気候や生態に深く結びついた地理的な広領域であり、単なる生命維持を越えて洗練された衣食住の生活様式とそれを支える技術体系および社会制度を備えた構造的実体」（『現代社会学事典』二〇一二）とあるように、文明は気候や生態と深く結びついている。

そして「文明災害」は、「文明がその原因や広がりなどに影響を与えている災害」[32]と定義できる。したがってグローバルな温暖化にともない毎年のように起こりつつある風水害、山火事なども、自然災害というだけでなく文明災害として考えることができる。

（四）　超高齢社会の進展

二〇一〇～二一年も日本社会の高齢化は進行し、二〇一一年が「人口が継続して減少する社会の始まりの年」（総務省統計局）と言われるなか、次のような超高齢社会に関する歌と論が生まれていった。

老い呆けて明るくなりし母なれば葱の香りの神経の束

大島　史洋『遠く離れて』二〇一二年

大島史洋（一九四四〜　）作は、〈老い呆け〉た〈母〉を、むしろ〈明るくなりし〉と肯定的にうたっている。下の句の〈葱の香りの神経の束〉は特に〈香り〉が効いており、大型冷蔵庫などがなかったので〈葱の香り〉がした昔の台所や、母のつくってくれた毎日の食事などを連想させる。

小高賢『老いの歌』（二〇一一）が刊行され、総合誌では「老いのうた」（「短歌研究」二〇一〇年四月）、「老いはおもしろい――短歌と俳句」（「短歌往来」二〇一二年四月）、「アラ卒歌人の歌」（「歌壇」二〇一二年九月）、「六十歳の歌人」（「現代短歌」二〇一三年一一月）、「七十歳の歌人」（同二〇一四年六月）、「八十歳の歌人」（同二〇一六年二月）、「加齢への挑戦――七十・八十代の歌」（「短歌」二〇一六年六月）、「老境のうた」（「現代短歌」二〇一九年一〇月）などの特集が組まれた。

（五）　国際化の進展

国際化に関しては、たとえば次のような歌がうたわれた。

お喋りに溶け残るほどの白砂糖入れてアラブの女は多産
　　　　　　　　　　　　　　　　　　齋藤　芳生『桃花水を待つ』二〇一〇年

シリアから逃れしだれもが持たぬ鍵ひかれりわが家のドア閉むるとき
　　　　　　　　　　　　　　　　　　松本　典子『裸眼で触れる』二〇一七年

齋藤芳生(よしき)（一九七七〜　）はアラブ首長国連邦へ日本語教師として赴任している。そしてこの歌は、〈アラブの女〉の独特のエネルギーを〈溶け残るほどの白砂糖〉と〈多産〉を詠み込んで個性的にうたっている。

松本典子（一九七〇〜　）作は、〈鍵〉をキーワードとして、〈ひかれりわが家のドア閉むるとき〉という手元の地点から、おそらく再び家に帰ることが非常に困難なので〈シリアから逃れしだれもが持たぬ〉という思いへ、想像力を飛翔させてうたっている。

短歌の国際化の問題は、海外旅行詠の問題から、海外在住者の歌、短歌の翻訳の問題、日本語がネイティヴでない者の歌など多様な問題に広がっている。

特に翻訳の問題については外国語へ訳す場合にTANKAとは五行詩なのか？　五七五七七の韻律をどうするのか？　助詞、助動詞などをどのように訳すのか？　単数形・複数形の扱いなどのさまざまな問題が存在する。また外国語から日本語に訳す場合でも、（外国語の一行を）一行ずつ（日本語の一行に）訳すのか？　全体を五七五七七の日本語に訳すのか？　についても定説はないようだ。[33]

堀田季何は「日本語から外国語に翻訳された短歌」が「日本語文化圏を超えて多く読まれ得る」「可能性はある」とし、「経験上、欧米と共通する思想を持った歌や特殊な感覚に基づいた歌は、比較的訳しやすい」、「俳句よりも少し長いため、短歌の方が逆に少し訳しやすい」と考察している（「世界文学としての短歌の可能性」「短歌研究」二〇二一年八月）。

音楽やアニメなどと比較して短歌の国際化に「言葉の壁」があるのは事実だが、取り合せやリフレインなどは異文化（言語）間でも十分理解可能であり、今後とも限界を認識しつつ試みていくことが望まれる。[34]

（六）　フェミニズムからの問題提起

主に若い女性歌人から、フェミニズムやジェンダーなどに関する問題提起がおこなわれている。たとえば瀬戸夏子は時評で三カ月にわたり、釈迢空（折口信夫）、塚本邦雄、阿木津英などを論じている。そして瀬戸の意見に対する「男性歌人」の、「とりあえず、その息苦しい場面をやりすごし、なかったことにしようとする」態度を批判し（二月号、一六九―七〇頁）、

「歌壇にはフェミニズムのfの字もない」（四月号、一七二頁）と問題提起をしている（「死ね、オフィーリア、死ね」（前）（中）（後）、「短歌」二〇一七年二、三、四月。傍点原文）。

フェミニズムやジェンダー、ハラスメントなどの問題は、性別や、同じ性の中でも世代間の認識の違いが大きい、と考えられる。たとえば私は、

皆殺しの〈皆〉に女はふくまれず生かされてまた紫陽花となる

大森　静佳『カミーユ』二〇一八年

を読んで、上の句のような視点がなかったので自分の不明を思った。そして最後の〈また／紫陽花となる〉の読みが重要であろうが、〈また〉と詠んでいるところから男が皆殺しされる以前の人生も〈紫陽花〉のようだった、と読むことができる。したがって殺されずに生かされ続けた、苦痛に満ちたであろう人生も、寂しい色を替えつつ咲き続ける〈紫陽花〉のように、その前の人生と連続し、全否定されるものではないとうたっている、と読んでみた。そしてまた逆に、皆殺しがおこなわれる前の人生も、寂しいさまざまな色を替えつつ生きていたのだという批判も込められている、とも読んだ。[35]

しかし私のこのような読みには、異性の痛みを知らない楽観的なものだという批判も起こり

うるだろう。したがってフェミニズムやジェンダー、ハラスメントなどの問題について、具体的な作品の詠み、読みに基づいて意見交換をし、稔りある議論が生まれていくことを願っている。(36)

なおジェンダーに関する私見は、終章二節三で書いてみることにしたい。(37)

（七）安保法、元号、システムなどの主題

（ア）安全保障関連法

二〇一五年九月に成立した安全保障関連法をめぐってさまざまな議論が起こり、次のような歌がうたわれた。

憲法ゆしたたる汗に潤える舌よあなたの全身を舐む　染野　太朗『人魚』二〇一六年

ぬやべあろめまぐるしくて嘔吐する　俺はしずかにNOを言いたい　加藤　治郎『混乱のひかり』二〇一九年

染野太朗（一九七七〜　）作はなかなか読みが難しいが、憲法が擬人化され、格助詞〈ゆ〉は「から」という意味なので、〈憲法ゆしたたる汗〉とはいろいろと解釈されて政治的対立の

渦中に立たされて苦しむ憲法から滴る汗、と読むことができる。そして〈舌〉は作中主体のものので舐めつつ潤っている、〈あなた〉は〈憲法〉、と読めば憲法への屈折した愛の歌、と読むことができる。そしてこの歌も前衛短歌の岡井隆のように政治的問題を性愛を喩にしてうたった歌、ということができる。

加藤治郎作は連作「存立危機事態」の中にあり、初句〈ぬやべあろ〉は並べ替えると「あべ（安倍）やめろ」となるアナグラムになっている。そして二句目以下にはスローガンを連呼するだけの運動へのかすかな批判が込められている。

また安保法に関連してシンポジウムが京都（二〇一五年九月）、東京（同年一二月）、沖縄（二〇一七年二月）で連続しておこなわれ、あらためて「時代の危機」と短歌のさまざまな問題が問われた。[39]「現代短歌」では「テロ等準備罪を詠む」（二〇一七年八月）という特集が組まれた。[40]

（イ）　元号という主題[41]

霞ヶ浦　白帆の舟の漁る（すなど）を　羨し（とも）とみつつ　戦ひにけり
　　　岡野　弘彦「昭和・平成の御世を生きて」『平成じぶん歌』二〇一九年

一九八九、大阪泉北、母の実家。自粛ムードの正月。大人たちの声だけ覚えてゐる。

もうこれで終ひや、といふ声々の蟹折る音の奥より聞こゆ
黒瀬　珂瀾「これでしまひや」同

京都人の底意地の底がわたしにはないのださんざ散るはさざんくわ
林　和清「八白土星（はっぱく） 己（つちのとい）亥平地木／またはセラフィムの年」同

こうした事態を避けることは出来ないものだろうかとの思いが、胸に去来することもあります。

茄子天を泳がせながら考える誰もが喪主をやらない未来
鈴木　ちはね『予言』二〇二〇年

二〇一九年四月末日に平成三一年が終わり、翌日から令和元年となったが、今回の改元は、実質的には天皇の意志がもとになり、事前に予告されていたので、マスコミなどで平成や元号を主題とする特集が組まれたりした。

そのなかで「短歌研究」は、平成の三一年間について、「なるべく私的なこと、たとえば、自分、家族、友人知人などに、なにがおきたか」、「社会的な事象を扱う場合も、自分はどう思ったたか、自分はなにをしていたか、いつ、どんなときにニュースを見たか」を三一首うたうように依頼して、『平成じぶん歌』（二〇一九）を上梓した。このような依頼がおこなわれたことは、本書の文脈で言えば、公と私の接近、流動化という「口語化」に関係する、ということが

できる。

岡野弘彦（一九二四～　）は前述の依頼に対し、「昭和・平成の御世を生きて」と題し、一首目で〈わが齢　大正・昭和・平成の三世をながらへ　かく老いにけり〉とうたい、続いて昭和の歌一六首、平成の歌一四首をうたっている。これは、大正一三年生れの岡野の「じぶん歌」は平成よりも昭和なのだというマニフェスト、と考えることができる。

岡野は終戦の年の一月に召集され、〈霞ヶ浦〉（茨城県南東部にある、面積日本第二位の湖）で八月一五日をむかえる。提出歌の上の句は実景であるが、〈白帆の舟の漁る〉といううたいぶりから、遠い昔の夢の風景のようにも感じられる。また〈霞ヶ浦〉には海軍の飛行場があり、この二首あとに〈低空より掃射すさまじきグラマンの　編隊すぎて　身は生きてをり〉とあるように機銃掃射というすさまじい攻撃を受けており、結句の〈戦ひにけり〉は、生きること自体が戦いであった、と読むことができる。[42]

黒瀬珂瀾（一九七七～　）作は、昭和六四年が七日間だけあった「自粛ムードの正月」の歌。〈声々の／蟹折る音の／奥より聞こゆ〉という繊細な描写が、一一歳の少年であった黒瀬の、昭和の〈終ひ〉との距離感もあらわしている。

人はある地域のなかで時代を生きている。京都出身で、京都で暮している林和清作は、〈京都人の／底意地の底が／わたしには／ないのだ〉とうたう。しかしそのあとで、〈さんざ〉（＝

さんざん）〈散るは〉、花びらが一枚ずつばらばらに散る〈さざんくわ〉（＝山茶花）とうたっているので、〈わたし〉には底意地の底が散って抜けたような意地があるのだと言っている、と読みたい。「底意地が悪い」などというように「底意地」には基本的に悪いイメージがあることもこの読みを補強する。京都に長く、深く生きた人生から生まれた「じぶん歌」である。

鈴木ちはね（一九九〇〜　）作は、平成時代の天皇の譲位に関する「おことば」（二〇一六）[43]を詞書に配置した一〇〇首の連作「感情のために」のなかの八八首目の歌。詞書の「こうした事態」とは、「おことば」のなかのその前の文から、「天皇の終焉に当たって」のさまざまな「行事」により、「行事に関わる人々、とりわけ残される家族は、非常に厳しい状況下」に置かれざるをえないことを指している。

提出歌は〈茄子天を泳がせながら〉とあるので、天丼よりやや高価な汁がある膳で、葬儀の後の〈喪主〉と近親者の会食を想像できる。そして詞書、さらに歌集名とともに読めば、下の句は自分たち国民が、そして天皇家が誰も喪主をやらない〈未来〉を想像している、と読むことができる。汁に泳ぐ〈茄子天〉のやや暗い色が一首全体の色である。

（ウ）　地域、重層性、システムの暴力などの主題

林和清の歌のように地域も重要な主題になってきており、屋良健一郎は沖縄の近世和歌から近代短歌の時代を対象に、沖縄の地名や琉球語（方言）の詠みの広がりを考察している（「近

世和歌から近代短歌へ――沖縄短歌史の一側面」「短歌往来」二〇一七年八月）。北海道の山田航、北山あさひ等も地域を意識してうたっているし、伊藤一彦はずっと以前から故郷宮崎を意識してうたっている。

松村正直は一九五〇年代の北朝鮮を賛美した歌などを引用しつつ、過去の常識と現在の関係、重層性をもって社会現象を詠んでいくこと、スローガンに陥らない歌の多義性などを指摘している（「常識・過去・重層性・多義性」「歌壇」二〇一七年九月）。

弘平谷（こへや）隆太郎は、「システムの暴力」とそれに対する「歌の抗力」を考察している。そして〈ゆでたまごの拷問器具を湯へひたしきれいなサンドウィッチをつくる〉（笹井宏之『てんとろり』）について、村上春樹の「卵」と「壁」のスピーチ（本書一四二頁）も引用しつつ、この歌は「卵切り器」を詠んでおり、「個体を律儀なまでに均等に切断し、仮借なくその個性を奪おうとするその怜悧（れいり）なふるまいこそ、『システマティック』とよぶほかない」という読みを提示している（「システムの暴力、歌の抗力――中澤系、笹井宏之、萩原慎一郎」「短歌研究」二〇二一年一〇月）。

三　私性のさまざまな冒険

（一）　新人賞の虚構問題

（ア）　新人賞という問題

二〇一四年の第五七回短歌研究新人賞は、石井僚一（一九八九〜　）の「父親のような雨に打たれて」が受賞した。受賞作には

　ふれてみても、つめたく、つめたい、だけ、ただ、ただ、父の、死、これ、が、これ、が、が、が、が、

などの歌があり、父への挽歌と読むことができ、選考会でもそのような読みがなされていた。ところが受賞後、作者の父は存命し、この一連は死のまぎわの祖父をみとる父の姿と、自分自身の父への思いを重ねた作品であることが明らかになり、そのような私性（わたくしせい）に対する批判も起こった。

この虚構問題は、まず新人賞の選考という特殊な場で起こったことに特徴がある。その場は、一、「私」（作者）に関する情報が全て伏せられた匿名で作品を読まざるをえない、二、新人を世に出すという点から、「私」（作者）の性別や年齢などを知りたい、三、賞という「メリッ

ト」があることを前提に詠み、読んでいる、という性格がある。つまり、一と二という相矛盾する性格が存在する場なのであり、また三により多くの人が着目する場なのである。

（イ）　新人賞における詠みの問題

それではこの問題を、新人賞に関連する私（わたくし）性（せい）に関する詠みと、読みの問題に分けて考察していくことにしたい。

まず詠みの問題を考えていくと、石井が「私」（作者）に関する情報が全て伏せられた匿名の状態で、存命の父の挽歌の三〇首連作を詠んで新人賞を獲得したのは、小説家などと同じように、基本的に力量として評価されるべきであろう。

ただし新聞歌壇などの一首応募の場合は、存命の父を「死にし父――」などと詠むのは基本的に慎むべきだろう。なぜなら作者にそれほど力量がなくても一首に詠み込むことはでき、一首のみであるためそのインパクトが作品評価の大きな対象となってしまう可能性が高いからである。なお一首応募の場合は、別に虚構でなくても「教師われ」のように作者情報を評価の対象として詠み込む場合がみられる。

（ウ）　新人賞における読みの問題

次に読みの問題を考えていくと、まず新人賞選考という特殊な場において、前述した二の新人を世に出すという点から「私」（作者）の性別や年齢などを推測したい、ということは理解はできる。しかしやはり「私」（作者）の推測は作品の評価からは切り離して、基本的に選考後にやるべきであろう。したがって選考においては、〈私〉（作中主体）の性や年齢などが連作の中でどのように推測され、どのように働くかの評価にとどめるべきであろう。

なお高木佳子は新人賞応募作を分析し、「われ」が減少し、「わたし」が増加するなどによって一人称代名詞が多様化している傾向を指摘している。そしてそこには本来の「私」を見せないようにする韜晦（とうかい）がある、としている（「『プロフ化』する一人称」「壜」七、二〇一四）。

（二）　読みにおける二段階

さらに匿名の新人賞作品ではなく、一般の、作者名などにアクセスできる私性（わたくしせい）の作品の読みの問題について考えていくことにしたい。

この問題については、二〇一四年に佐村河内守（さむらごうちまもる）という聴覚障害者とされる広島県出身の音楽家の曲が、実はゴーストライターの代作によるものと報道され、聴覚障害の程度についての疑問などが浮上した。そしてあらためて作者の私性（わたくしせい）と、作品評価との関係が問われることになった。そしてこれを受けて短歌の世界でも、作者と作品の関係を問う「緊急特別企画」（「短歌」二〇一四年四月）が組まれた。そのなかで三枝昂之は、塚本邦雄作品の読みなどを検討しながら、あらためて「作者の人生という付加価値なしで作品と向き合うことができるか」を問題にしている（「人々は付加価値を求める」同）。

この問題について私なりに考察してみると、作品のみの読みと、作品に作者の人生などの付加情報を加えた読みのどちらが常に優れているか？という問いはあまり生産的ではない、と考えられる。

したがって読みを、
①作品読み　（連作の場合は連作を含む）作品＋作者名のみでの読み
②付加情報読み　作品と作者に関するその他の情報を加えた読み
の二段階に分けて、それぞれの作品についての優劣を考えることの方が生産的であろう。なお①作品読みについては歌の数、作者名に蓄積された情報の多寡の問題、②付加情報読みについてもさまざまな情報の多寡の問題があるが、あまり細分化しても意味がないので、それらはそれぞれの段階のヴァリエーションの範囲として考えることにしたい。(44)

なお短歌の付加情報読みが問題になるのは、短歌が一首としては文学として独立し難いのではないかという戦後の第二芸術論が背景にある。確かに短歌は三十一文字の短詩形文学なので、付加情報によって読みが深まる傾向はある。しかし付加情報読みによって作品の読みが深まるのは他の文学にもみられるのであって、それが短歌の決定的な弱点ではない、と考えられる。

たとえば江藤淳の「漱石とその時代」の研究によって、われわれは漱石作品の読みを深めることができるのである。

また作品読みよりも付加情報読みの方が常に良い読みになる、とも言えない。たとえば、〈観覧車回れよ回れ想ひ出は君には一日我には一生〉（『水惑星』一九八四）について作者の栗木京子は、実は友人何人かで遊園地に行ったときにつくった歌、と解説している（「自歌解説 私の心に残る歌」「短歌」二〇〇五年五月）。しかしこの歌の読みとしては、恋人と二人で遊園地に行った場面を想定した方が良いだろう。

(三)〈私〉のパーツ化

私性と関連して馬場あき子は、短歌は「私を差し出す、人間を、心を差し出す」ものだったはずなのに、現在は「知的なニュアンスのおもしろさを差しだそうとしている」、そのような「アイディアが自己表現では物たりない」と批判している（『寂しさが歌の源だから』二〇一六、二一三、二一五頁）。この「アイディア」の短歌は本書のなかでは機知の短歌などをさす、ということができる。

斉藤斎藤と千々和久幸は、斉藤斎藤の〈自動販売機とばあさんのたばこ屋が自動販売機と自動販売機とばあさんに〉（『渡辺のわたし』二〇〇四）について論争をおこなっている。

千々和はこの歌は「シリアスな主題と命を賭けて切り結ぶことへの躊躇と照れ」があり、

「歌人をおちょくっている歌だ。シチュエーションだけあってプロットがない」「パーツはあってもメカニズムがない」と批判している。そして〈ばあさんのたばこ屋ついに自動販売機が二台となりてばあさん遊ぶ〉という「改作例」も示している（「わからない歌――諧謔と韜晦」「短歌研究」二〇二一年二月）。

これに対して斉藤斎藤は、原作は「同じ場所の二つの時間の光景を、モンタージュした歌」だが、改作では「『ついに』『なりて』により」、「タバコ屋の歴史」や「作中主体とばあさんの人間関係の履歴」が発生し、そこに文体と人生の問題が生じてくる、としている（「作品の背後を覗くな」「短歌研究」二〇二一年三月）。[45]

この二人は、原作と改作への評価は異なるが、斎藤が「〔原作に〕デジタルな時刻しかないという指摘は的確だ」と言っているように、原作ではデジタルなパーツがうたわれているのに対し、改作では人間関係の履歴や人生がうたわれているという現象の認識の点では一致している。そして時代は、斉藤の歌のような〈私〉のデジタル化、パーツ化へ進んでおり、千々和の「短歌が〈人生を盛る器〉から〈人生を揶揄する快楽〉に変容して久しい」（同）という苛立ちもそこに由来している、と思われる。

（四）　人間主体ではない〈私〉

また必ずしも作中に人間主体が現れない歌もみられる。

冬の火事と聞いてそれぞれ思い描く冬のずれから色紙（いろがみ）が散る
服部　真里子『行け広野へと』二〇一四年

この歌について吉田隼人は、「単なる視覚的な像には決して還元されないような、恐らくは文学言語によってしか形成することのできない、言葉のより広く複雑な意味でいうところの『イメージ』が（中略）たちあらわれる」と評価している[46]（「短歌のミニマル・イメージ」「現代詩手帖」二〇一五年一月）。

確かにこの歌は、〈聞いて〉〈思い描く〉などとうたわれているが、作中に人間主体は立ち現れてこない。そして、さまざまな冬空から色紙（いろがみ）が舞い散る視覚的な像が浮かばないことはないが、この歌の作中主体としての〈私〉は、あえて言えばうたわれている物語である、ということができる。また歌としては、単なる「冬」などではなく、〈冬のずれ〉という言葉が結句〈色紙（いろがみ）が散る〉のイメージを膨らませている。

今井恵子は、栗原潔子（きよこ）の〈けならべて梅雨（つゆ）ふる比を咲きうつり咲き移りにほふ泰山木の花は〉

をうたっているとし、このような歌を「和文脈」と名付けて私性などの研究を続けている（「歌壇」二〇一〇年五、六月等）。

確かに栗原作においても〈私〉という作中の人間主体は立ち現れずに〈梅雨ふる比〉の「花の咲き移ってゆく時空」がうたわれており、このような歌を現在において再評価していくことは重要な意味がある、といえよう。なお今井は、和文脈とは「漢文脈・欧文脈」に対立するもので、いわゆる〈日本的短歌的抒情〉とは違う「日本語独自の美しさを探したいと思った」と言っている（「短歌渉猟――和文脈を追いかけて」28（最終回）、「短歌研究」二〇一九年六月）。

（五）　作者と読者の交感、当事者性、役割のゆらぎなどの私性への多様な問い

寺井龍哉は震災との関係で私性を考察し、二〇一四年に「うたと震災と私」で第三二回現代短歌評論賞を二一歳の最年少で受賞した。この評論で一番注目すべき点は、選考委員の大島史洋も「ここを中心に書けばさらにいいものになったのではないか」と言っている四章「当事者性の問題をめぐって」、五章「私性と公共性」と思われる。寺井は四章の二節「当事者性問題における私性の意義」で、「何事かを主張するとき（中略）主張する主体の立場や境遇を明らかにする必要性は自然と高まる」ので、「読者の有効な読みの構築を志向するとき、その重要な補助となるのが私性である」とし、「読者の読み」という観点から私性の必要性を論じて

いる。そして五章では「私性を前提とした作者と読者の交感が生まれる空間を否定できようか」と問い、新たな表現を提示していけば「私性は束縛となるよりもむしろ〔作者と読者の交感による〕公共性を開く磁針となるはずである」という見通しを立てている（「短歌研究」二〇一四年一〇月）。

斉藤斎藤は『人の道、死ぬと町』（二〇一六）で、さまざまな私性（わたくしせい）に関する冒険をおこない(47)、短歌では二〇〇一年の小学校無差別殺傷事件の犯人の宅間守を〈私〉（作中主体）とした「今だから、宅間守」などを詠んでいる。

そして評論「私の当事者は私だけ、しかし」では、大震災を契機として、私の当事者は私だけだが、しかし「あなたの死は私の生のありがたみにおいてのみ書かれることができる」と考えるようになった、としている。そして「当事者」の、生き残った当事者であればあるほど考えざるをえない〈当事者－ではない－性〉、「書くと違う意味になってしまうこと」、「人に伝わると別の意味になってしまうこと」などの「書くこと」の問題、そして死者にはならずに「ここに生きていて、感じること、思うことは、罪だと思う、〔そしてそう〕思うことの罪」などを問題提起している(48)。

染野太朗・吉岡太朗は百人以上の作者が「駅」をテーマして詠んだ歌を「洞田明子（うろたあきこ）」の歌集として編集し、『洞田（うろた）』（二〇一六）と名付けて上梓した（なお「洞田（うろた）」は「太朗（たろう）」を逆に読んだ、と考えられる)。

山田航は、子ども向きのことばでうたう児童短歌のように歌における二人称も重要であること、現在は画像や特定の状況設定も題詠の題となることを指摘している(「題詠2・0へ」「短歌」二〇一七年一〇月)。

また山田は、「『リアリズム』と『反リアリズム』の間に、『コミック』とでも言うような——穂村さんは漫画的アニメ的想像力という言い方をするんですけれども——現実をバックボーンに持っているんだけど、それを脚色あるいは誇張する方法がある」(「自分たちの写生をあらためて産む」「短歌研究」二〇二一年七月、八六頁)と言っている。これは本書の文脈で言えば、私性(わたくしせい)の「口語化」の中での「私」≒〈私〉の状態をさしている、ということができる。

AI(人工知能)が短歌を詠めるかについての座談会がおこなわれ、中島(なかしま)裕介はAIによる短歌は今までもあったし、今後も発展するだろうと発言し、ネット上の「短歌自動生成装置」、「偶然短歌」などを紹介している(「座談会」「人工知能は短歌を詠むか」「短歌年鑑 二〇一八年版」角川、一三〇、一三三、一三四頁)。AIが短歌を詠むという問題は、私性(わたくしせい)論の文脈で言えば、人間である作者の「私」から短歌が離れていくという意味で、究極の〈私〉のパーツ化、(人間の)「私」≠〈私〉、ということができる。

武田穂佳(ほのか)は、「学校に先生をしに行ったり、イベントの審査員をやったり」して「歌人」としての仕事をいろいろとやってみたが、そのうちに「自分のなかの短歌と名辞としての短歌がすっかり乖離していること」に気づいた。そして「ニッチなジャンルだからこそ、『短歌』という名辞は目立ちやすく、商売っ気を帯びやすいのではないだろうか」と問いかけている（「愛が足りない」「青年の主張」第七回、「短歌」二〇二〇年七月）。

また工藤玲音は、高校生が短歌大会などで作品のアピールをするときによく「これは私の実話なんですけど」と言うが、これは「己や実体験のことを、『大人』からなるべくおいしく消費されようとしている感じがして、せつないような悔しいような気持がする」としている。そして工藤は、自分も高校時代にそのように言っていたことに触れつつ、「彼らが卒業後も年上からの評価のために無闇に自分の人生を消費することなく、自由に表現を続けられるよう、そのまなざしや作品に声をかけるときは慎重になりたい」と言っている（「これは私の実話なんですけど」「青年の主張」最終回、「短歌」二〇二〇年一二月）。

青年らしい率直な二人の物言いが印象的だが、これは世代などで役割観が揺れる社会の中での「（高校生）歌人」などの「私」（作者）への役割期待の問題、と考えることができる。たとえば工藤が示したケースでは、全ての事例がそうではないのだろうが、上世代の審査員の役割期待に応えて、「私」（作者）＝〈私〉（作中主体）である「高校生歌人」としての役割演技がおこなわれているわけである。そしてこのような役割に関する諸問題は、「役割のゆらぎ」が存在する現代社会で生きている限り、「老若男女」に限らないわれわれすべてに関わってくる問題なのである。

小野田光(ひかる)は北山あさひ『崖にて』(二〇二〇)の私性(わたくしせい)について、一ページにおける歌の掲載の仕方を考察している。そして一頁二首組の歌集の中で、具体的な職場における公的な歌だけは四首組になっていることに着目し、これは私的なところは「二首組の緩さで読めるように」し、公的なところは「四首組の社会的な速さで読み飛ばし」するようにしている、と分析している(「SNS時代の私性とリアリズム」(第三九回現代短歌評論賞)「短歌研究」二〇二一年一〇月)。

おわりにかえて

一　二〇一〇〜二〇二一年の時代背景——コロナ禍などの文明災害

現在の歌人が生きている「失われた二〇年」の後の二〇一〇〜二〇二一年の時代は、今のところ大きく好転する日本の未来が見えない状況にある。基本的に失業は減少したが、非正規雇用は増加している。[49]また東日本大震災(二〇〇一)、コロナ禍(二〇二〇〜)という文明災害が経済、社会に大きなダメージを与えることになった。

したがって、たとえば一九七二年生れの斉藤斎藤がバブルの残像の記憶を持ちつつ二〇〇〇年代にうたっていたのに対し、一九八〇年代生まれの山田航、虫武一俊、萩原慎一郎、佐佐木定綱等の歌人は、より閉塞感の中で生きつつ二〇一〇〜二〇二一年にうたっている、ということができる。

そして一九九一年の湾岸戦争以来当事者性が論じられてきたが、日本国内で起きた東日本大震災では実際に体験した者が存在し、原発事故により震災後もさまざまな問題が継続したので、当事者性がより問題になった。さらにコロナ禍は人から人への感染によりグローバルに広がり、発生の原因は追究しなければならないが、日常生活の中では加害者―被害者があいまいになった。そして「東京2020オリンピック・パラリンピック」は一年遅れて二〇二一年に開催されたが、その後も「新しい生活様式」を模索している状態にある。

教育の分野では二〇一四年に学校教育法と国立大学法人法が変更され（施行は翌年）、教授会の権限が制限された。

秋篠宮家の長女が二〇二一年に大学時代の同級生と結婚し、アメリカへ旅立った。[50]

世界では二〇一〇年に中国の国内総生産（GDP）が日本を抜き世界二位となり、二〇一五年のパリ同時多発テロなどの多くのテロも起こった。またグローバル化のなかで二〇一一年にウォール街占拠が起こり、二〇一七年にアメリカ第一主義のトランプ大統領が誕生し、二〇二〇年には香港の一国二制度が崩壊して国家安全維持法が施行された。

二　二〇一〇～二〇二一年の結語――「つぶやく私」の可能性と地球生態系

本章は一節では「ゆるふわ接続」などの分析を試み、二節では口語論の展開、私と公が混合し、「私」＝〈私〉の状態の「つぶやく私」、文明災害の存在、私性（わたくしせい）のさまざまな冒険などを考察した。

庄司興吉は、地球の生態系に内在的な問題として身体と環境の問題を取り上げている。そして環境の問題についてパリ協定や核の管理などに言及しつつ、「人間解放を口実にした欲望無限追求行為、は止揚されなければならない」と論じている（「21世紀社会の概要と主体形成」『21世紀社会変動の社会学へ』二〇二〇、二七頁）。そして「地球生態系の一部であることを意識し、生きとし生けるものへの共感と環境感覚をもって、自然との調和に生きるヒト的人間」を提唱している（「表　現代社会と主体形成」同三二、三三頁）。

この「地球生態系の一部であることを意識」「自然との調和に生きる」という視点は、穂村弘が笹井宏之について言及した「自我の突出したエゴイズムは世界を滅ぼすという感覚」が根本にある「虫や無生物を含めた他者への愛という」「魂の等価性」（本書一五六頁）と関連する。

短歌には自然詠の歴史もあるので、文明災害のなかで笹井のあとを継いでいき、幅広い意味で「地球生態系の一部であることを意識」した「つぶやく私」の、私から公へもつながる歌がうたわれることを期待していきたい。

注

（1）本書は基本的に時代を一〇年ごとに考察しているので、二〇一〇年代と二〇二〇、二〇二一年を分離して書くことも検討した。しかし、一、二〇二〇年代はまだ二年間しか経過しておらず、それだけ書いても中途半端になってしまうこと、二、二〇二〇年からコロナ禍が始まり将来的には時代の画期となるかもしれないが、現時点では文明災害の問題として東日本大震災と連続して考察した方が理解・説明しやすいこと、三、他の主題(こころ)や修辞(ことば)、私性(わたくしせい)の問題なども、現時点では二〇一〇年代と連続して考察した方が理解・説明しやすいこと、により二〇一〇〜二〇二一年を連続して考察することにした。

（2）ただし同じ作者の歌集は分けずに連続して取り上げることにする。

（3）永井はこの二字空けについて、「ここで手をつなぐこともできそうじゃないですか。でも、ここで手をつないでしまったら壊れてしまう大事ななにかがある、みたいな。ある気がする」（「永井祐インタビュー」「短歌研究」二〇二〇年六月、八六頁）と発言している。そこで私（大野）は、二字空けは繋ぎたいけど繋げない、ではなく、つなげないという感覚とその時間の大切さ、空気感を表現している、と読んでみた。

（4）なお永井自身、句と句の関係について、「上と下を衝突させるタイプの歌って、多分あんまり作らないと思います」と、あまり衝突させないことに言及している（「永井祐ロングインタビュー」「早稲田短歌四二号」二〇一三、一三頁）。

（5）たとえば『スーパー大辞林3・0』では「俗に、ゆるっとして、ふわっとした様子。雰囲気や髪形などについて言う」とされている。

（6）ただし穂村は、「もともと言葉を五七五七七の形にすること自体が不自然」なので、実際には「現実／短歌間のリアルには常にレート差が発生する」という考察も加えている（朝日新聞、同）。

（7）なお穂村は「更新」を「バージョンアップ」の訳語のように用いているようだが、私としては「リアリズムの更新」とまで言えるかは今後の課題、と考える。またこのような、短文のような歌集名の「口語化」にも着目していきたい。

（8）たとえば最近はさまざまな問題も生じているリアリティ番組の人気や、音楽バンドのRADWIMPS（ラッドウインプス）や、BUMP OF CHICKEN（バンプ・オブ・チキン）の次のようなリアルな言葉がうたわれている歌詞にも見ることができる。

「楽しい方がずっといいよ　ごまかして笑っていくよ」「理想で作った道を 現実が塗り替えていくよ」「時々熱が出るよ 時間がある時眠るよ」（BUMP OF CHICKEN「ＲＡＹ」二〇一四、藤原基央作詞）

（9）山田はこの歌集の「想定読者」は、「ニュータウンに育った人」と「学校になじめない子どもたち」だと言っている（「ペットボトルを補充してゆく」「『桜前線開架宣言』刊行記念・購入者特典」

二〇一六)。

(10) 栗木京子は、藪内亮輔、吉田隼人、大森静佳の歌に死のイメージがあると指摘している(「座談会」「短歌年鑑 二〇一五年版」短歌研究社、二二頁)。そして終章四節二—(四)で取り上げる穂村弘『短歌という爆弾』の「終章 世界を覆す呪文を求めて」にも、十歳を過ぎた頃まわりのモノがお前は「いつか死ぬ」と繰り返しているように感じた、と書かれてある。

また初谷むいは、歌集に次のような死に関する文をのせている。

「ときどき、死にたくない、って思う。死にたいって思うよりもたぶん、深いところで。(中略)ふとんの中で、なかなか足先だけが温まらなくて、なるべく小さく縮こまる、それがなんだか情けなくて、少しだけ泣いてしまったこと。人は死ぬよ。たぶんだけど。きみが手に入れた、今年の年号が印字されているきれいな十円玉。ぼくたちは年をとる。お金を使って、顔を洗い、くだらないことで笑う。その正しさが好きだ。ぼくたちの生きていること、そして死ぬこと、それを正しいと言って、こわくないと言って、ぼくは足先をほかの人の身体で温めて、死ぬのがこわいぼくやきみを、いつかは許してみたい、と思う。」(「Ⅳ 回遊宇宙葬」『花は泡、そこにいたって会いたいよ』二〇一八)

死の問題については終章四節二—(二)でも取り上げるが、管見によれば現代の若者の死への関心は、成人も、就職も、結婚も、子育ても定かならぬライフサイクルの中で、死だけがリアルに、確実に成就するため、と考えられる。

(11) 現在は「菅原百合絵」という名前になっている。

（12）この歌については瀬戸夏子も、「『エスカレーター』の歌の真摯さはこの歌集のなかでも随一の純度を見せている名歌だ」と言っている（『はつなつみずうみ分光器』二〇二一、二三二頁）。

（13）また次のような文が書かれた「あとがき」も心に残った。

「すべてのものは変わるけれど、ほんとうのことはどうがんばっても正しくあなたに届かないけれど、キーボードをぱちぱちと叩いて、そこに浮かび上がる言葉にはなんだか救われたような気がしていました。（中略）だれかにしてしまった、ひどいことや、やさしいこと。あなたに会いたいこと。こころはここにしかなくて、言葉はどこか遠くにあって、わたしはいつもとてもこわかった。世界のきれいな部分やほんとうのことが、短歌というかたちの言葉の奥にふっと姿を見せることが、わたしはとても、うれしかったのです。

わたしはちっぽけで弱くて、えへへと笑っていろんなことをごまかすような、そんな暮らしをしています。（中略）わたしはこの本が、わたし自身を、そしてあなたを、少し遠くへ運ぶ船になってほしい、と思っています。たぶんわたしたちは思っているよりもずっとそれぞれだいじょうぶなのだと、ほんとうはどこへだって走っていけるのだと、信じていたい。花も泡も、簡単に消えてしまうけれど、それでいいのだと、思っています。」

（14）ただしこれらの歌も、私性（わたくしせい）は基本的に「私」（作者）≒〈私〉（作中主体）である。

（15）一九〇九〜一九五九。信綱の子どもの中でただ一人歌の道を歩み、中世和歌史を研究していたが事故で急逝をする。代表歌は〈若人の生命（いのち）殺して栄えゆかむ人間（ひと）を嘲りあぢさゐ藍し〉（『続秋を聴く』一九六〇）、参考文献は佐佐木幸綱「佐佐木治綱『続秋を聴く』『歌の家』の一章」「心の花」

一九八二年二月（一〇〇〇号）。

（16）一九一四〜二〇一一。信綱の没後に「心の花」の主宰を引き継がれ、亡くなるまでの長い間に佐佐木由幾刀自は、ひろく、深く、おのがじしになる教養で多くの会員を育まれた。代表歌は〈しなやかに野を跳ぶ豹も見ず終るわれの一生か多摩川の辺に〉（『半窓の淡月』一九八九）、参考文献は宇都宮とよ「生きて年々このみどり見よ」「短歌往来」二〇一一年七月、大野「追悼——佐佐木由幾『お勉強なさいませ』という問い」『大野道夫歌集』二〇一三。

（17）たとえば坂井は、「金融資本主義とITの発展で、グーグルやアップルみたいな、とても便利だけど、プライバシーをぶっ壊すようなものが出てきて、SNSが社会インフラ化して、どんどん炎上したり、ふつうにある平凡なものを必死で守らなければいけなくなった感じがする」（「徹底討論どこへ行く、短歌！」「短歌研究」二〇一九年一月、一五〇—五一頁）と言い、「歌人としての自分がもつユニークさをもう少し情報科学の世界に注入する手段はなかったものか」（『世界を読み、歌を詠む』二六八頁）と自問している。

（18）坂井は、若い頃は酒豪の父への対抗意識もあって酒嫌いだったが、最近は「自分の気分にぴったりのお酒に出会うと、そこそこ呑んで楽しむ」（「あとがき」（『古酒騒乱』）そうで、ヤシ焼酎（「屍に美酒を」『世界を読み、歌を詠む』）、ワイン（「イタリア」同）、などのさまざまな酒をたしなんでいるようである。

（19）坂井は『世界を読み、歌を詠む』の最後に、窪田空穂の「運命に耐えながら自己を守り育もうというささやかで強靱な思い」（二七一頁）に着目している。

(20) なお年表にあるような学生短歌会機関紙、同人誌などの出版の背景には、編集作業がパソコンで迅速に安価にできるようになったこと、作者と読者が出会える文学フリマ（文フリ）が活発化したことなどがあげられる。

(21) 各大会のこれまでの作品から一首ずつ紹介させていただく。

　まだ君は眠ってるだろう静けさの自転車置き場は海に似ている
　　土谷　映里（えり）「全国高校生短歌大会（短歌甲子園、岩手）」二〇一五年

　ねじ花のらせん階段駆けのぼり君の瞳にわたしを映す
　　海老原　愛（まなみ）「牧水・短歌甲子園（宮崎）」二〇一二年

　窓越しの満月に手を重ねゆく君に会いたい君に触れたい
　　佐藤　秋雅（しゅうま）「高校生万葉短歌バトルin高岡（富山）」二〇二一年

(22) なお〈くもりびの／――〉という初句五音の読みも提示している。

(23) 五章二節三では社会調査から、口語の使用はことば（表現）は重視するが韻律からは逸脱する傾向を分析した（二六三頁）。

(24) たとえば内山晶太は

　町中のマンションが持つベランダの、ベランダが生んでいく平行
　　阿波野　巧也『ビギナーズラック』二〇二〇年

　一斉に都庁のガラス砕け散れ、つまりその、あれだ、天使の羽根が舞ふイメージで
　　黒瀬　珂瀾（からん）『空庭』二〇〇九年

という二つの口語歌について、阿波野作は『ベランダの、ベランダが』の読点に息づかいのニュアンスが残っているのに加えて、風景を目で撮り直していくような筋肉の収縮がある」、それに対して黒瀬作は「声のニュアンスとはまた微妙に異なる質感の言葉」であり、「文字そのものが持つ構築感が強く出ている」と鑑賞している（「瞬間性の有無のこと」「短歌」二〇二一年二月）。

このような優れた読みによる口語論の展開を今後とも期待していきたい。

（25）なお花山周子は、松村の日本語文法への着目は評価しつつ、東直子〈おねがいねって渡されているこの鍵をわたしは失くしてしまう気がする〉（『春原さんのリコーダー』一九九六）について、鍵は過去に渡されている、という読みに対して疑問を呈している（「歌を死なせては元も子もない」「塔」二〇一七年七月）。そして私も、今渡されていると読んだ方が〈失くしてしまう気がする〉が生きるので、花山の疑問に同意する。

（26）トランプ米大統領（当時）が政策発表へもちいたり（公―（マスメディアを媒介せずに）→私）、検察庁法改「正」案がネット世論の盛り上がりも原因となって撤回される（公←私）、などが考えられる。また短歌に関しては、後述するように、東日本大震災、コロナ禍などの文明災害における当事者性の拡大、加害―被害関係の曖昧化が問題になっていったことと関連する。

（27）「機会詩」とは「現代短歌の場合、（中略）社会的な事象や異変を即時的にとらえて自らの作品の主題としたものを指す場合が多い」とされている（『岩波現代短歌辞典』）。

（28）吉川が震災や安保に関心を持っていったことに関してはいろいろな見方があるだろうが、もともと吉川は社会問題にも関心を持っていた。たとえば一九八九年に刊行した個人誌「斜光」創刊号では、〈たたかわぬわかさはみだら　街ゆけば初夏の風にも抜け駆けされて〉などをうたい、「たたかいを知らざる者の『闘いの歌』」という評論を書いている。

(29) なお私も新聞歌壇、俳壇の原爆詠を分析し、歌枕や季語としての定着や戦争を詠み続ける可能性と必要性について書いたことがあった（「I部二章　戦争を短歌・俳句はどのように詠めるのか」『短歌・俳句の社会学』）。

(30) 私は国策にクラく、感染拡大防止のための時間短縮はやむをえないとは思っているが、時間帯で分けるのではなく、昼の仕事も、夜の仕事も、八時間労働を六時間にするなどの時間数を平等に短縮すれば密も拡散して良いのではないか、と思ったりもした。私も折句を返します。

国民を　ロコツに分けて　泣かせても　死なない街の　主のホストよ

(31) ただし新興感染症の一つである新型コロナの人間社会への広がりには、自然だけではなく何らかの文明が関わっていたことが考えられ、その経過は明らかにしていかなければならない。

(32) 『気候変動に関する政府間パネル（IPCC）第6次評価報告書第1作業部会報告書（自然科学的根拠）』（二〇二一）では、人間の活動と温暖化、熱波、大雨などとの関係が分析されている。

(33) たとえば啄木の〈はたらけど／はたらけど猶（なほ）わが生活楽（くらし）にならざり／ぢつと手を見る〉（『一握の砂』一九一〇）の〈手〉はHANDなのか？　HANDSなのか？　などが問題となる。また私の乏しい体験では英語の五行は日本語の五七五七七より情報量が多く、苦労して圧縮して日本語訳することが多かった。

(34) たとえばリヨン日本人会等主催の「リヨンで短歌」イベントのフランス語歌会で、日本語訳も交えて「取り合せ」に関する意見交換がおこなわれた（リヨン第三大学、フランス、二〇一三。「長信↔短信」「心の花」二〇一四年一月に記録）。また翌年の同イベントで私は「さくら」の三回のリフレインがある俵万智〈さくらさくらさくら咲き初め咲き終りなにもなかったような公園〉の朗読（『未来へ伝える言葉 「心の花」創刊一一〇年記念インタビュー・朗読集』（DVD）二〇〇八）を流してみたが、共感的な反応があった（同、二〇一四）。

また佐佐木信綱は万葉集の翻訳に尽力し、戦後の一時期に「国際短歌の会」が存在した。なお俳句では国際化を推進する「松山宣言」（一九九九）が発表されたり、ユネスコ無形文化遺産登録への運動がおこなわれたりしている。

（35）黒澤明の映画「七人の侍」（一九五四）では、野武士に拉致されて生かされている女性が、砦に火をつけられたのに気付いていったんは振り返って人を呼ぼうとするがやめてしまい、微かに笑うような、思い詰めたような表情をする。そして燃える砦から出たところで元夫と出くわしてしまい、再び火の中へ戻っていく。手塚治虫の『火の鳥1〈黎明編〉』（一九七六）の巻末では、侵略されて男が皆殺しにされた後で、残された女が「女には武器があるわ／勝ったあなたがたの／兵隊と結婚して／子どもを生むことだわ」「生まれてきた／子は私たちの／子よ」「わたしたちは／その子たちを育てて／いつか　あなたを／ほろぼすわよ」と言う。

平家物語の最後には、生かされて出家した平清盛の娘の生涯が語られている。

（36）米川千嘉子は、まだ評論集は刊行していないが、「既成の女性観への違和感」などについて語っている（特別対談「短歌を詠むということ」「短歌」二〇一三年八月、七七―八〇頁）。また久真(くま)

八志は、「男性ジェンダー」という視点を示している（「男性歌人の歌を読もう」「短歌研究」二〇一九年一〇月）。

（37）なお瀬戸は「白手紙紀行」vol. 14（「現代短歌」二〇一九年六月、一二八頁）で二〇一八年頃のネット上の自分の発言について言及をしている（のちに『白手紙紀行』二〇二一、二二六―二八頁に収録）。

これについて私見を書かせていただければ、まず「極地に人が追いやられたとき」に友人の「愚直な『味方』」をしたことは大変良いことだと思う。冷笑して眺めているよりよほどいい。また「敵・味方と人を分けることがいかに愚劣か」と言っていることにも同意する。ただ自分でも「被害者たちから話を聞いただけ」と書いているので、加害者（と称される者）の話も聞いた方が良かったのではないか、とは思う。そして「たぶんこの戦いのようなものに関しては勝ったといってしまってもよくて」と言いながらそれなりに痛みも伴っているようなので、そこに最も共感したのであった。

（38）なお湘南で開催している歌会では、〈舌〉は複数で、憲法を自分勝手に解釈している憲法論者たちを指す、という読みも出された。

（39）たとえば東京でのシンポをレポートした濱松哲朗は、「短歌をスローガンにしないためには、自分を正しいと思って押し付けないことが大切だという発言は重く響いた」と書いている（「緊急シンポジウム〈時代の危機と向き合う短歌〉」「歌壇」二〇一六年三月）。

（40）なおこの特集には「『テロ等準備罪』が国会審議中の現在の社会状況を意識しつつ7首を構成し

て下さい。／※このタイミングで詠まれた作品を記録することは短歌雑誌の責務と考え、50余名の方々に作品をお寄せいただき、特集とします。／いわゆる社会詠、時事詠でなくてもかまいません。」という原稿依頼文が掲載されている。そして「編集後記」では、実はこの特集の企画は「よからぬ歌会を開きさうな歌人のリスト」を蒐集するために「官邸の最高レベル」からの怪文書に記載されており、編集部は「良心のすべてを売り払ひ、この特集を組んだ」ということになっている。

この「編集後記」の遊び心には感じ入った。

なおネット上で「現代短歌編集後記　抗議」で検索すると、「Anthology of 60 Tanka Poets born after 1990」(「現代短歌」二〇二一年九月)という一九九〇年以降に生まれた六〇人の歌人の自選一〇首のアンソロジーに関して、主に人選に対する抗議の過程が閲覧できる(二〇二二年三月現在)。

この抗議の過程について私見を書かせていただくと、抗議する側は編集部の「遊び心」をあまりにもマジメに、否定的な面を強調して受け止めている、と考えられる。(確かに編集後記(二〇二一年九月)は「このアンソロジーに自分がなぜ呼ばれなかったのか、不満顔のきみのために理由を書こう」となかなか刺激的に始まっているが、特集の冒頭にランボウの「大売出し」を引用し、「次の市は未定だけれど、そのときまでに、きみの磨いた石を見せてほしい」とも書いている。)これは抗議側の者が一九九〇年以降生れで当事者性が強いため、と「理解」できる。

また「現代短歌」側の「これ以上のご返信は控えます」で終わる最後の返信は、抗議側メールに対して「およそ一時間後」に返信されており、これはネット上の、利便性はあるが非対面、即時的なコミュニケーションに齟齬が生じやすい例と「理解」することができる。

いずれにせよこのまま短歌史に実りを遺さずに終わってしまうことは残念であるので、別にこのアンソロジーに限らないが、異論がある者は、自分の歌でも、他人の歌でも良いので、同じ一〇首選をして、ネット上などで公に問うてみてはいかがだろうか？　また出版社側も、必要に応じてそれらも掲載し（活字を小さくすれば多くの歌が掲載可能となる）、何人かに判詞（はんじ）をさせてみてもおもしろいかもしれない。

（41）藤原俊成『六百番歌合（うたあわせ）』へ抗議をおこなった顕昭（けんしょう）の『六百番陳状』も、俊成の判詞に対して具体的に歌に関して異論を唱えて、現代まで伝わっているのである。

（42）年号は「年につける称号」（『明鏡国語辞典』第三版）だが、元号は年号と基本的に同じと解釈する立場もあれば、戦前のような天皇との強い関係を指摘し、それを批判する立場もある。なお元号法（一九七九）には特に元号の定義はない。

そして年号を短歌の主題にする場合は、肯定的な歌も、否定的な歌も、基本的に天皇との関係を意識してうたっているので、本書ではそのような観点からこれを「元号という主題」として考察していくことにした。

岡野は最近、当時について次のように語っている。

「一九四五年（昭和二〇年）八月一五日のその日も、眼前の霞ヶ浦の湖面には、魚を取るために漁民が乗り出した大きな白帆の舟が、幾つも夢のように浮かんでいました。

ついに国が敗れたという現実と、こののどかで美しい自然との間に身を置いて、僕はただぼう然と霞ヶ浦の湖岸をさすらいました。その思いは今、九〇歳代の半ばを過ぎた僕の胸の中で、当時の痛烈な無念さとともに、折につけてまざまざとよみがえって、身と心をさいなみ続けています。」（「情念をうたう」読売新聞オンライン、二〇二〇年三月一三日）

（43）「昭和天皇」などの表記は亡くなられた後の贈り名であり、二〇二一年の時点では上皇であるが、本書では分かりやすさも考慮して「平成時代の天皇」と表記することにした。

（44）たとえば本書一七〇頁では、一首のみの歌としての読みと、連作の中の歌としての読みを試みている。

（45）短歌としては、原作が機知（ウイット）をもってデジタルなパーツの変化をうたっているのに対し、「改作」は〈ついに〉〈なりて〉〈遊ぶ〉によりばあさんの人生の描写が説明的になりすぎており、原作の方が良い、といえる。また原作の問題点としては、句切れが定かでなく、大量の字余りが発生している点にある、と考えられる。

（46）これは、大森静佳が、自分たちの世代は「ことばとことばをぶつけるおもしろさ、イメージの飛ばせ方とかにこだわる」（本書一七一頁）と自己分析していたことと関連する。

（47）本書では、当事者性は「私」（作者）と地震などの現象との関係、私性（わたくしせい）は「私」（作者）と〈私〉（作中主体）の関係性、と理解している。斉藤斎藤の評論は東日本大震災での当事者性も論じているが、私性を変えた歌を詠み、私性も論じているのでここで一括して紹介をした。

（48）柳宣宏は『人の道、死ぬと町』を考察し、「斉藤さんは現代という場において私たちに見えていないものを見させようとしてきたから、［大震災で］その場がなくなるときに、どう歌うか苦悩したのではないでしょうか」（「作品季評　第１０１回・後半」「短歌研究」二〇一七年二月、一二三頁）と指摘している。

（49）二〇一〇年から二一年で失業率は五・一％から二・八％になっているが（『日本の統計』二〇二二、他）、非正規雇用は三四・四％から三六・七％になっている（『統計でみる日本』二〇二二、他）。

（50）昭和天皇の「人間宣言」（一九四六）から七五年、〈日本脱出したし　皇帝ペンギンも皇帝ペンギン飼育係りも〉（塚本邦雄『日本人靈歌』一九五八）とうたわれてから六三年、日本国憲法には「すべての皇室の費用は、予算に計上して、国会の議決を経なければならない」（第八十八条）と書かれているが、「婚姻は、両性の合意のみに基いて成立」（第二十四条）、「何人も、外国に移住（中略）する自由を侵されない」（第二十二条）とも書かれている。

補章　現代短歌のカリスマ歌人——岡井隆と馬場あき子

一節　二人のカリスマ歌人とその背景

本章で「カリスマ歌人」として岡井隆（一九二八〜二〇二〇）、馬場あき子（一九二八〜　）を考察するのは、人格、識見もさることながら、実際にお会いしてそこにゾクッとするようなカリスマ性[1]を体感したからである。

もちろんその他にも多くの魅力的な歌人には出会ったが、カリスマ性を思い出させるのは、あとは幼稚園、小学校の時に出会えた佐佐木信綱大人[2]だけである。しかし信綱のカリスマ性は、最晩年に会ったせいかもしれないが、穏やかな仙人のような感じで、身体がゾクッとするようなカリスマ性とはまた異なる、と記憶している。

そして岡井、馬場のカリスマ性は、個人の資質とともに、やはり二〇世紀の戦争と革命（に関わる運動）に青年期に接したことによって生み出された[3]、と考えることができる。

本章では二人を世代論（二節）、アイデンティティ論（三節）をもちいて比較、分析し、現代短歌の時期（一九八五〜二〇二一）の歌集から一〇首選をおこなっていくことにしたい。

二節　世代などの共通点

まず岡井隆、馬場あき子の共通点を考えると、何よりも二人とも一九二八（昭和三）年生れという、世代の共通性があげられる。

世代ごとの「ユースカルチュア」の研究によれば、この世代は第二次戦後派ということになり、前年に北杜夫、三年前に三島由紀夫、四年前に安部公房が生まれている。三次ある戦後派（一九二一〜一九三六年生れ）の中でもこの第二次戦後派（一九二〇（大正九）〜一九二九（昭和四）年生れ）は学徒出陣、動員を体験し、戦後の価値観の転換が二〇歳前後で最も直撃した世代である[4]（坂田稔「14　アプレゲール」『ユースカルチュア史』一九七九）。

またその他の岡井隆、馬場あき子の共通点としては、親子関係が不安定であったこと[5]、六〇年安保闘争などの運動に関わったこと、長期にわたり作品と評論の両輪をおこなってきたこと、岡井は「未来」、馬場は「かりん」という結社を長期間担い、後進の育成に努めたこと、などがあげられる。

三節　歌人アイデンティティの特徴

次に岡井隆、馬場あき子の歌人としてのアイデンティティを比較、分析していくことにしたい。

一　忠誠の対象――「前衛短歌」と古典和歌

E・H・エリクソンはアイデンティティ形成において忠誠（fidelity）の対象の重要性を指摘している（「第6章　現代の問題に向けて――青年期」『アイデンティティ――青年と危機』二〇一七）。

そして歌人としての岡井隆の忠誠の対象は、「前衛短歌」ということができる。ただし昭和三〇年代を中心とした前衛短歌（二頁）だけではなく、「前衛的（先駆的・実験的）な短歌」という意味である。岡井は生涯「前衛短歌」を追い求めたが、それは時代とともに変化し、それぞれの時代においても何が「前衛」かは確定しがたいところがある。したがってそれが絶えざる作歌上の試行と、やや拡散的ともいえる発言や文章のスタイルを生んだ、と考えられる。[6]

それに対して歌人としての馬場あき子の忠誠の対象は古典和歌、と考えられる。馬場は汲めども尽きぬ古典からの摂取をさまざまな側面からおこない、[7]それが馬場の歌と馬場自身を安定的に支え、張りのある歌を量産し続ける原動力となった、ということができる。[8]

二 職業的アイデンティティ――医師と教師

次に岡井隆、馬場あき子の職業的アイデンティティを考察すると、岡井の職業的アイデンティティは「医師」、ということができる。実際に岡井の職業は内科医であり、医師としての仕事や研究を詠んだ歌がみられる。また岡井の歌や文には対象を解剖していくような医師の視線が感じられる。[9]

また本を書くほどの森鷗外、斎藤茂吉、木下杢太郎への関心も、彼らが医師であることと関係する、ということができる。そして岡井は人に親しみを持たせ、安心感を与えるような独特のスマイルを見せていたが、これも職業的に形成された、訪れた患者さんに安心感を与えるドクター・スマイルであった、[10]と考えられる。

それに対して馬場あき子の職業的アイデンティティは「教師」、ということができる。馬場は実際に中学、高校の教師をしており、〈峡谷にさびしきまでに霧生みて気象図えがく少年ひとり〉（『地下にともる灯』一九五九）のような歌がある。[11] また自ら「人間好き」（「あとがき」『飛天の道』二〇〇〇）と言っているように歌にみられる人へのやさしい視線は、資質とともに教師の体験により形成されていった、と考えることができる。

また馬場と話したことのある人は、どんな質問にも正確に答えてくれることを体験している[12]し、短歌総合誌で人生相談をしたことなども（「馬場あき子の作歌・人生相談」「短歌」二〇一八年一、二月）、教師としての職業的社会化により磨かれていった、といえるだろう。

おわりにかえて――世代による「人間の造り」

岡井隆が二〇二〇年七月一〇日に亡くなられた後にいくつかの追悼特集が編まれたが、その中で一番驚いたことは馬場あき子が「しかし、私は岡井さんと個人的に話したことはない。ふしぎだが、ない」（「いつも遠く見ていた」「短歌研究」二〇二〇年一〇月）と語っていることである。お二人とも下の世代にはとても気さくに話され、お互いに敬遠しあったということとも違う。われわれの世代[13]のように会の後に飲みに行って群れたりしない自律的な生き方というべきで、これはやはり「人間の造り」が違う、としか言いようがない。

世代論的に考えると、岡井隆、馬場あき子はわれわれの親世代に当たり[14]、実際に結社の中で師弟関係になった同世代歌人も多い。岡井、馬場はともに結社を超え、われわれの後の世代へも影響を与え続けている。

岡井隆一〇首選

割りばしの巻きあげていく水あめにわりばしきしみ夏はふかけれ

『五重奏のヴィオラ』一九八六年

〈割りばし〉が〈わりばし〉というやわらかいひらがなへ変化していくリフレインが技巧的で、下の句の〈わりばしきしみ夏はふかけれ〉は繊細で、深い。

額田（ぬかた）郡ににんじん村はほそき雨逢ひたくて来て逢はず帰りぬ

『親和力』一九八九年

〈額田（ぬかた）郡〉の〈にんじん村〉に降っているという〈ほそき雨〉が、やや明るく、寂しく、細やかに、下の句の〈逢ひたくて来て逢はず帰りぬ〉を包んでいる。〈額田（ぬかた）郡〉は愛知県に実在する郡である。

殺意とはつね唐突に生るるものまた遠方の口唇ピアス

『ヴォツェック／海と陸』一九九九年

〈遠方の口唇ピアス〉の、おそらく自分と同性である男性の若者へ〈唐突に〉〈殺意〉が〈また〉生まれた、と読むことができる。温厚になったと自他ともに認めている岡井の、老いてなお現れる意思をうたった歌である。

エスカレーター上りつつメモをとるあひだ逃げるなよ詩想の雨蛙たち

『馴鹿（トナカイ）時代今か来向（きむ）かふ』二〇〇四年

忙しい生活の途中の〈上りつつ〉ある〈エスカレーター〉で浮かんだ〈詩想〉を、逃げないようにメモを取っているのだろう。〈詩想の雨蛙たち〉という表現が、可愛く、色づき、元気に、逃げそうである。

男女（をとこをみな）は、ひつたしとつく殻と肉息衝（いきづ）きながら鮑を食めり

同

馬場と比べて岡井は相聞歌が多いが、この歌もそのように読める。「男女（だんじょ）」ではなく〈男女（をとこをみな）〉という詠み、〈息衝（いきづ）きながら〉から、〈男〉（岡井）と〈女〉の存在が伝わってくる。結句〈鮑（あわび）を食（は）めり〉は〈殻と肉〉のように〈男女（をとこをみな）〉が離れていくことを暗示している、と読むことができる。

写真（カメラ）ではなぜ笑顔をもとめられるのだ寂しさの巣にこもる一日　同

求められることも多かったであろう記念写真を自宅で見て、あるいは記念写真を求められたことを帰宅して思い出し、〈なぜ笑顔をもとめられるのだ〉とつぶやいている。下の句は〈寂しさ〉が湧き上がり、それを抱えて〈一日〉巣ごもりをしてしまった、と読むことができる。

子らを率て海に行きたるさわがしき夢の終りの便器の白さ

『二〇〇六年　水無月のころ』二〇〇六年

実際に〈さわがしき夢〉を見たのではなく、〈子らを率（ひきい）て海に行〉ったことは今思い出すと〈さわがしき夢〉のようであった、今はただそのひと時の〈終りの便器の白さ〉のみが鮮明に残っている、と読める、とても切ない歌である。

「落鮎」でなくて鮎そのものを観てうたへ声あららげて言ひしさびしさ

『ネフスキイ』二〇〇八年

歌会の場面だろうか？〈「落鮎」で／なくて鮎そのものを／観てうたへ／声あららげて／言ひしさびしさ〉と二句のみ字余りで句切り、そこに岡井の怒りをみたい。

精神とはわが内に住む他者なのかそれとも遠い記憶の谺

『X―述懐スル私』二〇一〇年

〈精神〉というものをふと〈わが内〉に自覚し、これは〈わが内に住む他者なのか〉、〈それとも〔学生時代の思索のような〕遠い記憶の谺〉なのか、と自問をしているのだろう。

M・ヴェーバーは、近代化の果てに人間は「精神のない専門人」か「心情のない享楽人」になってしまうと予言している（「第二章　二　禁欲と資本主義精神」『プロテスタンティズムの倫理と資本主義の精神』（改訳、文庫版）一九八九）。

〈憂や辛やなう〉とは好きな合言葉吾妻の声のやうな雨降る

『鉄の蜜蜂』二〇一八年[15]

〈憂や辛やなう〉とは「憂いや辛いやのう」という意味、〈合言葉〉なので降る雨のような声の〈吾妻〉と何度も口にしたのだろう。〈〈憂や辛や／なう〉とは好きな／合言葉〉という句またがりも味わい深く、あの岡井さんの低い、やさしい声が聞こえてくるようだ。〈憂や〉〈辛やなう〉、〈好きな〉〈やうな〉、〈合言葉〉〈吾妻〉〈雨〉などの微妙な飛び石リフレインも味わいたい。[16]

馬場あき子一〇首選

柿の種子埋めて貧しき夢なりしむかしの秋の声澄みてゐき　『葡萄唐草』一九八五年

〈柿の種子〉を埋めて柿の実りを願った遠い昔を、いろいろな思いを込めて〈貧しき夢〉とうたっている。〈秋の声〉は季語でもあり、風、水、虫の音などの秋の気配をあらわしている。

わが思ふ紫式部螢火の暗き心にもの書けといふ　同

〈紫式部〉はもちろん人名だが、〈紫〉が〈螢火の暗き心〉の色をあらわしているようでもある。また「源氏物語」の「蛍」では蛍の光で女性（玉葛）を見る場面があり、そうすると〈蛍火の〉も「実はものがよく見える」という意味もあるのかもしれない。

なお馬場は自分について強く語るとき、初句に〈わが思ふ〉〈ふと思へば〉などを挿入することがあり、〈ふと思へばわれ情あつく愛淡きこと折ふしのあやまちなりや〉（『暁すばる』一九九五）のような歌もある。

琉球処分ここにして聞く沖縄にやまとを聞けば恥多きなり　『南島』[17] 一九九一年

〈琉球処分〉とは一八七二（明治五）〜七九（同一二）年に日本政府が琉球王国を廃止させ、沖縄県を設置した過程を言う。馬場は一九八七年に沖縄を訪問してこの歌をうたっており、〈ここにして聞く〉により〈恥多きなり〉の濃度が高まっている。

人しらじ金輪際といふ際(きは)のさびしき汗をしづかに拭ふ

『暁すばる』一九九五年

馬場あき子ほどの社会的地位となれば、集団内外でさまざまな軋轢(あつれき)を経験せざるを得ない。提出歌の二句目の〈金輪際(こんりんざい)〉は元々は仏教用語で地層の最下底を指すが、副詞として強い打ち消しにもちいられる。

人へ怒ることはエネルギーがいることだが、〈金輪際といふ際(きは)〉の〈汗〉を〈さびしき汗〉と詠んだところが、初句の〈人しらじ〉の断定と共鳴しつつ、「人が知らないからさびしい汗になる、本当は人に知って欲しい」ではなく、「人は決して知らない、私はただ〈さびしき汗をしづかに拭ふ〉」という作者の生き方を伝えている。

原子炉に灯ともりこよひ桜咲くさびしさに呼び出す液晶の魚

『青い夜のことば』一九九九年

〈こよひ（今宵）〉も人工的な〈原子炉に灯ともり〉、自然の〈桜咲く〉、その〈さびしさに〉

私は〈魚〉を〈呼び出す〉が、それは〈液晶（画面）の魚〉であり、さびしさはいよいよ増してゆく、と読んだ。
原発に対してどちらかというと馬場はネガティヴ、岡井はポジティヴと考えられるという「付加情報」がこの読みのもとになっている。岡井の〈原子炉の火ともしごろを魔女ひとり膝に抑へてたのしむわれは〉（『鵞卵亭』一九七五）も少しは意識しているのかもしれない。

松や松この頑固なる直立の香のさびしさに年ははじまる

『世紀』二〇〇一年

門松をうたっているが〈この頑固なる直立〉という視覚的把握から〈香〉という嗅覚への転換、〈さびしさ〉を詠み込みながら結句〈年ははじまる〉までの凜とした気韻など、馬場あき子らしい歌である。

もがく蟬喰ひひしぐ蟷螂の頭のぎしぎしとああ夏が逝く負けつつわれは

『太鼓の空間』二〇〇八年

連作「蟻地獄」のなかにあるこの歌は、馬場にしては珍しくかなりの字余りで三六音ある。〈もがく蟬／喰ひひしぐ蟷螂の／頭のぎしぎしと／ああ夏が逝く／負けつつわれは〉と下の句を七七として句切ってみた。二句三句は〈喰ひひしぐ蟷／螂の頭のぎしぎしと〉という句またがり読みも捨てがたいが。

この歌の前に〈絶滅危惧種の螢のやうな日本の魂（たま）のあはれに来る敗戦忌〉という歌がある。したがって下の句は、敗戦とその後も〈蟷螂〉に〈喰ひひし〉がれるように負け続けた戦後日本の〈われ〉をうたっている、と読める。その長さと思いの深さが字余りに現れているのだろう。

二度とせぬ恋のにがさも恋しさも忘れねばあやめ雨のむらさき　同

この歌も馬場には珍しく、昔の〈恋〉をうたっている。最後の〈むらさき〉は〈あやめ〉の色とともに、〈にがさ〉も〈恋しさ〉もある〈恋〉の喩として働いている。

ひとり居の茶漬けにそへしらつきようを噛む音われと聞く夜の深さ

『鶴かへらず』二〇一一年

夫は不在なのだろうか？「われの噛む音」ではなく〈噛む音われと〉と詠むことによって〈音〉の現実感覚（sense of reality）が増している。最後の〈夜の深さ〉も決まっている。

寝室を別にしてより更くる夜の儀式となりし握手たのしも

『混沌の鬱』二〇一六年

〈更くる夜〉まで同じ部屋で執筆などをしていて、別々の寝室へ行く前の〈儀式〉なのだろう。長年連れ添った夫婦をうたったユーモラスな歌だが、有名な歌人の馬場あき子と岩田正の〈更くる夜の儀式〉である〈握手〉として読むと、「かるみ」が増す。

馬場さんはまだ残って仕事をするのだろうか？　などといろいろと想像され、最後が〈たのしも〉で終わって、読者も楽しい気分で読み終わるのである。

注

（1） カリスマ（charisma）とは「超自然的・超人間的・超日常的な資質」（『明鏡国語辞典』第三版）と定義されている。M・ヴェーバーが支配の諸類型の研究にもちいて有名になったが、最近の短歌結社の社団法人化などは、カリスマ的支配から合法的支配への移行、と考えることができる。

（2）『校本万葉集』の刊行、「夏は来ぬ」の作詞などをおこなう。代表歌は〈真白帆によき風みてて月の夜を夜すがら越ゆる洞庭の湖(うみ)〉（『遊清吟藻』一九三〇）、参考文献は佐佐木幸綱『佐佐木信綱』（一九八二）、大野「Ⅱ部一章　近代化と明治の歌人――愛(め)づる明治の精神・佐佐木信綱」（『短歌の社会学』）、佐佐木頼綱『佐佐木信綱――「愛づる心」に歌の本質を求めた大歌人』（二〇一九）。

三重県鈴鹿市に記念館、静岡県熱海市に凌寒荘（旧宅）がある。

（3） たとえば女優の岸恵子は、少女だった自分を痴漢から助けてくれた黒人米兵を、「その肩に戦争を体験してきた人間ならではの独特の哀れみの情が見えた気がした」と回想している（「私の履歴

書⑤」日経新聞、二〇二〇年五月五日付)。

また森本平(たいら)は、激動の二〇世紀の戦争と虐殺に関する歌を論じている(「『戦争と虐殺』後の現代短歌」(現代短歌評論賞)「短歌研究」二〇〇一年一〇月)。

(4) 岡井は一月五日、馬場は一月二八日生れであり、終戦の一九四五年八月一五日はともに一七歳であった。同世代の北杜夫は、次のように青春を回想している。

「私は幼児そのままの皇国不敗の信念のなかで青春期の入り口に達した。その日本は木っ端微塵(こっぱみじん)に敗れた。すると、それまで聞いたこともないデモクラシーとかいうものがやってきた。一体、どこの国のどこの州の名前かと戸惑うほどである。デモクラシーでなければ一切がいけなく、日本が戦ったことは野蛮な軍国主義で、生命(いのち)を賭(か)けて戦った者はもとより、それに協力した者も一切がいけないとされた。父〔斎藤茂吉〕はもちろん戦犯候補者である。」(「遊びと死について」『どくとるマンボウ青春記』一九六八)

なおアメリカが戦争や占領をした国で、なぜ日本ではデモクラシーが短期間で浸透していったかは興味深い問題である。

(5) たとえば二人とも母親が病弱であり、馬場は母を小学校入学前に亡くしている。

(6) 私は岡井隆を、確定的なアイデンティティを持たずに状況に応じて変身していく「プロテウス的人間」として分析したことがあった(「Ⅱ部二章　脱近代と現代歌人――思想兵・岡井隆の軌跡」『短歌の社会学』)。

(7) 吉川宏志は馬場の『女歌の系譜』(一九九七)をもとに、「過去に詠まれた歌と交感しつつ」更新、成熟していく馬場の文体を考察している（「曲折の文体」「短歌」二〇一八年五月）。

（8）失礼を顧みないで後述する一〇首選の感想を書かせていただければ、この時代の岡井の歌は不安定で、良い歌と良いとは思えない歌（たとえば現実の場面で言えないことを歌に代えて詠んでいるような歌）の落差が大きく、ゴロかロングヒットを打つ打者のような印象が残った。それに対して馬場は、常にヒット以上を打つ打者のような印象を持った。

また歌材の比較としては、岡井は相聞歌、家族詠が多く、馬場は花、虫などの自然詠が多かった。

（9）林和清は、退院した塚本邦雄が初めて人前に出る機会となった二〇〇〇年の「玲瓏」の全国大会で、岡井が塚本を一目見て「ああ、胆嚢(たんのう)をとられたんだね」とつぶやいたので驚いた、と書いている（「思い出す場面」「栞」岡井隆『家常茶飯』二〇〇七）。

さらに付言すれば、岡井が数度の結婚と離婚を繰り返しつつ各地で生活ができた経済的基盤は職業が医師であったこと、といえるだろう。

（10）塚本邦雄は次のように岡井のスマイル（ほほゑみ）をうたっている。

一月五日　月曜　岡井隆、松本たかし生誕

絶海の孤島にあらば思ひ出でむすなはち岡井隆のほほゑみ　　『不變律』一九八八年

（11）今野寿美が「気象図に霧の記号ばかりを限りなく書き込んでいるのだ。そこに馬場は少年の抱くさびしさを見ている」と鑑賞している（『鑑賞・現代短歌十一　馬場あき子』一九九二、三一頁）。

（12）川野里子は、馬場あき子が会合の後の駅で何人かのさまざまな話の「いちいちに正確に返事」をしたことを回想している。そして電車に乗ろうとする時に「弁当買わなくちゃ」と言い、驚く川野に「当たり前でしょ、戦中派は次にいつ食べられるか分からないと思うものなのよ」と決然と語られ、「リアルな飢えが生活の視野にいつも入っているという世界観は、途方も無く強い」と世界観の違いを感じた、と書いている（「まず弁当よ」「短歌」二〇一八年五月）。

(13)「われわれの世代」と一般化しすぎてもいけないのだろうが、だいたい昭和三〇年代生れをイメージしている。子ども時代がマンガ・テレビ文化の創成期で仲間遊びの空間も広くあったためか、特に男性歌人は同人誌をつくったり、ニューウェーブのような運動を起こしたり、（これは女性歌人も参加したが）研究会をおこなったりする世代的結びつきが強いように思う。

(14) 私事を書かせていただければ、お二人に対して私の父は四歳上、母は一歳上であった。したがって、明治生れの強い親世代を持ち、少年少女期を戦争で犠牲にし、戦後の価値転換が青年期を直撃、そして戦後社会がいろいろな意味で初期の理想とは違うかたちですすんでいくなかで、いかに自律的に生きるのかを模索し続けてきたこの世代の人生を多少身近に見てきた、と思うのである。

(15) 東直子は、岡井の歌で雨が愛の対象の喩になることを指摘している（「愛の模索」「歌壇」二〇二〇年一一月）。

(16)〈女来てするどくなじる夜半ながら霜ふかからめ二月(きさらぎ)の庭〉（『天河庭園集(あまのがわていえんしゅう)』一九七八）とうたってから約四〇年、幾度かの結婚と離婚を経ての最後の結婚生活からこのような歌が生まれたことを言祝(ことほ)ぎ、「岡井さん良かったですね」と申し上げたい。

なお岡井は自身の結婚と離婚について次のようにうたっている。〈いつも負(ふ)はこのわれにありと認識してすべてを与へ棄てて出で来(こ)し〉（『初期の蝶／「近藤芳美をしのぶ会」前後』二〇〇七）。

（17） 日置（ひおき）俊次は『南島』が馬場の「口語の採用に関する一つの転換点となるのではないか」（四三頁）とし、それが「『能』の濃密な文語的世界に『狂言』の口語的な笑いの世界を配することで、従来よりも脱中心的な周縁化、より現代的な土俗性を遂げている」（四九頁）と分析している（「馬場あき子論――『南島』を中心に」「昭和文学研究」六三、二〇一一年九月）。

五章　社会調査で検証する現代の短歌と歌人

一節　研究方法と対象の問題

本章では約一六〇〇人の歌人を対象としておこなったアンケート調査（以下、「歌人調査」（二〇一一）と呼ぶこととする）から、現代の短歌と歌人について検証していくことにしたい。

これまで短歌を研究する場合は、主に作品や歌人を研究対象とし、文献資料にもとづいて研究していくという、いわば事例研究の方法が主であった。このような研究方法は、特定の歌集や歌人を緻密に分析していく点ではすぐれているといえるが、それらを総合し、ある時代の短歌と歌人の全体的な傾向を検証することは困難ではなかったか、と考えられる。

そこで本章では、約一六〇〇人の歌人へ、匿名で直接アンケートをするという社会調査の方法をもちいて、現代の短歌と歌人について検証していくことにしたい。もちろんこのような方法にも数量化にともなう限界などはあるが、大勢の歌人へ、匿名で聞くことによって、現代の短歌と歌人の全体像を把握し、実証的に分析することが期待できるのである。

なお調査対象は、「歌人名簿」(『短歌年鑑　二〇一〇年版』短歌研究社、二〇一〇年一二月)、「全国短歌人名録」(『短歌年鑑　二〇一一年版』角川、二〇一一年一月)をもちい、「歌人名簿」からは、「あ」行から「な」行までの歌人、「全国短歌人名録」からは、「は」行から「わ」行までの歌人を、約三人に一人の割合でランダム(無作為)に、合計一四九三人抽出した。そして返信用封筒とともにアンケートを郵送するという郵送法で、二〇一一年一一～一二月にアンケート調査をおこなった。また並行して、若い年齢層のサンプルを確保するために、早稲田短歌、京大短歌、東大本郷短歌、そして超結社の若手歌人の集団であるガルマン歌会とさまよえる歌人の会へもアンケートを七二枚配布した。そして総計六六七人(四二・六%)から回答を得ることができた。ここにあらためて調査に協力していただいた歌人の方々にお礼を申し上げたい(調査に当たっては大正大学学術研究助成金(二〇一一年)をいただいた)。

二節　修辞(ことば)——四割が口語

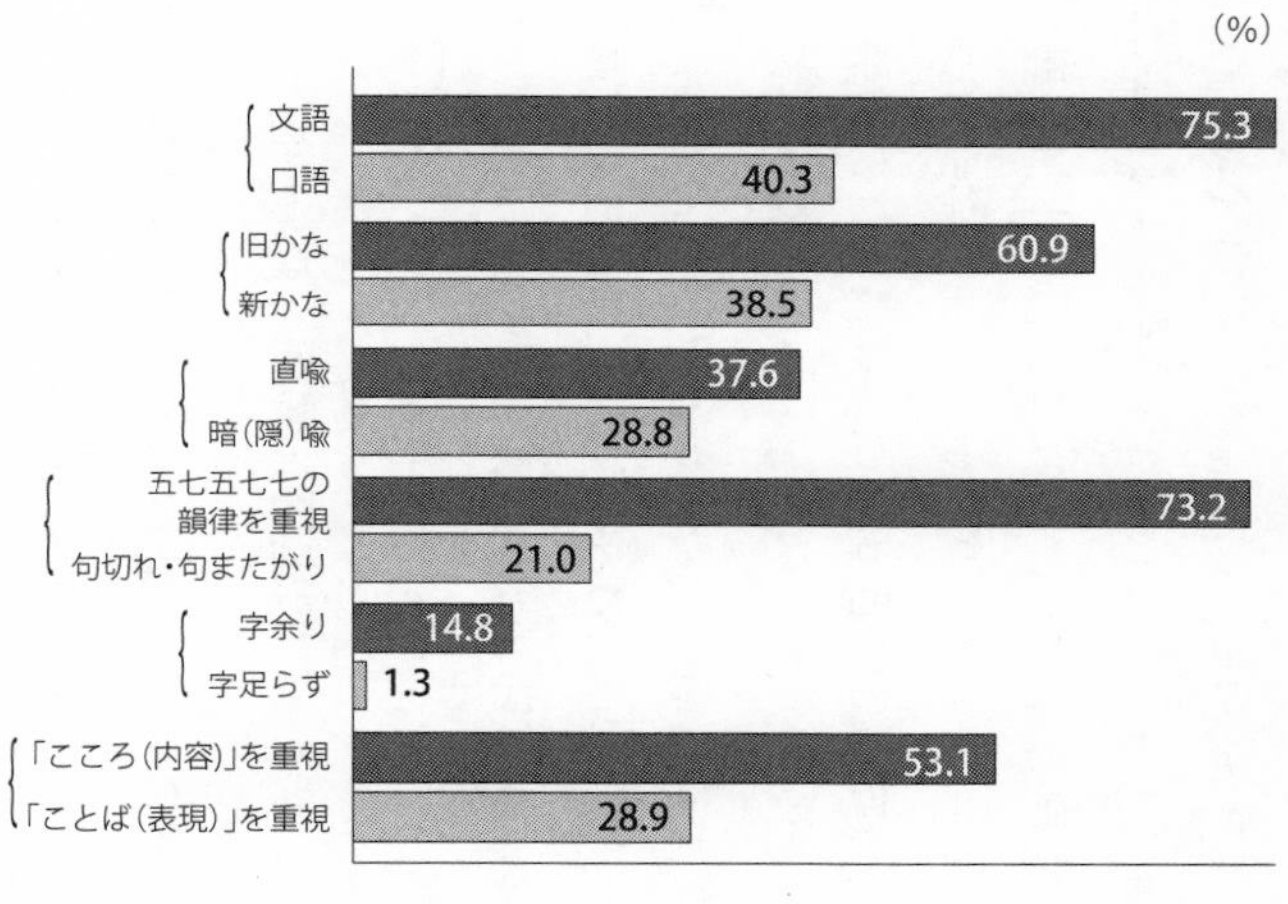

図 5-1　修辞(ことば)の使い方の割合

一　口語は四割が使用、女性、若い世代ほど多い

まず修辞に関して、言葉の口語化について検証すると（図5－1）、口語の使用は四〇・三%、文語の使用は七五・三%であった。(1) また五〇代以下では半数の歌人が口語をもちいており、さらに若い世代ほど口語をもちいる傾向がみられた。(2)

このように口語でうたう歌人は約四割で若い世代ほど多くなっており、本書での多くの歌人の言及に示されたように、今後とも口語化が進行していくことが推測された。

また口語の使用は、女性、そして歌歴の短い人に多かった。

口語使用と文語使用を足すと一一五・六%と

なり、約一・五割の歌人が意識して口語と文語を併用しているという結果が出た。[3]
口語の使用と、叙情―叙景は特に関係がなかった。また第二次大戦以降の歌、特に前衛短歌、そして現在のさまざまな文学、芸術の影響を受けた歌人に口語使用が多かった。

二　新かな、直喩は四割弱

修辞についてさらに検証していくと、新かな（三八・五％）より旧かな（六〇・九％）が多かった。[4] ただし新かなも、五〇代以下では半数の歌人が使っていた。

喩については、「直喩をよく使う」が四割弱（三七・六％）、「暗（隠）喩をよく使う」が三割（二八・八％）であった。本書では直喩の広がりを考察してきたが、このように現在では直喩の方がよくもちいられていた。

韻律については「五七五七七の韻律を重視する」が七・五割弱（七三・二％）で、現代短歌でも「韻律を重視する」歌人が多数をしめていた。また「句切れ・句またがりをよく使う」も二割（二一・〇％）に達していた。破調については、「字余りが多い」（一四・八％）の方が「字足らずが多い」（一・三％）より一〇倍以上多かった。

「こころ（内容）」（五三・一％）と「ことば（表現）」（二八・九％）では、「こころ（内容）」を重視する歌人が多かった。

三　口語は新かな、喩、「ことば（表現）」を重視、韻律からは逸脱

口語の使用と他の修辞との関係を検証すると、やはり口語は新かな使用が多かった。

また口語の使用において、「暗（隠）喩をよく使う」、「直喩をよく使う」がともに多かった。

韻律については「五七五七七の韻律を重視する」が少なく、「句切れ・句またがり」、「字余り」、「字足らず」のすべてが多くなり、口語の使用により韻律から外れる傾向がみられた。

また口語の使用は、「こころ（内容）」よりも「ことば（表現）」を重視する傾向がみられた。

四　口語で「感じたこと」をうたう

口語の使用と四節で検証する私性（わたくしせい）との関係を分析してみると、口語を使用する歌人は自分の体験、事実、思ったこと（意志）をうたわない傾向がみられた。そして感じたこと（感情）をうたう傾向がみられた。このように口語は、感情をうたうことに親和的のようであった。

三節　主題（こころ）――自己（私）をうたうが八・五割弱

次にうたう主題について複数回答可で検証してみると（図5-2）、自己（私）という主題が

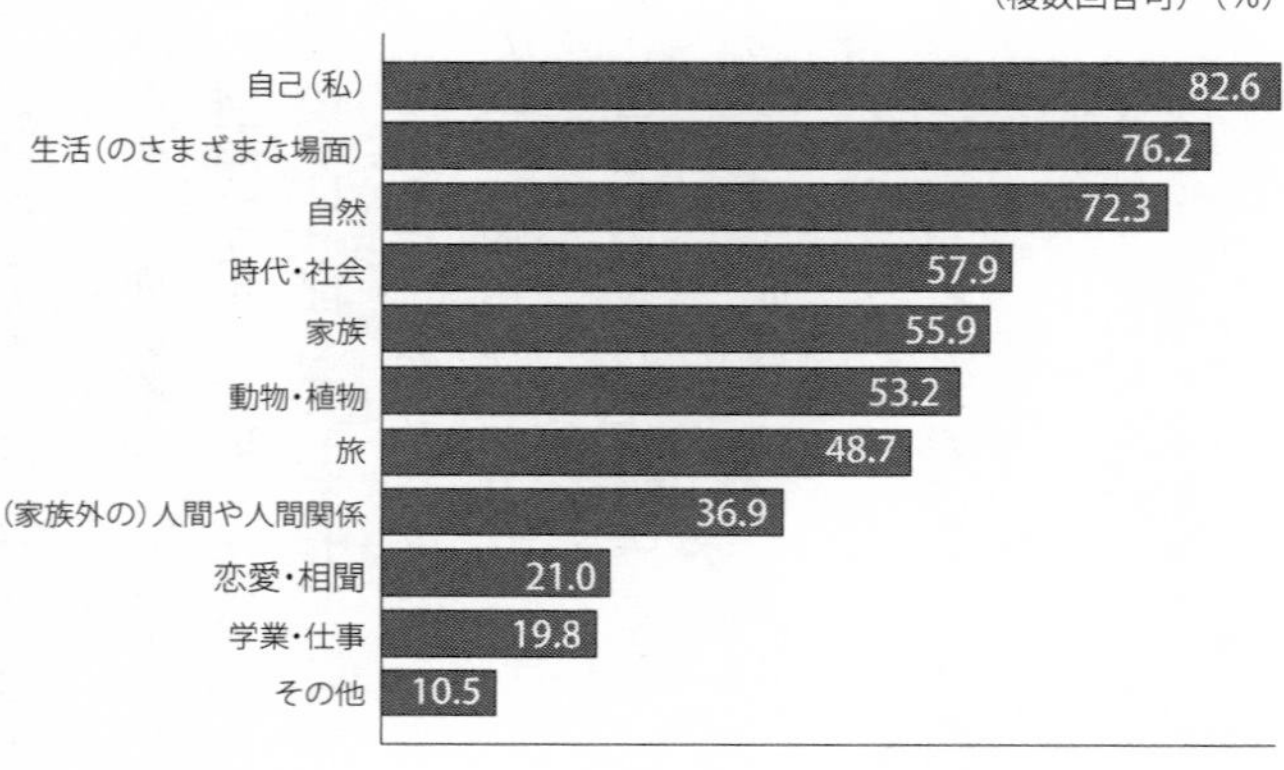

図 5-2　主題（こころ）の割合

八二・六%で最も多く、次が生活（のさまざまな場面）（七六・二%）であった。

そして自然（七二・三%）、時代・社会（五七・九%）と続き、家族が五・五割（五五・九%）、動物・植物は五・五割弱（五三・二%）であった。

その他には、旅が五割弱（四八・七%）、（家族外の）人間や人間関係が三・五割強（三六・九%）、そして恋愛・相聞は二割（二一・〇%）、学業・仕事は二割（一九・八%）、その他は一割（一〇・五%）であった。

このように現代短歌は、身近な自己（私）や生活が最もうたわれていた。そして次に自然や、本書で取り上げてきた時代・社会、そして家族、動物・植物なども五割以上の歌人の主題となっており、多様な主題がうたわれているようであった。

性別では、女性が自己（私）、生活、自然、家族、動物・植物、旅をうたう傾向がみられ、男性が学業・仕事をうたう傾向がみられた。

年齢別では、年齢が高い歌人が自然、家族、動物・植物、旅をうたう傾向がみられ、学業・仕事は三〇〜五〇代がうたい、若い歌人が恋愛・相聞をうたう傾向がみられた。

なお叙情（自分の感情を詠む）と叙景（風景を詠む）については、「叙情と叙景が半分ずつ」が四・五割強（四六・五％）で最も多かった。ただ両者の比較では、「叙景」（六・四％）よりも「叙情」（四一・二％）が圧倒的に多く、現代短歌は叙情の傾向が示された。

歌人の性、年齢と叙情―叙景とは特に関係がみられなかった。

四節　私性（わたくしせい）――「私」（作者）≒〈私〉（作中主体）の現在

一　体験の詠み方

（一）七、八割の現実の体験を詠む

私性（わたくしせい）について、いくつかの局面から検証していくことにしたい。

まず「詠んでいる短歌と現実に体験したこととの関係」について質問をしたところ、その結

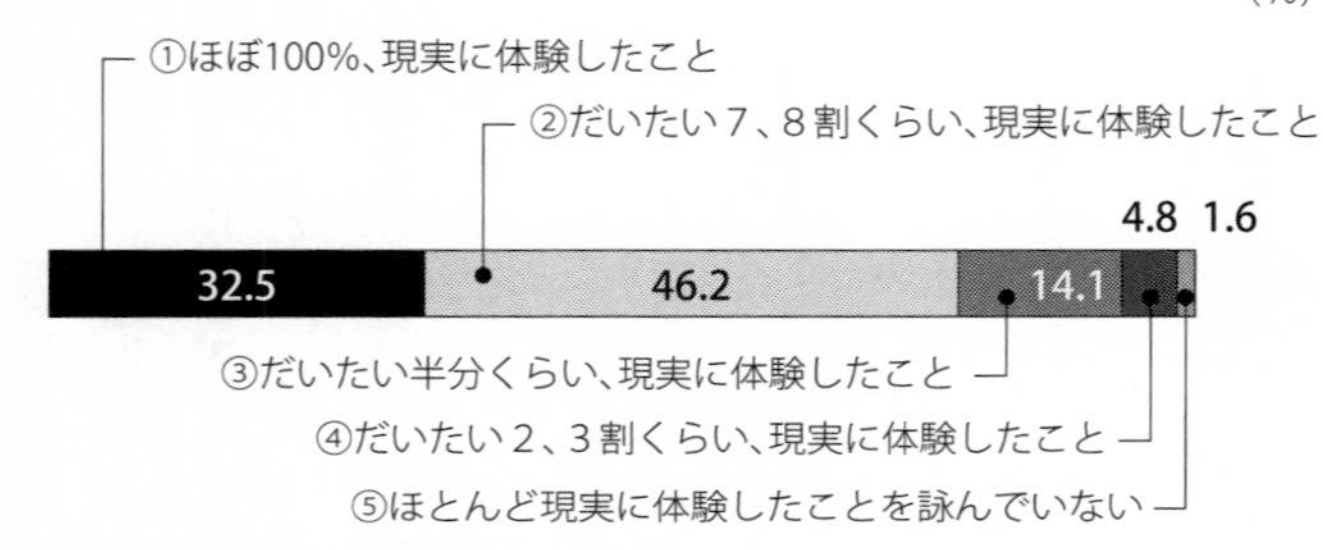

図 5-3　作品と体験との関係

果は図5−3のようになる。

図に示されるように、「②だいたい七、八割くらい、現実に体験したことを詠んでいる」という歌人が最も多く、四六・二%に達していた。このように現代の短歌は、百パーセントの体験ではなく、また半分以下の体験でもなく、七、八割くらいの現実がうたわれているものが最も多かった。

しかしまた「①ほぼ一〇〇%、現実に体験したことを詠んでいる」が三割強（三二・五%）であった。そして詠んでいる体験の現実と虚構の関係を二分法でまとめてみると、現実は「①ほぼ一〇〇%」と「②だいたい七、八割くらい」をたすと八割弱（七八・七%）に達し、それに対して虚構は「④だいたい二、三割くらい」（四・八%）と「⑤ほとんど現実に体験したことを詠んでいない」（一・六%）をたしても六・四%であった。このように、私性（わたくしせい）を問うた前衛短歌から半世紀をへても、あるいは半世紀へたからというべきかもしれないが、現実に体験したことを元にしてうたう歌人が圧倒的に多かった。

なおそれぞれの理由を聞いた自由回答の結果をみると、まず①、②と答えた現実の体験を重視する歌人からは、次のような回答がみられた。

「表現というのはどこかで自己とつながりを持っていてほしいと考えるから（現実の体験から遊離した作品はどこか地に足がついていない不安感を覚える）」（男性、四〇代）

「短歌は写実的に歌う短詩型文学と考えているから」（男性、六〇代）

「現実に体験し心にひびいたものでなければ短歌は生まれて来ません」（女性、七〇代）

それに対して、④、⑤と答えた虚構を重視する歌人からは、次のような回答がみられた。

「戦争や臓器移植など、現実には体験出来ないことを詠んだりしています。また生死にまつわる事などを考える時も、体験には現実的な限界があります」（男性、四〇代）

「文学作品はフィクショナルに表現の美を追求するものであると信じているから」（女性、五〇代）

なおペンネームを使っている歌人は約二割強（二一・九％）であった。

（二）　女性、文語、自己（私）は体験を詠む

次にさまざまな事象と、体験を詠むことの関係を調査してみよう。

（ア）女性、年齢が高く、旧かな、文語、韻律重視ほど体験を詠む

女性、年齢が高く、歌歴が長いほど体験を詠む、という傾向がみられた。またペンネームを使っている歌人は、体験を詠まない傾向がみられた。

修辞との関係は、体験をうたう歌人に、旧かな、文語の使用が多かった。また、「こころ（内容）」を重視する、暗（隠）喩は使わない、そして字余り、句切れ・句またがりもおこなわずに五七五七七の韻律を重視する傾向がみられた。

（イ）自己（私）などは体験を詠み、万葉集や近代短歌の影響がある

作品の主題については、自己（私）、生活（のさまざまな場面）、自然、家族、動物・植物、旅をうたう歌人は体験をうたう傾向があり、逆に恋愛・相聞をうたう歌人は体験をうたわない傾向がみられた。

なお時代・社会をうたう場合は、特に体験をうたう傾向も、うたわない傾向もみられず、さまざまなことにもとづいてうたわれているようであった。

時代の影響としては、やはり奈良時代まで（万葉集など）と、写生を中心とする明治から第二次大戦（主に近代短歌）の歌の影響を受けた歌人は体験をうたう傾向がみられ、逆に第二次大戦以降、特に前衛短歌、そして現在（同時代）のさまざまな文学、芸術に影響を受けた歌人は体験をうたわない傾向がみられた。

また現代の芸術のなかでは、詩、小説、マンガ、映画の影響を受けたものは体験をうたわない傾向がみられた。

(三)　体験と関連づけて事実、意志、感情を詠む

体験をうたうことと、のちに詳しく分析する知・情・意をうたうこととの関係を検証すると、体験をうたう歌人ほど、事実、そして意志（思ったこと）、感情（感じたこと）をうたう傾向がみられた。このように体験をうたうことと、事実、意志、感情をうたうこととは基本的に対立することではなく、体験と関連づけつつ事実、意志、感情をうたっていく、という傾向がみられた。

また体験をうたうほど、叙景歌が多い傾向がみられた。

(四)　ほぼ現実の自分（私）を詠む

作品の中でうたわれる自分（私）の理想と現実について検証してみると、図5-4に示されるように、「②ほぼ現実の自分」をうたう歌人が七割強（七二・四％）と圧倒的に多かった。

また現実以上か―現実以下かについては、「①現実の自分以上の、理想化した自分」が一一・一％なのに対し、「③現実の自分以下の、へりくだった自分」は四・八％であり、理想化

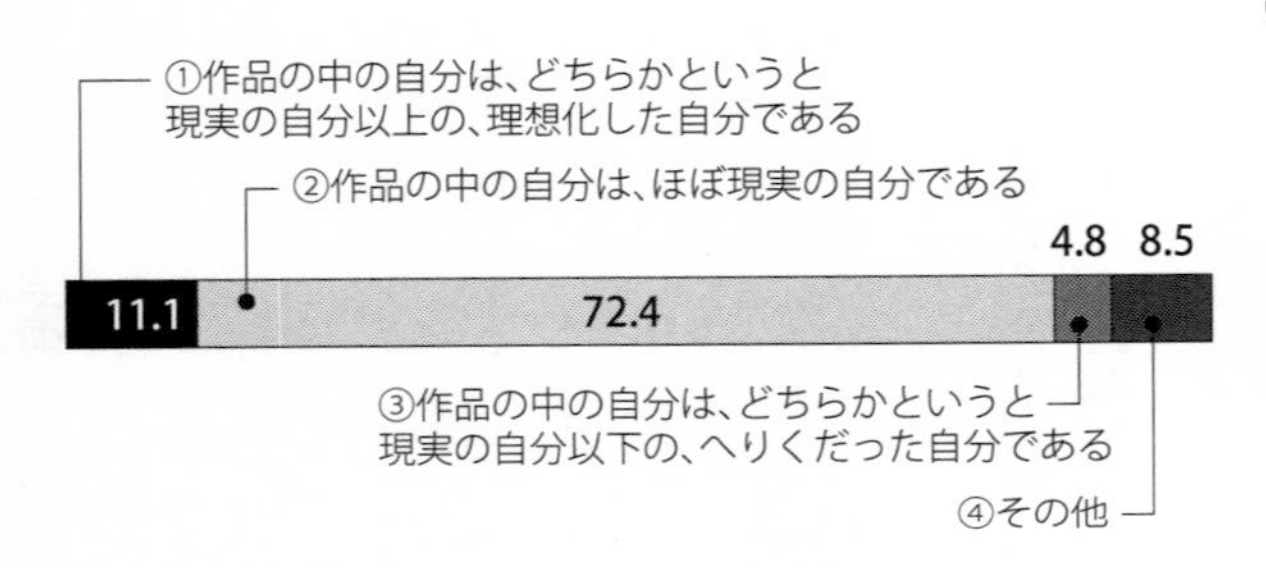

図 5-4　作品の中の自分と現実との関係

した自分をうたう傾向の方が多くみられた。また年齢が高いほど、理想化した自分をうたう傾向がみられた。

二　知・情・意の詠み方

知・情・意という、人間の持つ知性・感情・意志という三つの心的要素をあらわす言葉がある。ここではこの分類をもとに、現代の歌人がどのように認識した事実や、感情、意志をうたっているかについて検証していくことにしたい。

(一)　知(事実)の詠み方――七、八割の事実をうたう

まず一で考察した「体験」と「事実」の違いであるが、両者は一致する場合が多いが、異なる場合もある。質問するにあたり、アンケートでは次のような説明をした。

「体験したことと事実とは異なる場合があります。たとえば戦後生まれの人が第二次世界大戦について詠む場合は、体験していないが事実を詠むことになると思います

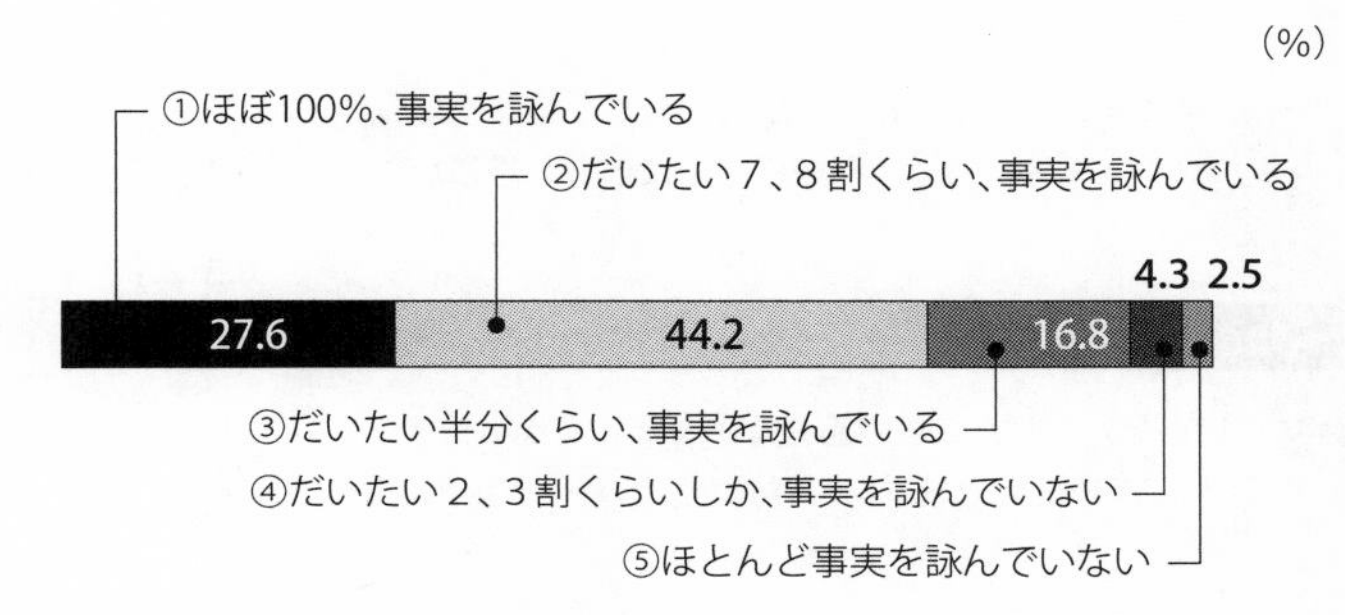

図 5-5　作品と事実との関係

が、未来の戦争について詠む場合は、体験していないし、事実でないことを詠むことになります。」

そして作品と体験との関係をきいたのと同じ質問を、作品と事実との関係についてもきいてみると、それは図5-5になる。図に示されるように、事実についても「②だいたい七、八割くらい、事実を詠んでいる」が四四・二%で最も多く、さらに「①ほぼ一〇〇%、事実を詠んでいる」の二七・六%をたすと、七割強（七一・八%）の歌人が七、八割以上の事実を詠んでいた。

このように事実を詠んでいる歌人は多いが、これを体験を詠むことと比較してみると、図5-3に示されたように「ほぼ一〇〇%」体験を詠んでいる歌人は三二・五%、「だいたい七、八割くらい」は四六・二%もおり、事実を詠むことよりさらに多くなっている。このように現代短歌でも、知性的に認識された事実よりも、自分が身をもって経験した体験の方が重視されていた。

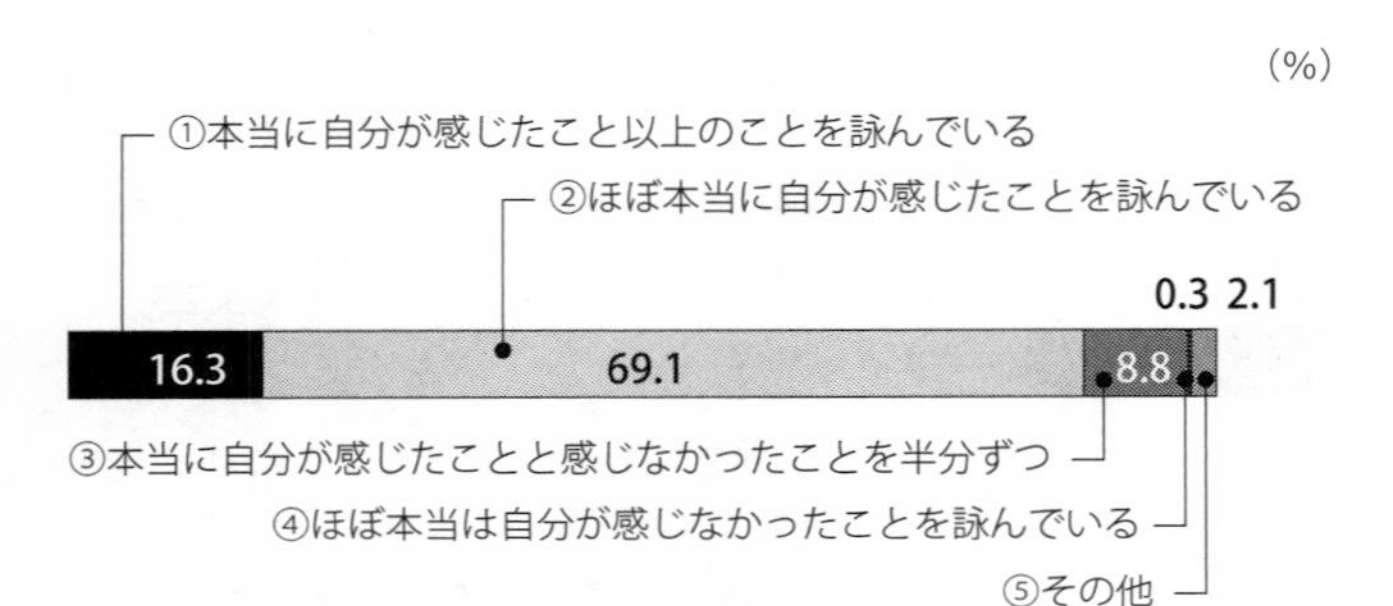

図5-6　作品と感じたこと（感情）との関係

なお事実を詠む歌人の特徴としては、女性、年齢が高く、歌歴が長いほど事実を詠む、逆にペンネームを使っている歌人は事実を詠まないという、体験を詠むことと同じ傾向がみられた。

（二）　感情（感じたこと）の詠み方――「ほぼ本当に感じたこと」をうたう

次に感情（感じたこと）の詠み方を検証すると、図5-6に示されるように、「②ほぼ本当に自分が感じたことを詠んでいる」が七割（六九・一%）で最も多かった。そして次に「①本当に自分が感じたこと以上のことを詠んでいる」が一・五割強（一六・三%）であった。

このように感情についても、「ほぼ本当に感じたこと」をうたう歌人が最も多かった。

感情をうたう歌人の特徴としては、性別は特に関係がなかったが、年齢が若いほど、また歌歴が長いほど感情をうたう

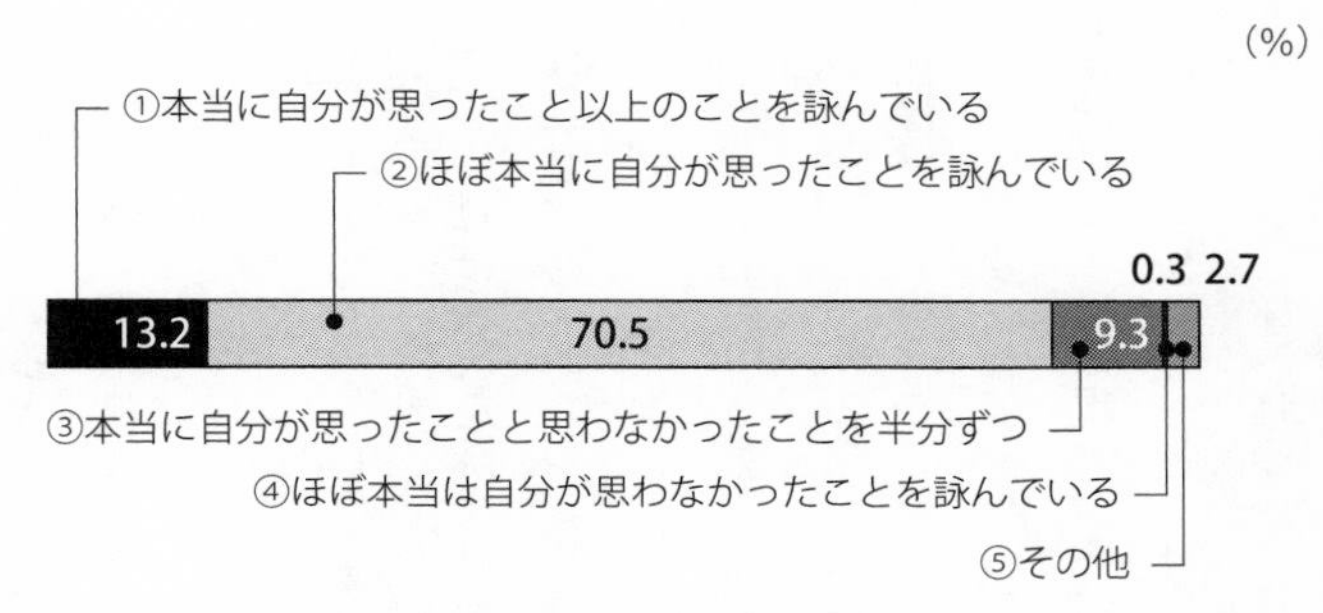

図 5-7　作品と思ったこと（意志）との関係

傾向がみられた。またペンネームは、特に感情をうたうことと関係がなかった。

（三）意志（思ったこと）の詠み方——「ほぼ本当に思ったこと」をうたう

さらに意志（思ったこと）の詠み方を検証すると、図5-7に示されるように、やはり「②ほぼ本当に自分が思ったことを詠んでいる」が七割（七〇・五％）で最も多かった。そして次が、「①本当に自分が思ったこと以上のことを詠んでいる」で一・五割弱（一三・二％）であった。

なお感情を詠むことと意志を詠むことは対立しているわけではなく、感情を感じた以上に詠もうとする歌人は、意志も思ったこと以上に詠もうとする傾向がみられた。

また「本当に自分が感じたこと以上のことを詠んでいる」（一六・三％）は、「本当に自分が思ったこと以上のことを詠んでいる」（一三・二％）よりも多く、歌人が意志よりも感情を重視しているという傾向がみられた。

歌歴が長い歌人ほど意志を詠む傾向がみられたが、性別、年齢、ペンネームは特に関係がなかった。

三　まわりの人の詠まれ方

(一)　ほぼ現実を詠まれる家族と、あまりそうでない友人・知人

次に歌に詠まれた自分以外のさまざまな人間について、現実のその人との関係を検証すると、それは図5-8のようになる。

図に示されるように、母（六〇・〇%）、父（五九・七%）は、六割前後「①ほぼ現実のその人」が詠まれていた。なお「④そのような人は詠んでいない＋無回答」は、そのような人が現在はいない場合や、いても詠まない場合の両方をふくむ、と考えられる。

また夫・妻（五三・四%）、子ども（五〇・五%）、兄弟・姉妹（四九・六%）についても、五割前後「①ほぼ現実のその人」が詠まれていた。

しかしこれらの家族に対して、学校や職場の友人・知人（二八・五%）、その他の友人・知人（三三・〇%）については、三割前後くらいしか「①ほぼ現実のその人」が詠まれていなかった。

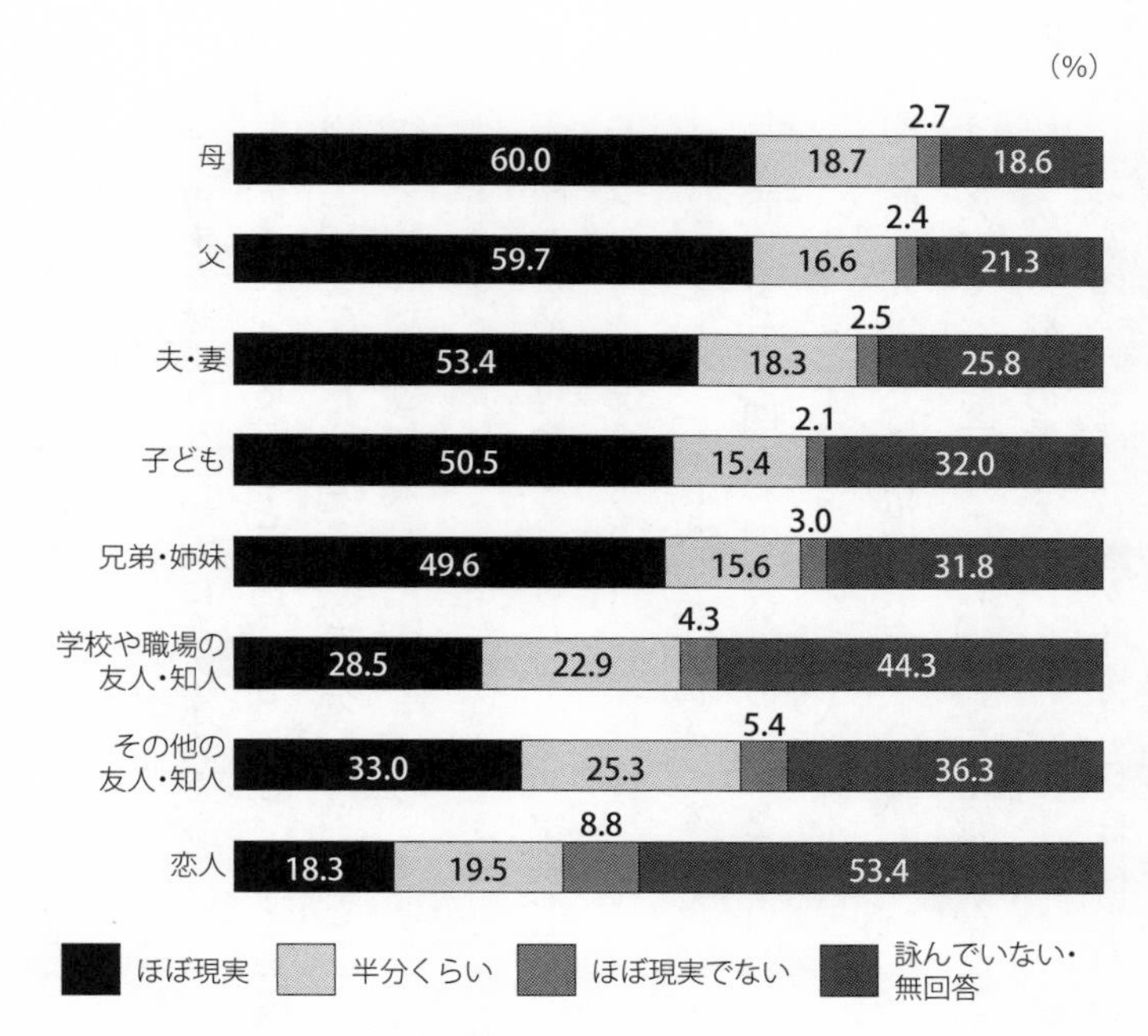

図 5-8　作中の人物と現実との関係

このように、父、母を典型として身近な家族ほど「ほぼ現実のその人」が詠まれ、家族より身近でない友人・知人は、それほど「現実のその人」が詠まれない、という傾向がみられた。

この結果について、身近な家族の現実を詠むのは差し障りがあるのではないかとも考えられるが、やはり身近な家族へはさまざまな思いがあり、歌人は現実のその人こそ詠みたいと考えた、と思われる。

なお父、母については、女性の方が「ほぼ現実のその人」を詠む傾向がみられた。また年齢が上がるほど家族、友人・知人ともに「ほぼ現実のその人」を詠む傾向がみられた。

（二）　現実を詠まれない傾向にある恋人たち

そして恋人についてみると、図5-8に示されるとおり、「①ほぼ現実のその人」が詠まれているのは一八・三％にすぎず、「②半分くらい現実のその人」の方が一九・五％と多い、という傾向がみられた。これは、恋人は人生にとって重要であり、現実のその人をこそ詠むべきとも考えられるが、恋人はさまざまな想像力をかき立てる存在でもあり、また現実のその人を詠むと差し障りがある場合も考えられるので、家族や友人・知人よりも現実のその人を詠まない傾向になった、と考えられる。

なお恋人について「ほぼ現実のその人」を詠んでいることが少ないのは、「④詠んでいない・無回答」（五三・四％）が多いため、とも考えられる。しかし、「③ほぼ現実でないその人を詠んでいる」と「①ほぼ現実のその人を詠んでいる」を比較してみても、母は二二・二倍、父は約二四・九倍も「ほぼ現実のその人を詠んでいる」。それに対し恋人は「①ほぼ現実のその人を詠んでいる」は二・一倍に過ぎず、やはり恋人の方が現実のその人を詠んでいない、という傾向がみられるのである。

そして恋人についてては、年齢が高いほど「ほぼ現実のその人」を詠む傾向がみられた。

四　「私」≒〈私〉としての私性

　このように調査によれば、「だいたい七、八割くらい」の現実の体験を詠んでいる歌人（四六・二％）が最も多かった。また作品の中の〈私〉についても、「ほぼ現実の自分」を詠んでいる歌人（七二・四％）が最も多かった。そして事実についても「だいたい七、八割くらい」の事実を詠んでいる歌人（四四・二％）が最も多く、感情も「ほぼ本当に自分が感じたこと」を詠んでいる（六九・一％）、意志も「ほぼ本当に自分が思ったこと」を詠んでいる（七〇・五％）が最も多かった。

　以上のように現代短歌における私性は、現実の「私」でもなく、また完全に虚構の私でもない〈私〉、つまり「私」（作者）≒〈私〉（作中主体）の状態を基本としていることが検証された。しかしまた体験や事実をうたう場合の、現実（選択肢①＋②）と虚構（選択肢④＋⑤）との比較では、虚構よりも現実の体験、事実をうたっている歌人の方が一〇倍以上多かった。このように現代短歌における私性は、「私」≒〈私〉の状態を基本としつつ、私性も根強いことも明らかになった。

　このように現代の短歌は、「私」≒〈私〉の状態の中で、作者が自身の私性を選んでうたってゆく、そして読者も、個々の作品の〈私〉と「私」の関係を推測しつつ読んでいく、という時代といえるだろう。

五節　現代の歌人

それでは次に現代の歌人の基本的特徴を、検証していくことにしたい。

一　女性（六割）、七〇代（三割）、関東（四・五割）が多い

まず性別は男性が三・五割強（三七・四%）なのに対し、女性が六割（五九・四%）と、女性歌人が多かった。

年齢は、図5-9に示されるように、七〇代が二九・二%で最も多く、次が八〇代の二三・四%であった。それに対して一〇代は〇・四%、二〇代が二・八%であり、高齢者が多かった。

歌歴は四〇年を超える（三七・五%）が最も多く、次に三〇〜三五年（一一・二%）、二〇〜二五年（九・七%）が多かった。

また職業は年齢を反映して、無職が六割弱（五八・六%）で最も多かった。有職者の中では、自営業（七・五%）、教員（六・六%）が多かった。

住居は関東（二八・五%）が最も多く、東京（一七・四%）を足すと、四五・九%に達して

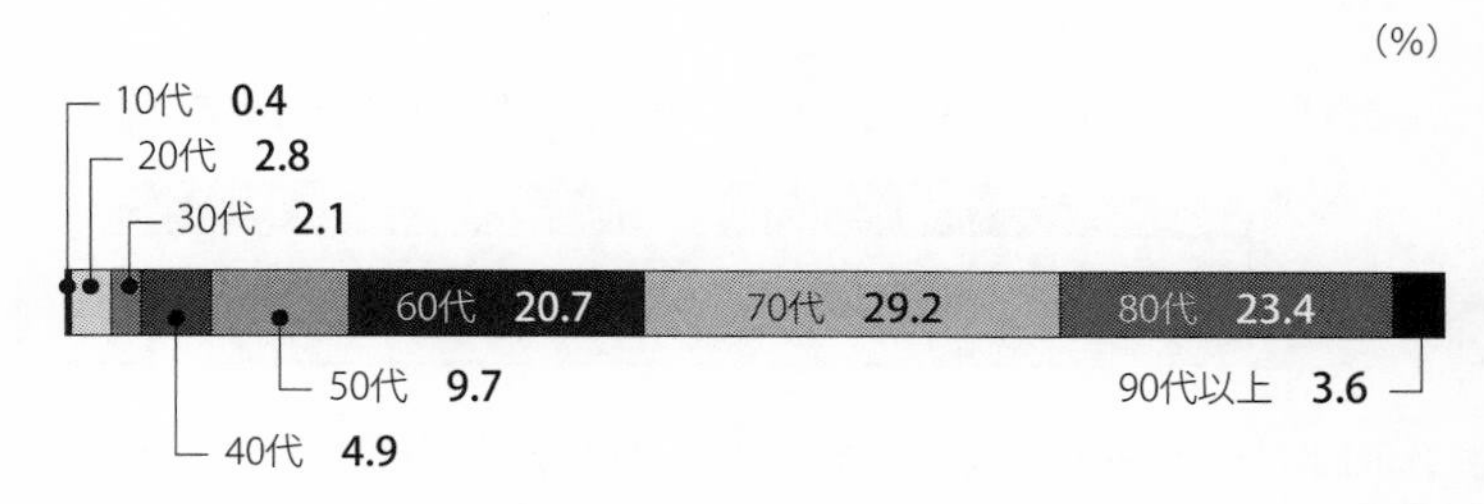

図 5-9　歌人の年齢

いた。また近畿（一五・九%）、中部（一三・六%）は一割台だったが、あとは九州（六・四%）、東北（五・七%）、中国（四・五%）、北海道（二・七%）、四国（一・九%）などが一割以下であった。

二　生きがいはあるが孤独な生活？

歌人はどのような生活を送っているのだろうか？　NHK放送文化研究所「日本人の意識」調査（『現代日本人の意識構造』第八版、二〇一五）では、人々の生きがいと地域や職場などの人間関係について調査をおこなっている。そこでこの調査と同じ質問を歌人にも聞いて比較してみると、それは図5-10のようになる。

図に示されるように、歌人（七七・五%）は、やはり短歌を詠んでいるためか、一般の人々（七六・二%）よりも生きがいを持ち、心にハリや安らぎのある生活を送っていた。

しかし人間関係については、歌人（五三・二%）は、一般の人々（七一・五%）よりも「地域や自分の職場・学校には、打ち

（%）

生きがい（生きがいをもち、心にハリや安らぎのある生活を送っている）

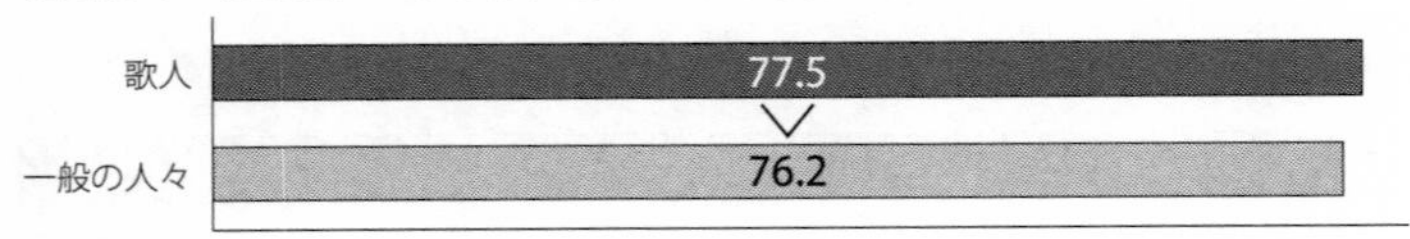

人間関係（地域や自分の職場・学校には、打ちとけて話し合ったり、気持ちよくつきあえる人が多い）

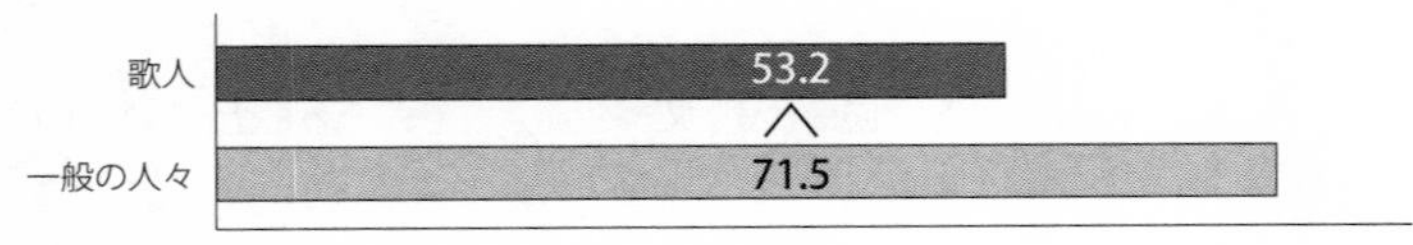

図 5-10　歌人の生きがいと人間関係

とけて話し合ったり、気持ちよくつきあえる人が多い」が低かった。

このように歌人は、個人的な生きがいに関する数値は一般の人々より高いが、社会的な人間関係に関する数値は一般の人々より低く、よくいえば孤高の群れることがない生活、わるくいえば孤独な協調性がない生活を送っているようであった。

三　同時代の影響（六・五割）と絵画への関心（六・五割）

歌人にさまざまな時代の影響を複数回答可できいてみると、現代の歌人は「現在（同時代）のさまざまな文学、芸術」の影響が六・五割（六五・五％）で最も多く、あらためて短歌の同時代性を考えさせられた。なお「現在（同時代）のさまざまな文学、芸術」の影響は、男性歌人よりも女性歌人に多く、またやはり若い歌人ほど多かった。

その他の時代では、「明治から第二次大戦（主に近代短歌）」（三九・四％）、「第二次大戦以降」（三八・四％）が四割くらいであり、やはり現代と近い時代の影響が多かった。なおその中で「特に前衛短歌」の影響は一・五割（一五・一％）で、二〇代（四二・一％）、三〇代（四二・九％）に多かった。

そして近代より前では、やはり「奈良時代まで（万葉集など）」の影響が根強く、三・五割（三四・〇％）であった。また「平安時代（古今集など）」（二三・五％）、「鎌倉・室町時代（新古今集など）」（二二・九％）の影響はともに二割台であった。

それでは歌人は同時代のどのような文学、芸術に関心を持っているのだろうか？　これも複数回答可できいてみると、絵画が六・五割（六四・三％）で最も多かった。絵画の短歌への影響については、ゴッホの前田夕暮への影響として〈向日葵（ひまはり）は金の油を身にあびてゆらりと高し日のちひささよ〉（『生くる日に』一九一四）などが有名であるが、現代においても絵画の影響は根強いようであった。

また文学の中では、俳句（四七・四％）や詩（四七・二％）よりも小説（五三・四％）への関心が五割を超えて最も多かった。

そして他の芸術では、音楽（五四・〇％）が五割を超え、映画（三七・二％）、演劇・舞踊

（三二・七％）が三割台、あとは彫刻・工芸（二二・二％）、建築（一二・六％）、マンガ（八・七％）、その他（一二・一％）となっていた。

四　読者は自分自身（五・五割）と身近な仲間（五割強）

歌人が主にどのような読者を考えてうたっているのかを検証してみると、何よりも「自分自身」が読者であるという歌人が最も多く五・五割（五五・二％）に達していた。そして次に、「歌をつくっている友人や結社などの歌の仲間」が五割強（五一・三％）になっていた。また読者を「特に考えていない」歌人も三・五割弱（三三・一％）に達していた。

このように現代の歌人にとっては、なによりも自分自身、そして身近な歌の仲間が想定される読者のようであった。

五　結社は八割が加入、ネットは二割強が利用

歌人と結社との関係を検証すると、結社に入会している歌人は八割（八〇・七％）で、男性歌人（七三・九％）よりも女性歌人（八四・八％）の方が結社に入会していた。また年齢が高いほど、そして歌歴が長いほど入会する傾向がみられた。(5)

ネットの利用を検証すると、「インターネットで、短歌を閲覧したり、短歌に関する情報を

得ている（メールでのやりとりは除く）」は二割強（二一・六％）で、やはり若い歌人ほど多かった。また「インターネットのブログ、ミクシィ（mixi）、ツイッター（Twitter）などで、自分の短歌作品を発表している」は六・〇％で、やはり若い歌人ほど多かった。

おわりにかえて——自己表現の器としての短歌

最後に歌人に、なぜ短歌を詠んでいるのかという根本的な問いに自由回答で答えてもらったので、それを分析していくことにしたい。

自由回答を答えてくれた歌人は約半数であったが、そのなかではやはり「自己表現」という回答が、約四・五割と最も多く、たとえば次のような回答があった。

「自分のなかの表現したいことを、表現するためのひとつの形として短歌を詠んでいるのだと思う」（男性、二〇代）

「私の周囲の環境は、友人を除いて、自分自身の感情を出せることが非常に少ないので、言い換えれば周囲に従う（従わされている）ことが多いので、感情を出せる場が短歌です。短歌を書くことで自分の感情が整理でき、他人に判るとか判らないとかよりも、自分自身の中で気持ちを表現できたという思いが、前向きな生き方をさせてくれるようになりまし

た」（女性、六〇代）

「生活の中の一瞬をとらえて言葉に表すことが楽しい」（女性、七〇代）

このように自分を表現できるという喜びが、もっとも短歌を詠む動機となっているようであった。

またその中には、

「日付を入れて短歌を書きとめているうちに、日記のようになり、自身の人生の記録となってきた」（男性、六〇代）

というように、生活の記録という面を強調する回答も多数みられた。

これは三節で検証した歌の主題においても、自己（私）と生活（のさまざまな場面）がもっとも多かったことと一致している、といえよう。

そして次に、短歌自体が好きという回答と、自分の人生にとって支え・生きがいとなっているという回答が、約一・五割ずつみられた。

まず短歌自体が好きという回答は、

「短歌は調べの普遍性（愛唱性）や一首での独立性（適切な短さ）があり、それが自分に合っているため」（男性、二〇代）

「五・七・五・七・七の快いひびきが好きである」（女性、七〇代）

などがあり、短歌の調べ、響き、そして五七五七七が好きだからうたい続けている、という回答がみられた。

また自分の人生にとって支え・生きがいとなっているという回答は、「短歌は心の支え。物事を深く考察し見きわめることの大切さも教えられ、悲しみ苦しみ怒りも短歌を詠むことで平常心を保つことができた。短歌への感謝はつきない。残り少ない人生を短歌と共に前向きに生きるつもりです」（女性、九〇代以上）などがあり、何よりも自分の人生の支え、生きがいとなっているから詠み続けている、という回答がみられた。

なおその他には、短歌を通じた人との交流、伝統ある文化を継承したい、などの回答がみられた。

これまでの短歌に関する議論では、何を、どううたうかに力点が置かれ、何故うたうかについてはあまり問題にされなかった。しかしそもそも歌人にうたう動機がないと歌は生まれない。本調査で明らかになった「自己表現の器」という動機は、浄化（カタルシス）(catharcis) と考えることができる。

浄化（カタルシス）は「〔典型的には〕芸術の享受に伴う美的効果であり、鬱積した感情を瀉出（しゃしゅつ）・浄化を通じて、精神を圧迫から解放し、快楽を与えること」（『現代社会学事典』）とされている。そしてこの「芸術の享受」はその内容からして「芸術の創作（表現）」にも深くかかわっている。そして芸術のジャンルの中で短歌はかなり創作者の比率が高いと考えられるので、創作における浄化（カタルシス）も重要になってくるのである。

この浄化（カタルシス）については、終章の最後でも考察してみることにしたい。

注

（1）文語―口語もさまざまな定義はあるが、個々の歌人の認識に基づき、二者択一ではなく回答してもらった。

（2）以下煩雑になるので基本的にパーセントは示さないが、年齢と口語使用などの二変数間において「傾向がみられる」「多い」「関係がある―ない」などと言うときには全て統計学の検定をおこない、九五パーセント以上の確率でそう言えるもののみを書いている。

（3）なお「短歌研究」の調査では、口語―文語の使用について、口語一六・五%、口語に助動詞等に文語を使うことがある一〇・四%、文語に口語を取り入れている六・五%、文語五九・八%、その他六・八%という結果であった（有効回答数二二二八人。「歌人アンケート『文語と口語』」「短歌年鑑　二〇一四年版」短歌研究社）。

選択肢が違うため厳密な検討は難しいが、「短歌研究」の調査においても、一〇・四＋六・五＝

一六・九％なので、文語と口語の意識的併用は約一・五割であることが確認できる。

（４）仮名遣いについて佐佐木幸綱は、一万葉仮名、二平仮名、濁点なし、三漢字仮名交じり、濁点なし、四（約一〇〇年前）漢字仮名交じり、濁点、句読点、ルビ、五（五〇年前）濁点、句読点、ルビ、記号入り旧仮名、カタカナのみ新仮名、六新仮名、の六分類があり、今の旧仮名表記はほとんど五で「崩れ旧仮名」である、と指摘している（「二十一世紀へ持ち越す問題四つ」「短歌年鑑　二〇〇一年版」角川）。

（５）結社は、一九九五年と二〇〇五年の調査によれば、六二二団体から六四六団体へ微増する傾向にあった。また人と理念の系譜性、疑似血縁的な関係としての超血縁性、機能的階統制（ヒエラルキー）というイエ型集団の特徴があるが、その特徴は弱まる傾向にあった（拙稿「Ⅲ部　結社論」『短歌・俳句の社会学』）。

また光森裕樹の研究によれば、結社数は一九八〇年から二〇一二年で三三五から二六〇へと減少している（「短歌結社・同人誌などの状況（1980年、2012年の比較）」http://goranno-sponsor.com/diary/130218、二〇一三年二月一八日）、二〇〇九年から二〇一四年では二八八から二四六へ減少している（「短歌結社の5年を数える」「連載記事」tankaful.net、二〇一四年一二月二六日）という研究結果になっている。

なお私の調査は「結社調査」と書かれたアンケート用紙に回答してきたサンプルは基本的にカウントしており、光森の調査は角川の短歌年鑑を資料としている。

このように結社数については、何を「結社」とカウントし、どの資料によるのか、という調査手法により異なるので、ここでは近年は結社が減少傾向にあることを確認したい。

なお結社の未来は未知数だが、その運営は少数者の独断ではなく編集会議などで意思決定をすることが望ましい。

終章　「口語化」の諸局面とジェンダー、システム化、合理化の問題

一節　修辞（ことば）における「口語化」と口語歌論の進展

一　修辞における「口語化」の進展

まず修辞（ことば）については、現代短歌史（一九八五〜二〇二一）において「口語化」の進展が短歌作品、歌人の発言、そして「歌人調査」（二〇一一）などから確認することができた。なお現在の口語の使用は四割であり、女性、若い世代ほど多かった。また口語・文語を併用する歌人は一・五割であった。

口語の使用は、新かな使用、「ことば（表現）」重視、五七五七七の韻律から逸脱する傾向、

体験、事実、意志をうたわない傾向、感情をうたう傾向がみられた。

また「口語化」の進展のなかでリフレイン、直喩（調査では約四割弱が使用）、会話体、記号などが広がっていったが、これは読者に分かりやすい修辞が求められるため、と考えられる。「歌人調査」（二〇一一）によれば、想定する読者として「自分自身」の次に「歌の仲間」が多かった。

二　口語歌論の進展

一九九〇年代、二〇〇〇年代には問題が提起され、「武装解除」された「棒立ちの歌」とも言われた修辞（ことば）について、特に二〇一〇〜二一年に詠みにおける時制の多様化や句切れなどの読みに関する口語歌論が進展した。

そして和歌革新運動や前衛短歌運動のように、最初から現実を変えようとする主張と共に進行したのではなく、現実の歌が口語化していく中でその考察が生まれていったことも、意識的ではなく進んでいく「口語化」らしい特徴といえる。

三　修辞の未来試論

修辞（ことば）における「口語化」は基本的には継続すると考えられるが、四章二節一で考察したように言葉については若い世代の文語使用もみられる。短歌が全て口語歌になることは予想できず、望ましいとも思えず、口語・文語の併用が拡大する、と考えられる。

そして論者たちが共同研究をするなどをして口語歌論がますます進展し、口語・文語がよく比較検討され、それぞれの歌人が口語・文語を意識的に選択していくことを期待していきたい。(1)

二節　多様化する主題(こころ)と議論

一　主題と社会の変遷

「歌人調査」(二〇一一)の質問(複数回答可)によれば、主題は「自己(私)」が八・五割弱で最も多く、次が「生活(のさまざまな場面)」の七・五割であった。このように現代短歌は「自己(私)」や「生活」という日常の主題が市民権を得て「口語化」していったが、これは本書でみてきたように俵万智の登場からの影響が考えられる。

そして現代短歌史のなかで、この〈私〉は「ライトな私」(一九八〇年代後半、バブル経済)、「わがままな私」(一九九〇年代、バブル崩壊)、「かけがえのない私」(二〇〇〇年代、失われた二〇年)、「つぶやく私」(二〇一〇〜二一年、文明災害)という変遷がみられた。

そして次に「自然」（七割強）、「時代・社会」（六割弱）という主題が多かった。「自然」という主題はこれまでも短歌史のなかに存在したが、穂村弘が笹井宏之の特徴とした「魂の等価性」、和文脈などの人間ではない作中主体、そして文明災害の中での地球生態系の一部であることの自覚、人間的自然（human nature）としての「私」の自覚などにより、新しい自然詠の可能性を考えることができる。

時代・社会詠については、本書で取り上げてきたように湾岸戦争（一九九一）、阪神・淡路大震災（一九九五）、九・一一テロ（二〇〇一）、そして文明災害である東日本大震災（二〇一一）、コロナ禍（二〇二〇〜）などの主題がみられた。

本書の対象となった時代（一九八五〜二〇二一）は、昭和、東欧の社会主義諸国、そして二〇世紀という「大きな物語」が消滅していった時代でもあった。また日本では平成全体がふくまれる時代であり、改元が二回おこなわれ、元号も主題としてうたわれた。世界ではグローバル化のなかでアジアに残された独裁的な社会主義国と、中東と関係したテロなどが問題になっていった。

二　主題に関する多様な議論

主題（こころ）に関する議論としては、テロに対する心情と認識の問題（二〇〇〇年代）が論じられ、テロに関する優れた歌も生まれた。

また東日本大震災（二〇一一）に対して当事者性が問題となり、震災を体験したかしないかは詩歌の問題としてはフィフティフィフティではないか、などが論じられた。そして原爆詠のように、体験していない者でも歌い継いでゆく可能性が模索された。

コロナ禍（二〇二〇～）ではさらに加害―被害の関係があいまいとなって「口語化」し、豪雨などと共に文明災害として問題になっていった。

また高齢社会（一九九四～）、国際化（二〇〇〇年代～）、近代短歌で問われた「敬虔な判断停止」（二〇〇〇年代）などが問題になった。

社会学の研究としては、自己充足的価値観（ヤンケロビッチ）、個人化（ベック）、「マクドナルド化」（リッツア）、液状化（バウマン）、地球生態系（庄司興吉）などの研究が生まれた。特に「マクドナルド化」は、村上春樹の「ザ・システムと卵」などの全体社会のシステム化と関連し、四節二で取り上げるM・ヴェーバーが考察した合理化が根底にある、と考えられる。

そして最近は若い世代からも、戦争、フェミニズム、元号などのさまざまな主題が問われてきており、今後とも多様な主題がうたわれ、論じられることを期待していきたい。

それでは次に多様化した主題の未来試論として、三、ジェンダー、四、システム化という主題について、いささかの私見を書いていくことにしたい。

三　ジェンダー論の地平

（一）　基本的視点――ジェンダーを全否定はしない

まずフェミニズム、ジェンダーに関する本書の基本的立場を書くと、フェミニズムは支持するが、ジェンダーを全否定はしない、ということである。なお「フェミニズム（feminism）」は、「女性の社会的・経済的、政治的権利の拡張と、性差別からの解放をめざす主張および行動」（『明鏡国語辞典』第二版）と定義されている。

（二）　「文化的性別」という訳

次に本書ではジェンダー（gender）を「文化的性別」と訳すことにする。なぜなら「生物学的性差（sex）」の対語としてのジェンダーの訳として、「個人的性差」を対語として想起させてしまう「社会的性差」よりも適切だからである。

また「性差」と訳すと文字通り何らかの「差」を想像せざるをえないので、単なる違いという点を強調するため「性別」と訳すことにする。

（三）　文化的性別（ジェンダー）と差別

ところで文化的性別（ジェンダー）は歌壇内外で基本的に否定的に扱われ、それをなくしていくこと（いわゆる「ジェンダーレス」）が「進歩的」と考えられることが多い。しかし性、年齢、民族性などの属性から物事を理解したり、自己の属性を自覚し、生かしていくことは、必然的に差別に繋がるのだろうか？

「差別」は「偏見や先入観などをもとに、特定の人々に対して不利益・不平等な扱いをすること。またその扱い」（『スーパー大辞林3・0』）と定義されている。ここで問題となるのは、「偏見や先入観」、そして「不利益・不平等な扱い」とは何か？ ということである。

たとえば体力差を前提としておこなわれる女子マラソン、シニアマラソンなどの競技は差別なのだろうか？ また民族性（エスニシティ）を自覚しておこなうエスニック音楽、エスニック料理などは否定されるべきなのだろうか？

差や違いが存在する（ことを認める）ことと差別とは同じではない、のではないだろうか？

（四） I・イリイチのジェンダー擁護論

脱学校論などを主張しているI・イリイチは、近代化以前は男女の対照的、相互補完的な、ジェンダーに基礎をおく自立・自存の生活が存在していた、としている。そしてむしろ、産業化された経済において中性的な人間が生まれ、「単一の性（unisex）」になっていくことが人間の豊かさをなくさせていく、と批判している（『ジェンダー』一九九八）。

イリイチのジェンダー論は西欧に関する歴史研究が中心で、脱学校論と同様に現代日本社会に直接当てはめるには抽象的なところがあり、さまざまな批判があることも認識している。しかしイリイチのジェンダー論をただ保守的、差別的として、その近代批判を背景とした問題提起もふくめて全否定することも問題があると言わざるをえないのではないだろうか。

（五）文化的性別（ジェンダー）と短歌の可能性

たとえば次のような短歌は、性別をもとに、体性感覚からうたった、文化的性別（ジェンダー）に関わる歌と考えられる。

キシヲタオ……しその後（のち）に來んもの思（も）えば　夏曙（あけぼの）の erectio penis(2)

岡井　隆『土地よ、痛みを負え』一九六一年

男らは皆戦争に死ねよとて陣痛のきはみわれは憎みゐき

辰巳　泰子『アトム・ハート・マザー』一九九五年

このように短歌の詠みにおいて、強制ではなく個人が選択をして、性的マイノリティも含め

て、文化的性別（ジェンダー）を自覚し、それを生かしてうたっていく可能性も考えられるのではないだろうか？

　また読みにおいても、差別には十分注意しなければならないが、これまでの短歌史のなかで手弱女（たおやめ）ぶり、益荒男（ますらお）ぶり、女歌などの視点から短歌を読んでいくことは作品理解を深めてきたし、今後もその可能性がある。[3]

　またさらに日本語で書かれた短歌を詠み、読むことは、日本の民族性と切り離すことはできず、その功罪を考えていく必要があるだろう。[4]「私は一人の個人なので性別や民族性などの属性は関係がない」という言説は、それらの属性の功と罪を見失う危険性もあるのではないか、と思うのである。

　なおイリイチやM・フーコーが歴史研究をおこなっていることからも示されるように、文化的性別（ジェンダー）も歴史的に形成され、変化してゆくものである。しかしあまり遠い未来について議論しても抽象的になってしまうので、現代短歌については、現在存在する[5]（と考えられる）文化的性別（ジェンダー）について、将来の可変性も前提にしつつ議論する、というスタンスで意見交換できれば、と願っている。

（六）　阿木津英の先行研究

短歌界でのジェンダーの先行研究としては、阿木津英の諸著作があげられる。

たとえば阿木津の『短歌のジェンダー』（二〇〇三）では、美術史の千野香織などが参加したジェンダーの問題を論じたシンポジウム、対談の記録が載せられている。

ただ阿木津はイリイチのジェンダー論とは距離をおきたいようで、「文化に固有な自生的、自俗的」という意味の「ヴァナキュラー」を重視し、基本的に「ヴァナキュラー・ジェンダー」という用語をもちいている。そして釈迢空（折口信夫）の女歌論に着目し、それをヴァナキュラー・ジェンダー論として読み解くことを試みている（『折口信夫の女歌論』二〇〇一）。

また二〇世紀短歌の歴史を考察し、「女の歌」の「男の歌に従属するのではなく、男の歌に対抗する歌」を模索している（『二十世紀短歌と女の歌』二〇一一、七三頁）。そして上野千鶴子、江原由美子らの迢空の否定には批判的で、「日本にフェミズムやジェンダー平等がいつまでも浸透しないのは、ジェンダー論があまりにも欧米理論援用に偏り、それゆえ日本社会の構造の根底に切り込めず、それを揺るがすことがないからだ」と語っている（「『ジェンダー』という語の出現と女性の歌」『短歌研究』二〇二一年八月）。

（七）　茂吉と迢空の万葉歌の読み

また阿木津は文化的性別観(ジェンダー)の異なる読みとして、万葉集の歌に対する斎藤茂吉と釈迢空の読みを紹介している（「第一章　第一部提言①　折口信夫〈女歌〉論のはらむ問題」『短歌のジェンダー』）。

我(ワ)を待つと　君が濡れけむあしびきの　山の雫に　ならましものを
石川朗女(いしかわのいらつめ)『万葉集』巻二

斎藤茂吉「媚態を示した女らしい語氣の歌である。朗女の歌は受身でも機知が働いてゐるからこれだけの親しい歌が出來た。」（『萬葉秀歌』一九三八）
釈迢空「語だけは飽くまでもやさしく、表面は充分男の気持ちをひっぱって、実は断然として拒絶している」（「女流短歌史」『歌の話・歌の円寂する時　他一篇』二〇〇九）

これらの読みについてコメントさせていただくと、茂吉の読みは、阿木津も「当時の受け取り方の水準をしめす」と言っているように、朗女の機知は認めつつも限定的な文化的性別観(ジェンダー)による解釈、と言わざるをえない。
それに対して阿木津は、迢空の読みについて「女の機知による手管と、男に容易には従わない強さを見てとっていくわけです」(『短歌のジェンダー』二二頁）と肯定している。

そして迢空は、歴史的背景として歌垣を例示しつつ、「古代の歌の表現目的の大きな一つは『かけあい』という儀式」(「女流短歌史」九八頁）であり、女性は「優れた相手が現れて、戦いかけて来ると、えらい力を発揮する」(同、一〇二頁）としている。また「こう言う、男を衝き放したような、古代の女性の歌が、万葉には、沢山残っている」(同、一〇三頁）と言っている。

そして私としては万葉集の歌をここまで解釈ができるのかという判断は、現時点では保留にしたい。この歌の場合、結句の〈ならましものを〉の読みが問題となるだろうが、迢空自身が「ましは現在の事実に反対の事を想像する時に使うのだから、山の雫にはならなかったのを残念がったような言い方になっている」(同）と言っている。[6] したがって、「実は断然として拒絶している」(同）と言い切れるのか、国文学の立場からの意見も聞きたいところである。

いずれにせよ阿木津の評論は、文化的性別観の問題を古代の歌の読みの問題として提示しているので重要な先行研究と言える。

(八) 短歌の詠み、読みの可能性

短歌の世界では実作者でもある評論家がほとんどだが、それはどちらかというと否定的に語

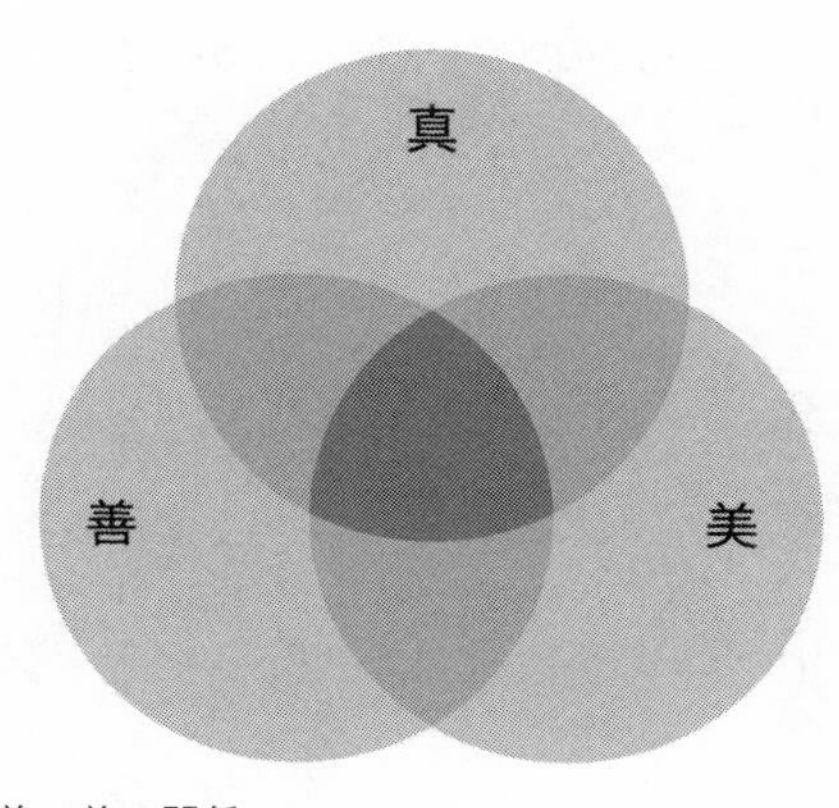

図 6-1　真・善・美の関係

られてきた。しかし他ジャンルと比較して、より作品に密着した議論が生まれる可能性も考えられる。

また古代からの文化遺産なので、近代以前の作品や論の考察や、近現代の相対化なども期待できる。

私も年齢や時代とともに文化的性別観（ジェンダー）は変化してきたので、多くの人と詠み、読み合い、短歌史に豊かな果実が生まれることを願っている。

（九）真・善・美の関係

学問的、認識的に真なるもの、道徳的、倫理的に善なるもの、そして芸術的、審美的に美なるものという三つの価値をあらわす真・善・美という概念がある。これらは、図6-1に示されるように、互いに交わり、二つずつの共通部分、三つ全ての共通部分を形成するが、互いに完全に重なり合うことはない、と考えられる。

したがって学問的、認識的に真なるものが、必ず芸術的、審美的に美になるわけではない。また、文化的性別観（ジェンダー）に限らないが、社会的、道徳的、倫理的に必ずしも善ではない歌などが、芸術的、審美的に美なる場合も考えられる。

この点に関連して寺井龍哉は、「（前略）作品の主体が持つ価値観に公正さを求める読み手は多く、矛盾や非合理性が許容され難い現実がある」と語っている（「シンポジウム『短歌これからの一二〇年』」「心の花」二〇一八年一一月）。

またSNS、ポリティカルコレクトネスなどを背景とした「価値観の変化をどう捉えるか」という座談会で、司会（編集）の、短歌が「どんどん作りづらくなるのではないですか」という問いかけに対して、黒瀬珂瀾は、「詠んでいいと思いますよ。時代に反すると思っても、その意識から歌を組み立てていけば」と語っている（「短歌年鑑　二〇二二年版」角川、一八九九、一九〇頁）。

四　システム化と喪失されるもの

（一）システムという概念

一般に「システム（system）」は、「多数の構成要素が集って有機的に秩序ある関係を保ち、一つの目的の仕事を果す機能または組織体」と理解されている。そしてあらゆる分野における

「目的達成のために最も能率のよい組合せをつくろうとする考え」から、システムへの注目が集まっていった、とされている（『ブリタニカ国際大百科事典』）。

また社会学において「社会システム」という概念は、もともとは物理システム、有機体システムなどの自然科学の概念が起源となっている（『新社会学辞典』）。

そしてシステムにはマクロな全体とミクロな個人の行為との相互関係があるが、一般にはマクロな全体からミクロな個人の行為への影響が「システム化」として問題化されることが多い。

（二）　新しいシステムと抜け落ちる要素

新しいベンリなシステムは、基本的に「マクドナルド化」のようなアイデンティティ形成に対する問題を抱えつつ、既存のものに対して代替的に現れてくる。

家でおこなわれてきた食事提供の機能が外部化・商品化され、コンビニエンスストア（ベンリな店）でおにぎりやお茶が売られるのがその例である。商品は、にぎる、お茶を入れる、お総菜を作るなどの手作業の手間が省かれ、出来上がってすぐ食べられる状態になって棚の上に出現してくる。逆に店員の手のイメージやぬくもりが残っていれば食べづらいのである。

こうして家での食事、癒し、さらにセックス、子どもや老人の保護などの多様な機能が外部化・商品化されてゆき、家の外部で、手間暇（てまひま）が省かれ、ベンリに手に入れることができるようになってゆく。

ところで新しいベンリなシステムが現れると、それまでの状態から抜け落ちる要素があることを忘れてはならない。例えば穂村弘の『世界音痴』(二〇〇二)の表紙にもなっている回転寿司の回転の中へ消えてゆくものは、店員との会話である(マニュアル化したコミュニケーションはあるが、寿司職人の手さばきを見つつの、なじみの客としての会話などは消滅する)。「煩わしい」会話は排除されるので、客の「回転」も早くなり、店も客も時間を節約でき、コストも下がるのである。

前述したコンビニでも、店員との会話は基本的にマニュアル化したものになってゆく。

またインターネットという利便性が高いコミュニケーションにおいても、対面的な会話から抜け落ちてゆくものがある(7)、と考えられる。

(三)「コンビニ人間」の限定的目的合理的行為

コンビニについては斉藤斎藤の客としての違和感をうたった歌〈「お客さん」「いえ、渡辺です」「渡辺さん、お箸とスプーンおつけしますか」〉(一〇四頁)や、穂村弘の「内なるコンビニ的圧力との戦い」(一四九頁)の評論があり、西村曜の『コンビニに生まれかわってしまっても』(一六七頁)という名の歌集もある。

そして村田沙耶香の『コンビニ人間』（二〇一六）では、店員としてコンビニに完全に適応した古倉という三六歳の独身女性が描かれている。彼女は「朝になれば、また私は店員になり、世界の歯車になれる。そのことだけが、私を正常な人間にしているのだった」（二二頁）というアイデンティティを自認している。

ところでM・ヴェーバーは社会的行為の類型として「目的合理的行為」を提示し、そのような行為をする人間は「目的、手段、附随的結果に従って自分の行為の方向を定め、目的と手段、附随的結果と目的、更に諸目的相互まで合理的に比較秤量（しょうりょう）する、としている（「第二節　社会的行為の種類　第四項」『社会学の根本概念』一九七二、四一頁）。

そして古倉の場合は社会における「正常な人間」が行為の目的であり、その手段としてコンビニ店員（の仕事）が存在するわけである。しかし古倉の目的合理的行為は、小学校の時に男子のケンカを止めるためにスコップで頭を殴ったこと（『コンビニ人間』一〇—一一頁）に示されるように、目的（ケンカを止める）と手段（スコップで頭を殴る）、附随的結果（男子がケガをする）の「比較秤量（しょうりょう）」を著しく欠いた「限定的目的合理的行為」(8)と言わざるをえない。しかも本人は、他の手段や起こりうる附随的結果を想像しないという自分の目的合理的行為の限定性に全く無自覚なので、自分はなるべく社会からの期待に合わせるように「合理的」な行為をしているという自己肯定感が揺るぎなく存在し続けているのである。

（四）セックスの「サービスシステム」の展開

村上春樹『1Q84』（二〇〇九）には、「月に一度か二度」「床屋に行くのと同じ」ように娼婦を買う牛河という男が描かれている（「第19章」「BOOK3」）。

また主人公の一人の天吾は「週に一度三時間か四時間をともに」過ごす人妻の「性的なパートナー」を持ち、「それ以上女性に対して求めるべきものはなかった」と描かれている。そして「同年齢の女性と知り合い、恋に落ち、性的な関係を持ち、それが必然的にもたらす責任を抱え込むことは、彼のあまり歓迎するところではなかった」とその理由も示されている（「第20章」「BOOK1」）。

これは「性愛」から「愛」（そしてその附随的結果としての責任など）を喪失させた、「性」の快楽への限定的目的合理的行為といえる。そして牛河からその年下である天吾への変化は、その手段が古代からあるといわれている商業的制度から、個人間の「契約」によるパートナーという非商業的でパーソナルなシステムになってきている、ということができる。

そして現代短歌においても、さすがにセックスの「サービスシステム」に関わる歌は少ないが、さまざまな性愛を主題とした歌がうたわれている。

（五）「社会適応」への評価

『1Q84』の後半で天吾はずっと思い続けてきたもう一人の主人公の青豆と二〇年ぶりに再会を果たす。そして不特定多数との性の快楽への限定的目的合理的行為をおこなっていた青豆も、天吾と再会したことにより「私たちが二度とこの手を離すことはない」と誓い、二人で危険を冒してでも「別の世界」へ出発することになる（「第29、30、31章」「BOOK3」）。

一方『コンビニ人間』の古倉は、同棲をし、コンビニをやめて就活を始めたが、「私は人間である以上にコンビニ店員なんです」（一四九頁）と言い、結局はコンビニの世界へともどっていく。

この約一〇年をへての小説の結末の変化はいろいろな解釈ができるだろうが、天吾たちは「別の世界」へ出発したのに対し、古倉はコンビニ店員であること自体が自己目的化してコンビニにとどまったので、古倉の方が「社会適応」をしている、とは言える。ただし「社会適応」という概念には社会の方が正しい、（したがって）適応はしなければならない、という含意[9]は本来はないので、既存の社会の方に問題があると考えれば天吾たちのような選択の方が肯定されるのである。

（六）　文明というシステム化・〈殺し〉の「コンビニエンス化」

さまざまな行為をベンリに代替するシステムは、「歩く」代わりに人を運ぶ馬、車、船、飛行機のシステムというように、文明とともにあらゆる分野に広がっていった。

G・リッツアは『マクドナルド化する社会』のなかで受精、妊娠などのプロセスへのハイテク技術の使用、死亡ケア産業などの例を示しつつ、生と死もシステム（マクドナルド）化している、と指摘している（「九章　マクドナルド化の最先端分野――誕生、死亡、そしてそれ以後」）。

現代短歌でも親を介護施設に入れることへの葛藤などは、多くの歌人がうたっている。

また死に関する歴史を振り返ってみると、〈殺し〉[10]の「コンビニエンス化」を考えることができる。素手で首を絞めたりして人を殺すことは身近に相手の悲鳴なども聞こえてしまい、精神的にも、肉体的にも大変な「手間」がかかる。しかし石、（ラスコーリニコフも使った）斧、銃、爆弾などのベンリな道具により〈殺し〉が「コンビニエンス化」されていけばほとんど苦痛を感じることなく大量に人殺しができる、ことは現在までの歴史が証明しているとおりである。

前述したように伊藤一彦〈爆殺よりわづかに早き爆死ゆゑ人の死を見ず人の死知らず〉には自爆テロへの批判が読み取れる（一三五頁）。また森本平は戦争と虐殺の歌を論じている（二五五頁）。

そして加藤治郎は、前衛短歌の岡井隆のように私性（わたくしせい）をかえて、連作「ザベルカ」で広島に原爆を投下する過程をうたっている。

一九四五年八月六日。
神に武器ありやはじめて夏の朝気体となりし鉄と樹と人
『サニー・サイド・アップ』一九八七年

この歌では最初に句またがりで〈神に武器／ありや——〉と問い、歴史上〈はじめて夏の朝〉、〈鉄と樹と人〉を〈気体〉にしてしまった、人間が造り出したベンリな〈武器〉（原爆）による約一四万人の〈殺し〉をうたっている。

（七）「資本主義の精神」と数量化

M・ヴェーバーは「資本主義の精神」の史料として、B・フランクリンの「時間は貨幣だということを忘れてはいけない。（中略）信用は貨幣だということを忘れてはいけない。（中略）五シリングの価値にあたる時間を無駄使いすれば五シリングを失い、五シリングを海に投げ捨てるのと少しも変わらない」という言葉を引用している（「第1章　問題　2 資本主義の『精神』」『プロテスタンティズムの倫理と資本主義の精神』（改訳、文庫版）一九八九、四〇、四

二、四三頁）。

このようにヴェーバーは時間や信用を貨幣として換算していくことを「資本主義の精神」の例として示しているが[11]、現代社会ではこの換算され、数量化されたものがベンリに比較可能、使用可能なものとして、貨幣だけではなく、偏差値、視聴率、発行部数、会社内からスポーツまで浸透するポイント制（評価）、ネット上の「いいね」の数などとして幅広く権威を持つようになってきている。

しかし、たとえば音楽を聴くことと食事をすることは全く別のことで、どちらが多い―少ないなどと比較はできない（ことは当然のことである）[12]。しかし資本主義社会に生きるわれわれはもう無意識に比較できることを前提として[13]、この千円でCDを買おうか？ レストランへ行こうか？ などと悩むわけである。

俵万智〈感染者二桁に減り良いほうのニュースにカウントされる人たち〉（一九九頁）などは、この数量化（カウント）という問題をうたっている、と読むことができる。

（八） 短歌からの問いの可能性

システム化は日常生活の制度や意識などのあらゆる領域に浸透しているので、なかなかそれを意識化し、対応していくことが難しい[14]。

しかしこれまでみてきたように、歌人は日常生活での店員の言葉、テロ、ニュースでのカウントの仕方などに違和を感じ、問い、うたっている。また連作で原爆投下をうたったり（三〇九頁）、「システムの暴力」とそれに対する「歌の抗力」を考察する評論（二一一頁）などもみられるので、今後とも意識的、無意識的にもシステム化の問題を問う歌と評論を期待していきたい。(15)

三節　「私」≒〈私〉の私性（わたくしせい）と「私」の希薄化

一　「私」（作者）≒〈私〉（作中主体）の現在

現代短歌の私性（わたくしせい）は、平成口語先鋭化ニューウェーブなどの短歌作品や、「七、八割くらいの現実の体験」「七、八割くらいの事実」「ほぼ本当に感じたこと」「ほぼ本当に思ったこと」を詠んでいる歌人が最も多いという「歌人調査」（二〇一一）の結果などによれば、「私」（作者）≒〈私〉（作中主体）という傾向がみられた。

二　私性論の展開

私性論としては、今井恵子の和文脈研究などの人間主体が立ち現れない歌の問題、寺井龍哉の（作者と読者の交感による）公共性の問題、斉藤斎藤の私性を変えてうたった短歌作品と「当事者－では－ない性」などの問題などが提起された（二〇一〇〜二一年）。

また本書でも情報による「私」へのアクセスという観点から、四章三節三―（二）で読みの二段階として①作品読み、②付加情報読みを提示した。

うたわないという私性、ホームレス歌人への着目（二〇〇〇年代）、〈私のパーツ化〉、短歌に関わる役割についての問題提起（二〇一〇〜二一年）などもおこなわれた。また新人賞受賞作品に対して、その私性が問題になったりした（一九八〇年代後半、二〇一〇〜二一年）。

三　「私」の希薄化とその背景

「私」≒〈私〉の私性の背景には現実の「私」の希薄化がある。

家庭、学校・職場、地域などのアイデンティティを保護・育成する機能は低下しつつある。そして新しいベンリなシステムは、基本的に「マクドナルド化」などのアイデンティティ形成に対する問題を抱えている。

またインターネットは利便性、双方向性があるが、匿名性により本名、職業などを開示せずに、複数のパーツ化した「私」を発信できるので、「私」の拡散、希薄化に親和的になっている。そして四章三節一―（二）の時制の多様化で考察したように、現代社会では「今」という時間も希薄化しているのである。

四　私性（わたくしせい）未来試論

今後とも「私」≒〈私〉の状態は続く、と考えられる。なぜならこの私性（わたくしせい）は、作者は虚構の出来事を詠み込む自由を確保できて歌材が拡大し、また体験や事実に基づいてもうたえるので利便性が高いからである。もちろんこれは全体の傾向であって、「私」＝〈私〉あるいは「私」≠〈私〉から秀歌が生まれる可能性を否定しているわけではない。

なお「私」≒〈私〉の問題点としては、「私」≒〈私〉を認めるにしてもその程度は人により異なるので、「私」↑〈私〉において読者により読み違いが生じやすいことである。特に新人賞という特別の場で読み違いが生じ、問題化したのは本書でみてきたとおりである。

この問題への対応としては、歌集の跋文（ばつぶん）などで開示したい＝読者に読みの前提にしてもらいたい付加情報を示すことが考えられる。現代短歌（一九八五〜二〇二一）のなかで跋文は変化してきた。その初期においては、特に第一歌集は結社の「先生」の跋文が掲載され、作者の職業、人となり、歌の特徴（読みのポイント）などの情報が示され、作者と歌集を歌壇へ紹介する機能を果たしていた。

しかし最近の第一歌集は、若者の結社加入が減少したこともあり、「先輩の栞」はみられるが、「先生の跋」はあまりみられない。また作者が書いた「あとがき」はあるが、学校歴、職業などの個人情報はあまり書かれない傾向がある。そして歌においても友だちはうたわれることはあるが、職業などについては不明な点が多い。これは以前より個人情報の開示に慎重になっていること、また情報を開示し歌の題材にするほど職業、家庭などにコミットしていないため、と考えられる。

四節　文化の重要性と合理化による意味喪失

一　文化の重要性と政治・経済との関係性

(一)　文化の重要性の増大

社会を政治（力）、経済（金）、文化（シンボル）[16]の領域に分けてみると、基本的に短歌は文化の領域に属する。

文化は社会の中で重要な領域になってきており、一九八五年から二〇二一年の就業者の産業別構成の推移をみると、第一次産業、第二次産業は減少しているが、第三次産業は五六・八％から七三・〇％へ増加している（日本統計協会『統計でみる日本　２０２３』）。第三次産業には直接文化に関わらない産業も含まれているが、たとえばユーチューバーなどは、第一次産業のように自然から一次的に米や魚を取ってくるのではなく、第二次産業のように車などのモノを製造するわけでもなく、映像と音によって利潤を得ているので、広義のサービス産業としての第三次産業と言える。またアニメ、映画、音楽、出版など特に「創造」に関わるものを「クリエイティブ産業」と呼ぶ場合がある（『現代社会学事典』）。

また文化が重要性を増すにつれ、文化（意識）に関わる問題として差別、偏見、ハラスメントなどをふくむ性、年齢、民族性などの属性に関わるアイデンティティ意識が「社会問題化」してきている。

（二）政治・経済・文化の関係

政治（力）、経済（金）、文化（シンボル）の三領域の間には、さまざまな関係が成立する。

政治、経済は文化の有用性あるいは反有用性を量りつつ、文化を植民地化しようとする場合がある。オリンピックという文化が、政治日程などの政治的文脈、経済効果などの経済的文脈で問題となっていったことは記憶に新しい。また文化も宗教国家のように政治領域へ侵入しようとする場合がある。

短歌などの文化に関わっている者は、「日本学術会議の新会員任命拒否に反対する声明」（一八三頁）を出したように、常に文化の自律性を守り、政治、経済との適切な関係を問い続けなければならない。

二　ヴェーバーの提起した合理化と意味喪失の問題

（一）　合理化という問題

現代にも通じる近代化における問題を分析した社会科学者としては、K・マルクス[17]とM・ヴェーバー（一八六四～一九二〇）をあげることができる。M・ヴェーバーは合理化（rationalization）を考察したが、合理化とは「対象のあり方を一定の基準によって整理し再構成すること」と定義される。「経済学ではそれによる効率化が肯定的に評価されることが多いが、社会学では費用や効果を測る基準がさらに問題化され、その恣意性が議論される」。そしてヴェーバーは「脱呪術化」などの概念をもちいつつ、法、経済、学（科学）、宗教、音楽らの芸術などの合理化[18]と、その相互の葛藤を分析している（「合理化」『現代社会学事典』）。

（二）　死と生の意味喪失（Sinnlosigkeit）

ヴェーバーは文化について、次のように語っている。

「農民」や「封建社会の領主や戦士たち」は「『生きることに飽満（ザット）して』死ぬことができた」。それに対して近代の「『教養』人のばあいには」「『生きることに倦怠（ミューデ）する』ことはありうるが、一循環が完結したという意味で『生きることに飽満する』ことはありえない」。「死という『偶然的な』時点で——その個人にとって——意味ある終末に到達しているかどうか、それには何の保証もないのである」。

そしてこのような「死の無意味化こそが、ほかならぬ『文化』という諸条件のもとにおいて、生の無意味化を決定的に前面に押し出したのだということとなる」。「『文化』なるものはすべて、自然的生活の有機体的循環から人間が抜け出ていくことであって、そして、まさしくそうであるがゆえに、一歩一歩とますます破滅的な意味喪失へと導かれていく」（「現世拒否の諸段階」「三　世界宗教の経済倫理　中間考察　宗教的現世拒否の段階と方向に関する理論」『宗教社会学論選』一九七二、一五六—六〇頁、原著は一九二〇～二一年。なお引用に際し、少し文章の順を変えている）。

このようにヴェーバーは、人間が合理化の過程で「生きることに飽満（ザット）」できた自然的生活の有機体的循環から抜け出てしまったことにより、意味ある終末が不明となって死の無意味化が生じ、生の無意味化が進行した、と論じている。つまり死が恐いのではなく、無意味に死ぬのが恐いのではないか、という問いが生まれるのである。[19]

(三) ヴェーバー研究の地平

(ア) ヴェーバーの日本とアジアの研究

ヴェーバーは、分量は少ないが日本についても封建制を中心に近代の初めまでを対象として、仏教各宗派や神道などを研究している。そしてなぜアジアのなかで日本が最も早く資本主義を発展させたかについて、次のような分析をおこなっている。

「封建日本の状態は」「職業的戦士階層〔武士階層のことと考えられる〕が社会的に最も有力であった」。この「西洋の中世におけるように騎士の倫理と騎士の教養が、」また「西洋古代におけるように現世内的教養が、日本人の実践的態度を決定したのである」。さらにこの「知行(レーエン)関係[20]は、解約可能の強固な契約的法律関係を作り出すのであって」「日本は資本主義の精神をみずから作り出すことはできなかったとしても、比較的容易に資本主義を外からの完成品として受け取ることができた」[21](「四 日本」「第四章 伝道」「第三部 アジアの宗派的宗教類型と救世的宗教類型」『世界諸宗教の経済倫理Ⅱ ヒンドゥー教と仏教』二〇〇二、三八一、三八二頁、原著は一九二一年)。

そして「アジア的宗教類型の一般的性格」も考察し、「アジアは、原則として、諸宗教の自由競争の地」(「第九章　アジア的宗教類型の一般的性格」四六一頁)であった、としている。また知識の「教育」と「認知」に関連する考察で、西洋の「自然と人間との合理的支配を可能にする経験科学的認識の合理的な提示と学習」(同、四六四頁)に対して、東洋では「自己と現世とに対する神秘的呪術的な支配の手段、つまり霊智」(同)があり、それは「方法的に規則化され、極めて緊張した瞑想によって達せられるものである」(同)としている。[22]

(イ)　ヴェーバー研究の見果てぬ地平

以上のヴェーバーの研究は、『宗教社会学論集』全三巻のなかで文化研究(「中間考察」『宗教社会学論選』)は一巻、日本を含むアジア研究(『ヒンドゥー教と仏教』)は二巻に収められている。そして一巻の冒頭には、あの「現世肯定・禁欲・合理主義」のプロテスタンティズムが資本主義の発展を促進したことを分析した「プロテスタンティズムの倫理と資本主義の精神」が書かれている。そしてヴェーバーはこの「比較歴史社会学」研究をさらに進めようとしていたが、[23] 病気により五〇代半ばで亡くなっている。

日本の代表的なヴェーバー研究者である折原浩は、[24] ヴェーバーは「学問上は『志半ばにして挫折』」したが、「かれが、人類の行く末を『化石燃料の最後の一ツェントネルが燃え尽きるまで』見通そうとした顰(ひそ)みに倣(なら)い、他ならぬ欧米近代が解き放った生産諸力を、こんどは地球環境の生態学的許容限界内に公正に制御し、後続世代の人類の生存に責任をとる方向で、パラダイム変換と再編成を企てたい」、と語っている（「ヴェーバー、M.」『現代社会学事典』）。

（四）短歌などによる意味付与の可能性

ところでヴェーバーは死と生の「意味喪失（Sinnlosigkeit）」を論じ、神義論を考察しているが、それでは一人、ひとりの人間が、どのように自分の生に「意味付与」をしたら良いのかを具体的に示しているわけではない。また折原浩の研究から、ヴェーバーの著作がヴェーバーの意図とは異なる順序などで編纂されているという批判もある（『ヴェーバー『経済と社会』の再構成――トルソの頭』一九九六）。

そこで、社会学が個人の行為をどうあつかうかは議論があるところだが、ヴェーバーの考察の約百年後の極東の現世を生きる一社会学徒兼歌詠みとしては、以前書いた穂村弘『短歌という爆弾』の書評（朝日新聞二〇〇〇年四月二三日、毎日新聞同年五月一四日）を加筆修正して、終章の最後に記しておくことにしたい[25]。

十歳を過ぎた頃、穂村弘は世界の不気味な違和感を全身心で感じてしまい、まわりのモノがお前は「いつか死ぬ、いつか死ぬ、いつか死ぬ、」と繰り返しているように感じた。そこで

「駅前の大きな本屋に行って、世界の意味が書いてありそうな本を探した」が、見つけることができなかった。

思春期となり「中学に入った頃から世界の不気味さはいよいよ本格化し」、「ラジオ体操の歌が地獄のテーマソングのように感じられ」、眠ってばかりいた。高校生になったが毎朝の通学路で「詰め襟の男子の後ろにセーラー服の女子が横座りになった」自転車がすーっと何台も追い越していくのを、ただ「一匹の眩しい生き物」のように見ていた。

穂村の「肩も背中も首も腿もふくらはぎも」「ごりごりに凝って」いて、「全身は常に『こんな風に存在したくない』という願いを抱いたまま、いやいや〈私〉を構成しているのだった」。

このようにシステム化された社会の中で、何かに責められているように「こんな風に存在したくない」と感じながら息をしている人はたくさんいるのだろう。

そんな一人だった穂村は大学二年の時ふと短歌と出会い、自分でもつくり出す。そしてある日の授業中、歌を書きつけた「カードの束をトントンと揃えていると、ぼんやりと湧きあがってくる感覚があった」。

「あれはまちがいだった。」「あれはまちがいだった。」

「世界を変えるための呪文を本屋で探そうとしたのはまちがいだった。」

「どこかの誰かが作った呪文を求めたのはまちがいだった。」

「僕は僕だけの、自分専用の呪文を作らなくては駄目だ。」

こうして穂村弘は世界の意味を捕まえようとして、「鈍い苦痛と混乱と誤解と失望と無意味の連続」のなかで歌をつくり続け、他人の歌も読むようになっていった。そして「世界を覆すためのドミノ倒しの最初の一個」はわからないままに、「気がつくと、辺りのドミノは倒れはじめていたのだ」。


「あなたがたの心はとても邪悪です」と牧師の瞳も素敵な五月　『シンジケート』

五月晴れ(さつきばれ)の下で、人の心の邪悪を説きながら輝く牧師のジャアクな瞳、たとえば穂村にとって不気味な世界は、このようにうたわれる。こうして、短歌を享受することによって、「ああ、そうか」と穂村は浄化(カタルシス)され、世界はわずかに覆り、組み変えられてゆく。

短歌や、音楽や、小説や、マンガやスポーツ、恋愛や、食べものや、飲みものや、着るものや、家族や友だちや仕事などのそれぞれの人の「好き」が、世界を組み変え、意味付与してゆく自分専用の呪文に成っていければいい。

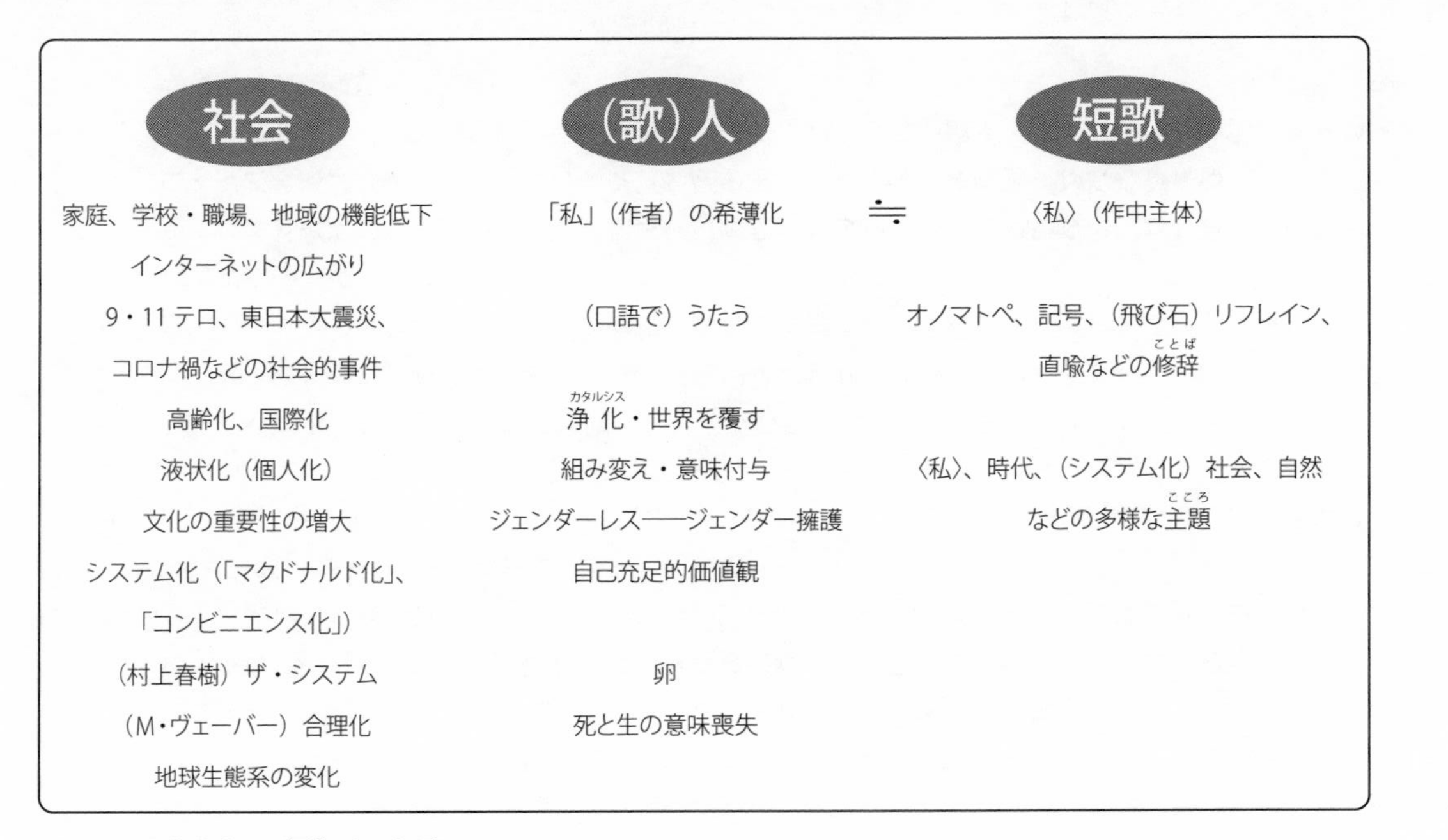

図6-2　現代社会の（歌）人と短歌

＊終章までの議論を図示してみるとこのようになると考えられる。

注

（1）谷岡亜紀は文語と口語を考察し、「文語文法の規範である平安時代はほぼ言文一致だった」（「言葉の位相　12」『言葉の位相――詩歌と言葉の謎をめぐって』二〇一八）としている。そして「現時点での個人的な立場は、いわばソフトな文語脈を基本としつつ、時に口語を織り交ぜる折衷派、柔軟派」であり、「現在多くの歌人がそのような現実的な選択をしている」と言っている。また「上二段・下二段動詞が口語と文語の落差を最も印象づける」とし、自分の美学を大切にしつつ、「始む→始める、食ぶ→食べる、という形で、その部分のみ便宜的に口語を用いるようにしている」（以上、「言葉の位相　14」同）と語っている。

（2）一九六〇年の安保闘争で倒閣した岸信介首相をうたっている。なお岡井によれば〈夏曙の erectio penis〉は「非常にはかないもので、アッというまに過ぎ去っていく海綿体の充血にすぎない、という意味」（「歴史にまなぶ」「短歌」一九八九年一月）と説明されている。しかし外国語のインパクトが強いのでかなりの読者に生命力に充ちた勃起を想像させてしまった、と考えられる。

（3）例えば「かりん」の論客たちが、馬場あき子の女歌論をどう発展的に継承していくかなどは、ぜひ読みたいところである。

（4）これは日本人だから短歌をつくれと強制する意図はないことを理解していただければと思う。また日本人以外が短歌を詠み、読むことや、短歌の国際化を排除する意図もないのである。

（5）ただ一言付言すれば、私は文化的性別（ジェンダー）が全く消滅した未来の短歌や人間には、あまり魅力を感じられないのである。

（6） たとえば寺井龍哉は、以下のようなコメントを寄せている。

「「断然として拒絶している」という見方は無理ではないと思われる。

この石川郎女の一〇八番歌は、直前の大津皇子の一〇七番歌

「あしひきの山のしづくに妹待つとわれ立ち濡れぬ山のしづくに」（あしひきの）山の露に、あなたを待って立っていて、私は濡れてしまいました、山の露に。）

を受けている歌であることに注意する必要がある。

石川郎女は、待っていたのであると言う大津皇子に対して、

「本当にそんなふうに待っていてくださったのならば、その山の露になりたかったのに」

と返しているので、大津の恨み節に疑いを持ち、あしらっているような歌とも読める。

待っていたあなたに逢いに行けばよかったのに、とは歌わないところに、石川郎女の微妙なアイロニーがあると言えるのではないか。

万葉の恋歌においては、男がまず歌いかけ、女はそれを拒んだり、応じたり、何か要求をしたりして、男を試す、という構図があり、恋歌のひとつの典型となっていた。」

（7） この点について私事を書かせていただくと、昔はゼミにあまり来ない学生の家へ電話をすると、だいたい親が出てきたので、二言三言は親と会話をし、家の雰囲気や教員の声音などを相互理解できた。しかし今は携帯かメール、ラインなので、家などの環境に対する情報は排除されてゆく。

また最近は卒論指導も、締め切りが迫ってくるとメールでファイルを往復させて双方向でおこなったりする。これは深夜でもできるので大変ベンリではあるが、昔のお互いの声や表情を確認しつ

つおこなった対面的な卒論指導とは微妙に伝わり合えないものも感じるのである。

　このようなことは歌会についてもいえ、もちろんインターネット歌会はいつ、どこからでも、介護で外出できない者や海外の者も参加できて大変ベンリではあるが、対面的な歌会（と二次会）もなくしてはならない、と思うのである。

（8）最近は「泣ける」小説、「泣ける」映画などの言葉を散聞したりもする。時間とお金をかけているのでそれに見合うだけの「コスパ」を得たいという気持ちもわからないではないが、「諸目的相互まで合理的に比較秤量」を欠いた「限定的目的合理的行為」ではないか、と考えられる。
　また歌人団体が声明（一八三頁）を出した国語教育において「実用」が重視され「文学」が軽視される傾向もこの「限定的目的合理的行為」ではないか、と考えられる。

　この問題について情報学者の西垣通は、「簡単なパズルのような問題を解く論理能力ではなく、共感したり、複雑な感情を読み取ったりする能力、背景にある文化の違いや、裏に隠されている意味を読み取る力は、小説などを読んで疑似体験することによって学べます。（中略）言葉で論理的に明晰に話すことも大事だが、本当の心を読み取る力は職人芸や武道にもつながる古い歴史がある」と語っている（「対談　デジタル社会の行方」「科学技術と人間」毎日新聞、二〇二一年一二月一日）。

（9）ある家へ嫁がれた方が「適応障害」と診断され、必ず適応しなければいけないように言われ続けていたことは、同調圧力が強い国の象徴になっているようで大変お気の毒であった。
　また眠くなったり、「無気力」になったり、「病気」になったりすることは、全てを「不適応」とネガティヴに解釈するだけではなく、世界に対する受信力を弱めアイデンティティを守るというその人なりの「適応」と解釈する可能性も考えなければいけない。

特種なケースではあるが、ソルジェニーツィンは無実の罪で収容所に入れられ、次第に「無気力」になって食事の後も席をゆずらずに座り込んでしまう元海軍中佐に対して次のように言っている。

「だから今のような瞬間は（自分でも気づいていないだろうが）、重要な瞬間なのである。つまり、口やかましい横柄な海軍士官から、気が小さくて、動作の緩慢な囚人に変貌する瞬間である。二十五年の刑期をがんばり通すためには、そういう緩慢さがどうしても必要なのだ。」（小笠原豊樹訳『イワン・デニソビッチの一日』一九七〇、九七頁）

（10）参考文献は、現代短歌研究会『〈殺し〉の短歌史』（二〇一〇）。

（11）なおヴェーバーはフランクリンの「倫理的な色彩をもつ生活の原則」（四五頁）を（近代）「資本主義の精神」の例として示しているのであって、時間や信用を貨幣として換算することだけが（近代）「資本主義の精神」である、ただ時間や信用を貨幣として換算することがあれば（近代）「資本主義の精神」である、と言っているわけではない。

（12）「資本主義」という概念自体、「新しい―古い」資本主義はどこで分けるのか？　対概念は「社会主義」なのか？　などをふくめて考察する必要があるが、本書ではそこまでなしえなかった。

（13）偏差値も同様で、たとえば文章がうまい、駆けっこが速いなどの全く別なことを数量化して、比較したり、加算したりするわけである。これは教師としての私も業務としてやっているわけだが、たとえば入試などでは面接や課外活動なども評価の対象にして、「評価の多様化」を試みたりはしているのである。また受験勉強は、後述する合理化の視点から考察することができる。

また『星の王子さま』でも、「おとなというものは、数字がすき」で、「桃色のレンガでできていて（中略）きれいな家を見たよ」と言ってもわからないので、「十万フランの家を見た」と言わなくてはいけない、などと語られている（サン゠テグジュペリ「iv」『星の王子さま』二〇〇〇）。

（14）学校制度のシステム化の問題に対する対応としては、そのオルタナティブとしてのフリースクールの運動をあげることができる。

（15）このシステム化に関連し、平野啓一郎はデジタル社会の行方について「近代以降の思想で最も成功したものの一つは功利主義だと思う。あらゆることが快不快に立脚して判断され、AIだろうと何だろうとそれで心が慰められるのであればいいのではないかと」と語っている（「対談　デジタル社会の行方」「科学技術と人間」毎日新聞、二〇二一年一二月一日）。

（16）ここでいう「シンボル」とは、幅広く文字、音、映像などが考えられる。

（17）斉藤幸平は現代を「人間たちの活動の痕跡が、地球の表面を覆いつくした年代」（『人新世の「資本論」』二〇二〇、四頁）である「人新世（ひとしんせい）」ととらえ、晩期マルクスを考察し、「西欧資本主義を真に乗り越えるプロジェクトとして、『脱成長コミュニズム』を構想する地点にまで、マルクスは達していたのだ」（同、一九九頁）としている。そして「水や電力、住居、医療、教育といったものを公共財として、自分たちで民主主義的に管理することを目指す」（同、一四一頁）、「〈市民〉営化」（同、二五九頁）をおこなう〈コモン〉を提唱し、バルセロナ、南アフリカなどの実践（同、

「第八章　気候正義という『梃子』」）に着目している。

(18)「マクドナルド化」「コンビニエンス化」そしてシステム化は合理化にふくまれる、と考えられる。それに対して「口語化」は、合理化と並走しているとは言えるが、ふくまれていると言えるかは現時点では保留にしたい。

(19) また宗教学者の山折哲雄は、現代は「生きる」ことが何をおいても最優先され「死は最後の最後まで受け入れない」という価値観が広がっているが、日本の伝統社会では「命は借り物」「生死は表裏一体」という死生観があり、生と死は点ではなく線で繋がっていた、としている（「昭和１桁世代の弔い合戦」毎日新聞、二〇二二年一月七日）。

この生を重視するあまり死を忌避し、結果として死を、そして生をも受け入れ難くしているという視点は重要である。実際にかつての社会では病（やまい）や戦（いくさ）などが多くあり、平均寿命も短かったので、死はより身近に生に繋がっていた、と考えられる。

(20)「知行」とは、将軍・大名が家臣に俸給として土地の支配権を与えることやその土地などを言う。「四　日本」には「世襲の知行（レーエン）（藩）」（三七九頁）という記述がある。

(21) また「日本においてのみ、封建的な発展が主として身分的・武士的な基盤の上ではあれ、事実上『民族的な』共同体意識の萌芽をもたらした」（「第九章　アジア的宗教類型の一般的性格」同、四七六頁）という考察もおこなっている。

(22) また「アジアの救拯（きゅうじょう）論は、最高の救済を求める者を、常に現世の背後にある国へと導く」「この法悦は、アジアの神秘的直観のあらゆる最高の形態において、『空（くう）』――現世からの、つまり現世が揺り動かすものからの空――として体験される」(同、四六四頁)と分析している。そして「一つの中心を目標とする『人格』という西洋の理想は、アジアの最高に発展したあらゆる知識人救拯論によって、それ自体結局矛盾に満ちたものとして(中略)拒否されるであろう」(同、四七二―七八頁)と指摘している。

(23) たとえばヴェーバーは『プロテスタンティズムの倫理と資本主義の精神』の最後部の考察で、「禁欲的節約強制による資本形成」(三四五頁)がおこなわれたこと、そして「富の『誘惑』」(三五一頁)や「古い理想の否定」(同)が生まれたこと、さらに「富が増すとともに(中略)あらゆる形で現世への愛着も増してくる」(三五二頁)こと、「ファウスト的な人間の全面性からの断念」(三六四頁)を指摘し、「禁欲的合理主義の歴史的生成とその純粋な功利主義への解体」(三六八頁)の究明を言及している。

この「現世肯定・非禁欲・功利主義などへ解体的に展開した合理主義」の現代にいたるプロセスの研究は重要である。

(24) 折原は一九六〇年代末の東大闘争で学生側に近い立場をとり、その後も自主講座を開催し、東大闘争に関する著書(『東大闘争総括――戦後責任・ヴェーバー研究・現場実践』二〇一九、他)も刊行している。

(25) むろん個人の意識(文化)における意味付与だけではなく、社会的な政治、経済の領域の変革も連動しなければならないが、本書ではそこまで考察しえなかった。

（遺言的）あとがき

一　本書を書き終えて

（一）　先行研究との比較からみた本書の特徴

何とか本書を書き終えて思うことは、菱川善夫の「美と思想」、篠弘の「自然主義」のような美学や主義・思想を欠いている、ということである。いちおう国際化（三章三節二―（四））、「敬虔な判断停止」（同）、学術会議任命拒否問題（四章二節三）、文明災害（四章三節二―（二）（三））、修辞の口語歌論（四章三節一）、読みにおける二段階（四章三節三―（二））などの論点を整理し、終章ではジェンダー論（二節三）、システム論（二節四）、合理化と意味喪失（四節二）などを考察したつもりではあるが、それらを主義、思想、まして美学などということは適切ではない、と考えている。

それよりも修辞(ことば)・主題(こころ)・私性(わたくしせい)という分析枠組みを作成し、年代、世代ごとに短歌を分析、説明するということに力点を置いた。アンケート調査の分析(五章)をおこなったことなどもその延長線上にある。

このような研究内容についてはさまざまな意見があるだろうが、この美学や思想などから離れて現象の分析に向かっていったことも「口語化」の一環ではないか、ということができる。

(二) 読みと選歌という問題

本書では短歌を分析、説明するにあたって、一首ごとの読みにかなりのスペースを割いている。これは最初から意図したものではなく、歌会での歌評のように書いていったら一首につきかなりの字数がかかったので一人一首を原則にしてまとめていった、というのが実態である。

本書と同じ一九八五〜二〇一一年も対象とした、一歌人につき数十首の歌を掲載したアンソロジーも何冊か出版されている。それらと比較して本書は歌集を上梓していない歌人も含めて多くの歌人を取り上げることができたので、結果的に特徴の一つになったのではないか、と思っている。

また私の読みは五七五七七の韻律を重視し、助詞、助動詞などの言葉の機能をわりと細かく考える傾向があるのだろう。これは「ひろく、深く、おのがじじに」を理念とする竹柏会「心の花」の佐佐木幸綱等との歌会と、本郷短歌会（ほんたん）の学生・院生との歌会の体験が基礎となっている。

歌の読みに関しては、たとえば前登志夫は「歌という詩形のいちばん深い味わいは、分析しようもない気韻であろう。単なる意味性でもなく、思想性でもない。ましてや、はからいなどの利いた面白さでもない。むろんそれらのすべてを含むのであるが、三十一音のうちに溢れる匂いと韻きであろう」（「愚かな回想雑話」「月報12」『馬場あき子全集第三巻』一九九八）と言っている。また最近は口語歌を中心として、あまり五七五七七の韻律を意識せずに、短詩のように上から下まで読み下す傾向もある。

しかし短歌史上の有名歌でも、引用はよくされるが「読み」についてはあまり論じられないところがあり、本書がきっかけの一つとなって現代短歌の歌にいろいろな読みが生まれ、短歌史に豊かな実りが生（な）ることを願っている。

なおこの三七年間にうたわれた膨大な短歌のなかからこの本で取り上げるにあたっては、短歌界の評価と自分の評価のバランスも検討し、序章「おわりにかえて」二—(三)で書いたように、なるべくいろいろな傾向の短歌を取り上げることをめざしたつもりである。

ただどうしても私の短歌観（感、勘？）が反映しているとは思われ、たとえば私は近代短歌では斎藤茂吉、佐佐木信綱よりも北原白秋が好きなのである。また前田夕暮では〈向日葵は金の油を身にあびてゆらりと高し日のちひささよ〉（『生くる日に』）のような有名で、整っている歌よりも、晩年の〈冷肉と青き林檎と食したれば肉體うすら明るし夜は〉（『夕暮遺歌集』一九五一）の方へ心が動くのである。

　これは、そもそも選歌とは何なのか？　それでは複数の歌人（あるいは他の文学者も、そしてＡＩも？　ふくめて）が短歌をフィギュアスケートのように点数化して採点をすれば「正しい」選歌、短歌史が生まれるのか？　という根本的な問題に通じていき、いつかもう少し考えてみたい[1]とは思う。ただこの「あとがき」では、「とりあえず読者の皆さんの判断を仰ぎたい」とのみ記しておくことにしたい。

（三）「口語化」への評価はニュートラル

なお本書は短歌も、社会も「口語化」していると考えているが、それに対する価値判断はニュートラルである。したがって文語をもちいた歌でも、戦争や元号などの「大きな」主題の歌でも、「私」≒〈私〉でない歌でも検討の対象としてきたつもりである。

　全体の傾向と考えられることを分析することは大切であるが、それと個々の短歌の芸術的、審美的な評価は多数決ではないのでまた別である、というのが本書の基本的立場[2]である。

　また社会の「口語化」については、時代やそこに生きる人間がカルクなったなどと批判されることも多い。しかし「大きな物語」がうすれてゆき、今のところ直接的に戦争や虐殺、物理的な内ゲバなどにもあったことはなく、飢えた経験もないことは幸運であった、と残り少なくなってきた人生を振り返りつつ思ったりもしている。[3]

二　メディアの問題と可能性

（一）紙媒体の行方

（ア）総合誌と結社誌の未来

本書では短歌総合誌が最も多く引用されているが、やはりこの現代短歌史（一九八五〜二〇二一）の主要メディアは短歌総合誌であった。[4] 経営を成り立たせつつ、短歌史に残る特集、座談会などの企画をおこなった短歌総合誌と、その注文にこたえていった歌人の方々の努力がなければ本書を書くことはできなかった。[5]

ただ近年は電子メディアが広がりつつあり、紙媒体の総合誌や結社誌の将来は不安視もされている。しかし短歌総合誌でもネットによる読者との双方向のコミュニケーションが試みられ、結社でもホームページやインターネット歌会などが誕生している。将来はネット配信による短歌総合誌、結社誌も誕生するかもしれない。

そして、希望的観測かもしれないが、価値ある企画・編集、そして選歌をしていけば[6]、短歌総合誌、結社誌とも消滅することはない、と考えられる。特に結社誌は利潤を追求しなくてもよいので、ネット配信が進む可能性がある。また短歌界は一般の消費者より高齢で、本への愛着が強いので、紙媒体の歌集の上梓はそう簡単には消滅しない、と考えられる。

（イ）（紙媒体の）歌書の行方

短歌をもっと読みたいのに歌集をはじめとする歌書が本屋で売っていない、近くの図書館にない、という不満は短歌に関心を持つ多くの人が感じるところである。

そこで歌書を刊行した方はぜひ国立国会図書館（東京本館）へ寄贈して欲しい。そして二冊送ると、原則的に一冊を関西館（京都）へ送付するそうなので、頑張って二冊送って欲しい（なお関西館への直接送付は原則受け付けない、とのことであった）。

また歌書をよく受け入れてくれる詩歌文学館（岩手）、古今伝授の里フィールドミュージアム（岐阜）、近代文学館（東京）へも送ると良い。

とにかく歌書を実際に読まないと批評もできないし、何十年後の読者が良き歌や文章を発見して書いてくれる可能性もある。これらの施設は有料の複写郵送サービスをおこなっている所もあるので、ネットなどで住所、蔵書、料金らを検索して、短歌の友人たちと利用するのが良いだろう。

なお歌集再版のシリーズとして、現代短歌全集（筑摩書房）、現代歌人文庫（国文社）、短歌研究文庫（短歌研究社）、現代短歌文庫（砂子屋書房）、セレクション歌人（邑書林）、現代短歌クラシックス（書肆侃侃房）、第一歌集文庫（現代短歌社）などがある。[7]

（二）電子メディアの可能性――ネット上への掲載

電子メディアの可能性として考えられることは、紙媒体で発行した歌書を、ネット上へ掲載できないか、ということである。

特に学生短歌会の機関誌、同人誌などは、収益を積極的に求めていない、出版社や伝統ある結社などよりも消滅のリスクがある、ネットへの掲載の技術は持っている、などの特徴がある。したがって学生短歌会どうしや、文学フリマ（フリーマーケット）に出店している同人誌どうしで話し合い、ネットへの掲載に向けてゆるい集団（ネットワーク）をつくってみることが望まれる。そして、紙媒体で刊行した内容を三～四年後にインターネット上へ掲載する、集団（ネットワーク）内のいくつかの会が活動休止になっても掲載業務は継続するように定期的に話し合って役割配置をする、消滅した会でもその会からの確かな希望があれば掲載を削除しない、などのルールを話し合ってみてはいかがだろうか。とりあえず少数の会どうしからはじめてみて、賛同者が増えれば増やしていくというのが現実的なのかもしれない。[8]

また個人の歌書についても、すでにネット上に掲載された歌集は存在するが[9]、今後はネット上の歌書も原則として加筆修正をしない、出版社と作者の間で紙媒体上梓後〇〇年したらネット掲載を認めるなどのルールをつくる、などが検討課題となるだろう。

(三) 紙媒体と電子メディアの共棲の可能性

メディアはメッセージでもあるがツール(道具)でもあるので、そのメリット、デメリットを考えてどんな世代、地域、経済状態などからでも良き歌にアクセスしやすい環境を形成していくことが望まれる。

これまで歌壇の発展に貢献してきたマス・メディアと、個人が手軽に送信—受信できるパーソナル・メディアとしての電子メディアの共棲関係をどのように形成していくかは短歌界に限らない今後の重要な課題といえる。

ベタな直喩だが、新しい飲み屋ができても美味い酒を出してきた古い飲み屋がなくならないように、またつぶれた店があっても酒はカメに入れておいて誰でも飲めるようにしてもらい、心と体が動くうちは味わい、酔い、語り合いつつ飲み歩きを続けていきたい、と願っている。

インターネットが広がって来ても、ラジオや新聞、雑誌、本が消滅しつつあるわけでもないので、希望的観測も込めて、それぞれの特長を生かす努力によって共棲は可能である、と記しておきたい。

三　今後の短歌史へ向けて――拾遺による本書の脱構築

ところで本書の欠陥はいくつかあるだろうが、やはり三七年間について一人で資料を調べ、書いたので、見落とした短歌、評論があろうことは否定できない。この一時間でさえ地球上に生まれた短歌を全て読むことは不可能である。また誤読、誤解などがあろうという自覚も、むしろ書き終えたあとで込み上げてきている。

そこで熱心な読者には、次のことをこの約二年半以内（二〇二五年一二月まで）にお願いしたい。

一、一九八五～二〇二一年に発表された短歌で、本書に掲載されるべきだと思った歌を「作者、短歌作品、出典（掲載された歌集名、雑誌名ら）、出版年、推薦理由（鑑賞）」を記して送ってほしい。なお歌集丸ごと送られても構わないが、〇と注記をつけるなどをして一〇首選ぐらいにして送ってくれると有難い。自薦も受け付けています。

二、同時期の本書に取り上げるべき評論らがあれば、なるべくそのコピーとともに「作者、出典（評論集名、雑誌名ら）、出版年、取り上げるべき理由」を記して送ってほしい。

三、本書で修正すべき部分があれば、その頁を示し、理由を記して教えてほしい。

四、その他に本書へのご意見、感想などがあれば、これは上記期日に限らずに、どうぞいつでも送っていただきたい。

なお送られる方は、お名前（ペンネーム可）はなるべく書いていただきたい。ただし鑑賞らを引用する場合に匿名を希望される場合はその旨を付記して欲しい。そして連絡先もなるべく書いていただきたい。なお送られたものは必ず読むが、全てについて返信することはご容赦願いたい。

送り先は奥付に書かれたはる書房の住所気付、あるいは大野のメールアドレス（添付ファイル可）へ「短歌史拾遺宛」と記しお願いしたい。

これらの新資料をもとに本書を脱構築し、「本書の拾遺」を世に出していきたい。その方法については、書籍として上梓できれば良いのだろうが、私の健康&経済状態などに左右されざるをえない。ただ私の知的体力などが極度に衰えていなければ、二〇二六年以降に、ネット上などを含めて何らかの「拾遺」を世に出したいと思っている。

四　someday in the life

松が岡　ホ・コ・ウ・ク・ン・レ・ンする友の母の手をとり歩む砂道

故郷の湘南で宮沢賢治の教えどおりに毎日玄米を食べ、約二年半をかけて本書をリライトしてきた。感染対策に注意しつつときどき図書館、喫茶店、[10]飲み屋などを回遊する、予備校にも行かない宅浪のような生活であった。コロナのパンデミック（世界的大流行）で世間も外出自粛だったのであまり社会的閉塞感は感じなかったが、まあ沈むように、溶けてゆくように、ひとりの空が広がる日々であった。

原稿にゆきづまると、パソコン画面上にYouTubeを開き、ジャイアント馬場等のプロレス、モハメド・アリのボクシング、あいみょん等のJ-pop、そしてLET IT BEを視たり、聴いたり、眠ったりした。

海岸通りからは本屋が消えて薬屋が増えたが、子どものころには気がつかなかった創業五〇年以上の和菓子屋などもあったりする。東京よりも金平糖が小さくてきれいだ。子どもも東京よりよく見かけ、手を振るとふり返してくれたりもする。同級生の母親で九〇代でご健在の方も数人おられ、子どものころに読んだ短歌を口にされたりするので短歌の魔法の魅力をあらためて実感する。

うな重のタレが沁み入る午後深く昼眠（ちゅうみん）に伏す海岸の草

牛丼屋で茂吉先生にあやかって鰻を食（は）む。ウーロン茶に地焼酎「かわせみの詩（うた）」を補充したペットボトルを自転車のカゴに乗せ、鵠沼海岸へ行く。草に座すと昼酒心身をめぐりて、体傾き、「あやしうこそものぐるほしけれ」ば「心にうつりゆくよしなしごとを、そこはかとなく書きつく」。

「インフレよ！　降れーーー」という雨乞いが、（お国の将来が不安なのでなるべくお金は使わないという「人々の考え方や慣行」がいけないらしいが）えーえんと続いている。収入も上がるのならまだいいのかもしれないが、日本よりまだ物価が安い国も多いことだし、キャベツ（神奈川県産・二分の一カット、本体）＝九七円のままで良いような気もするが、どうなんだろうか？？

さいわい個人的な借金はないようだが、国民一人あたりの借金は一〇〇〇万円近くあるらしい、が、いや国民が選んだ選良と国家試験を突破した優秀な官僚が仕切っているこの国でそのような天文学的な借金はありえず、こればどう考えても酔いと惚けのせいで五ケタくらいの覚え違いをしている、に　違い　な　い……。

海風が生ぬるく心身にまといつき、トンビに背後からチキンフライを奪い飛び去られ、酔い覚ましに津波避難塔を背にして、チャリで駅前のＡＴＭへ向かう。

絆創る　夕の公園指伸ばし子のひざに貼る絆創膏よ

ゆうちょで年金を下ろし、公園でチャリから降りる。子どもたちが走ったり、ころんだり、登ったりしている。

酔いが少しずつ冷めてゆき、夕闇とともに気弱になってゆき、封筒から三分の一ぐらい引っ張り出した年金の一万円札（複数形）を撫でる。年金がなければ生活ができないが、これは、あのツボ型の遊具のオリの中で子どもたちの上に乗っているようなものなのか？　などと幻想したりもする。

おかげさまで私も本書を書いている間に高齢化問題の批評者から当事者へと上昇し、介護施設にも入れられて「社会的弱者としての高齢者」も体感した。「高齢者」という社会的属性について考えてゆきたいし、自分の体験の作品化も試みたい、と願っている。

歌人たるもの身に降り注ぐ不幸も歌のネタとして、転んでも歌を詠んで起きることが大切である。

そして本書で提起した問題から、批判も含めて、さまざまな議論が起こり、短歌史にいろいろな果実が生まれることを願っている。

個人的には、コロナ禍という文明災害以降の、文化的性別（ジェンダー）、「システム化」（「合理化」）の問題もふくめた文明の見直し、個人や地域の生活からの「つぶやく私」の発信の可能性などを考えてゆきたい。そして和文脈のような主語が希薄な日本文化の功罪をふくめた特徴について、自然との調和などに着目しつつ、近代短歌の「敬虔な判断停止」に陥らないように注意しつつ、考えていきたい、と願っている。

また短歌以外の文学、たとえば漱石などについても考えていきたい、と願っている。

そういえば菱川さんは、「批評家というのはどこかで夢を語るというのかな、夢を綴らなくてはいけない、人間の残された夢を語っていく責任がある」（「現代短歌評論賞選考座談会」「短歌研究」一九八五年一〇月、四九頁）とおっしゃっていた。

令和4に舞うウクライナ蛍はも

子どもたちの「なんのために　生まれて　なにをして　生きるのか」（やなせたかし作詞「アンパンマンのマーチ」）という歌声を聞きながら公園を出る。ゆらんゆらんと自転車を引きて、幼稚園からの友だちが経営している Art Gallery LOS PINOS & Café へ入る。

ニュースを観ようとインターネットにアクセスすると、操作ミスか？　戦争の動画ばかり配信されてくる。大統領が核兵器で世界を脅すというБ級映画ぶりにいったいいつの時代の？　どこの国の映像なのか？？　分からないままに窓（ウィンドウズ）を開け直して、「あとがき」の最後を書き足す。

「（遺言的）あとがき」という題には、いつ死ぬかわからない、三七年後の「本書の巻二」などありえない、ので死ぬ前に書きたいことを書かせていただく、という思いが込められている。いくつかの注記も、そのような思いで書かせていただいた。

しかしその後、リハビリの先生方のご尽力により体調かなり回復し、一部の人の想定外に生き延びそうなので「往生際外交では？」とも思われそうだが、一時は車椅子生活を送っており、「遺言的」にはそれなりに現実感覚（sense of reality）もあったのである。

最後に短歌界以外の先生方への謝意などを書かせていただく。

幼稚園をほぼ登園拒否をしていた私を学校という社会へ受け入れていただいた小学校の今井貞子先生、ずっと文系部活だった私をレスリング部に入れていただいた大学の根本忠佳先輩、「頭の中でいくら大きなことを考えていても、今日家に帰ったらこの本を読もうというものがないとダメなんだ」などの指導をいただいた大学の伊藤隆先生、モノグラフ高校生をはじめいろいろな研究の機会を与えていただいた大学院先輩の武内清先生、ずっと論文が書けなかったにもかかわらず長期間研究室に籍を置かせていただいた大学院指導教官の天野郁夫先生へ、心よりお礼を申し上げたい。

また俳句の師である「天為」の有馬朗人（あきと）（一九三〇～二〇二〇）先生には、入院後の投句も受け入れていただいていたが、令和二年に急逝されてしまわれ、忘恩のままの心残りは尽きない。先生は高名な物理学者でもあられたが、「原子力発電も津波対策は痛恨の極みとしながらも、その後何度も視察し、原子力の必要性とともに日本のエネルギー問題に取り組まれ、自ら範を示すとして終生、家でエアコンも冷蔵庫も電源を切っていた」（対馬康子「朗人先生お別れ会」「天為」二〇二一年六月）という師であった。

有馬朗人俳句から三句選をさせていただいて、師をしのびたい。

根の国のこの魴鮄のつらがまへ(11)　『耳順』一九九三年
初明り銀河系字（あざ）地球かな　『分光』二〇〇七年
夢殿に夢見て蝶の凍てにけり　『流轉（るてん）』二〇一二年

また補章などで書かせていただいた岡井隆さんも令和二年に亡くなられてしまい、本書をお渡しすることができなかった。令和三年六月五日の偲ぶ会もコロナ禍で参列かなわずオンライン参加になってしまったが、二時間のYouTubeを拝見し、岡井さんはどんな時でも人に温かく接し、弟子の方々等に深く慕われていることが自室まで配信されてきて心に沁みた。

本書の最後に、岡井さんの連作のなかで最も好きな「歌の翼」（『朝狩』一九六四）の冒頭の、岡井さんの短歌への思いをうたった歌を書かせていただきたい。

走れ、わが歌のつばさよ宵闇にひとしきりなる水勢きこゆ

注

（1）本書でおこなったように一首、一首についての歌評は書けるが、そこから帰納的に選歌の一般理論は導き出し難い、というのが現時点での見解である。
（2）しかしまたある時代の社会の影響によって新しい歌が生まれ、注目されやすい、ということも否定できないであろう。
（3）しかしまた「大きな物語」亡き後の世界では人間どうしの際限なきゲームが進行しており、私もときどき巻き込まれたり（巻き込んだり？）もしている。
（4）それに対して木俣修『昭和短歌史』（一九六四）の時代は結社誌の力がより強かった、と考えられる。
（5）具体的には、雑誌出版は赤字だが歌集出版で利潤を得る、というのが短歌界出版社の基本的経営と考えられる。
（6）歌会はネット上でも行われるが、自分の歌が選歌され、多くの人の手元にアナログに届く雑誌に掲載されるということは、現在も短歌総合誌、結社誌のかなりのアドバンテージと思われる。また

短歌総合誌の新人賞のステータスは、むしろ現代短歌の前の時代よりも高まっている。

（7）本書では出版社はネットで検索できると考え、基本的にここ以外では書いていない。なお国会図書館ホームページ、アマゾンなどで検索すると、歌書の刊行年月、ＩＳＢＮなども知ることができる。

（8）早稲田短歌会の機関紙「早稲田短歌」は、すでにインターネット上への掲載をおこなっている。

（9）たとえば中山明の『ラスト・トレイン』（一九九六）はネット上に画像も含めて掲載されており、その先駆的な例といえる。

（10）たとえばYouTube「湘南waveクッキング」を参照。

（11）〈根の国〉は日本神話にも登場する異界。〈魴鮄（ほうぼう）〉はカサゴ目の海魚、頭は大きく角張り、尾に向かって細くなる。体は赤褐色、胸びれはうぐいす色で大きく開き、前の方は六本の足のようにもなっている。「ほうぼう」と鳴き、食用にして美味。

短歌史年表　一九八五～二〇二一年（寺井龍哉・編）

賞、刊行（歌集、歌書）、イベント（記事、集会、創刊、終刊）、逝去の順とする。

一九八五年・昭和六〇年

一月　同人誌「棧橋」創刊。

三月　大塚寅彦『刺青天使』。

五月　仙波龍英『わたしは可愛い三月兎』。

六月　第三一回角川短歌賞に米川千嘉子「夏樫の素描」。次席に俵万智「野球ゲーム」。

「三十一文字集会　歌は円寂したか」（東京）。

八月　山崎方代死去（七〇歳）。

九月　塚本邦雄『初學歷然』。

葛原妙子死去（七八歳）。

一〇月　第三回現代短歌評論賞に山下雅人「現代短歌における〝私〟の変容」。

『木俣修全歌集』。「玲瓏」創刊。

一一月　『加藤克己全歌集』。篠弘『自然主義と近代短歌』。馬場あき子『葡萄唐草』。

一九八六年・昭和六一年

二月　「昭和女子大短歌」創刊。

三月　冨士田元彦『現代短歌――状況への提言』。

四月　井辻朱美『水族』。
五月　第一回詩歌文学館賞に近藤芳美『祈念に』。
六月　第三二回角川短歌賞に俵万智「八月の朝」。次席に穂村弘「シンジケート」。
七月　紀野恵『閑閑集』。
八月　近藤芳美『歌い来しかた』。俵万智「サラダ記念日」三十首（角川「短歌」）。
九月　第二九回短歌研究新人賞に加藤治郎「スモール・トーク」。
　　　塚本邦雄『詩歌變』。
一〇月　第四回現代短歌評論賞に喜多昭夫「母性のありか」。
　　　坂井修一『ラビュリントスの日々』。
一二月　永井陽子『ふしぎな楽器』。林あまり歌集『MARS☆ANGEL』。
　　　宮柊二死去（七四歳）。

一九八七年・昭和六二年

一月　「現代短歌雁」創刊。
三月　小島ゆかり『水陽炎』。
五月　俵万智『サラダ記念日』。
六月　第三三回角川短歌賞に山田富士郎「アビー・ロードを夢みて」。
　　　「歌壇」創刊。
八月　『岡井隆全歌集Ⅰ』（Ⅱは九月）。
　　　佐藤佐太郎死去（七七歳）。三国玲子死去（六三歳）。
九月　第三〇回短歌研究新人賞に荻原裕幸「青年霊歌」、黒木三千代「貴妃の脂」。
　　　杉崎恒夫『食卓の音楽』。大岡信『窪田空穂論』。塚本邦雄『茂吉秀歌』完結。

一〇月　第五回現代短歌評論賞に谷岡亜紀「ライトヴァースの残した問題」。
　　　　『高安國世全歌集』。合同歌集『保弖留海豚（ホテル・ドルフィン）』。
一一月　加藤治郎『サニー・サイド・アップ』。

一九八八年・昭和六三年

一月　篠弘『現代短歌史Ⅱ』。
三月　斎藤茂吉『萬軍』。
　　　俵万智『サラダ記念日』二〇〇万部記念パーティー。
四月　「月光」創刊（福島泰樹）。
五月　荻原裕幸『青年霊歌』。島田修二「青藍」創刊。
　　　山本健吉死去（八一歳）。
六月　第三四回角川短歌賞に香川ヒサ「ジュラルミンの都市樹」。
　　　小池光『日々の思い出』。
七月　高野公彦『雨月』。佐佐木幸綱『作歌の現場』。
八月　第六次「京大短歌」創刊。
九月　今野寿美『世紀末の桃』。
一〇月　第六回現代短歌評論賞に加藤孝男「言葉の権力への挑戦」。
　　　岡部桂一郎『戸塚閑吟集』。米川千嘉子『夏空の櫂』。内野光子『短歌と天皇制』。「フォルテ」創刊。
一一月　坪野哲久死去（八二歳）。
一二月　佐久間章孔『声だけがのこる』。
　　　短歌研究社移転。映画『男はつらいよ　寅次郎サラダ記念日』公開。

一九八九年・昭和六四年／平成元年

一月　上田三四二死去（六五歳）。
二月　尾崎佐永子『さるびあ街』（松田さえこ『さるびあ街』（一九五七）再刊）。干場しおり『そんなかんじ』。
五月　水原紫苑『びあんか』。
六月　第三五回角川短歌賞に高橋則子「水の上まで」。
黒木三千代『貴妃の脂』。
「短歌往来」創刊。
八月　河野愛子死去（六六歳）。
九月　第三二回短歌研究新人賞に久木田真紀「時間（クロノス）の矢に始めはあるか」。
大辻隆弘『水廊』。辰巳泰子『紅い花』。藤原龍一郎『夢みる頃を過ぎても』。
一〇月　第七回現代短歌評論賞に坂出裕子「持続の志――岡部文夫論」、大野道夫「思想兵・岡井隆の軌跡――短歌と時代・社会の接点の問題」。
喜多昭夫『青夕焼』。
一二月　佐佐木幸綱『金色の獅子』。

一九九〇年・平成二年

二月　第一回歌壇賞に白瀧まゆみ「Bird lives――鳥は生きている」。
小高賢『家長』。
三月　香川ヒサ『テクネー』。
六月　第三六回角川短歌賞に田中章義「キャラメル」。
栗木京子『中庭（パティオ）』。

七月　『上田三四二全歌集』。
九月　前川佐美雄死去（八七歳）。
　　第二六回短歌研究新人賞に藤原龍一郎「ラジオ・デイズ」、西田政史「ようこそ！猫の星へ」。
　　「ノベンタ」創刊。
一〇月　第八回現代短歌評論賞に鳥飼信博「鳥はどこでなくのか」。
　　川野里子『五月の王』。穂村弘『シンジケート』。
　　シンポジウム「フェスタインなごや　現代短歌90's」。
一一月　荻原裕幸『甘藍派宣言』。田中章義『ペンキ塗りたて』。松平盟子『プラチナ・ブルース』。安永蕗子『冬麗』。山田富士郎『アビー・ロードを夢みて』。
一二月　篠弘『百科全書派』。
　　土屋文明死去（一〇〇歳）。

一九九一年・平成三年
三月　岡野弘彦『飛天』。三枝昂之評論集『正岡子規からの手紙』。
二月　第二回歌壇賞に大村陽子「さびしい男この指とまれ」。
四月　俵万智『かぜのてのひら』。道浦母都子『風の婚』。
　　歌人集団「中の会」解散。
五月　吉野裕之『空間和音』。
六月　第三七回角川短歌賞に梅内美華子「横断歩道（ゼブラ・ゾーン）」。
　　高野公彦『現代の短歌』。
七月　『香川進全歌集』。荻原裕幸「現代短歌のニューウェーブ」（「朝日新聞」）。
八月　安藤美保死去（二四歳）。柴生田稔死去（八七歳）。

九月　第三四回短歌研究新人賞に尾崎まゆみ「微熱海域」、野樹かずみ「路程記」。
一〇月　第九回現代短歌評論賞に柴田典昭「大衆化時代の短歌の可能性——俵・加藤・道浦の新歌集をめぐって」。
岡井隆『宮殿』。永井陽子『なよたけ抄』。
一一月　島田修三『晴朗悲歌集』。森岡貞香『百乳文』。丸谷才一・大岡信・井上ひさし・高橋治『とくとく歌仙』。
「誌上シンポジウム　現代短歌のニューウェーブ」（小池光・荻原裕幸・加藤治郎・藤原龍一郎。「短歌研究」）。
一二月　内藤明『壺中の空』。林和清『ゆるがるれ』。

一九九二年・平成四年

一月　第一回「作品季評」（佐佐木幸綱・春日井建・道浦母都子。「短歌研究」）。
二月　第三回歌壇賞に壇裕子「駅までの距離」。
三月　水原紫苑『うたうら』。
四月　「プチ・モンド」創刊。
五月　三浦雅士『寺山修司　鏡のなかの言葉』。
六月　第三八回角川短歌賞に中川佐和子「夏木立」。
阿木津英『イシュタルの林檎』。
「合歓」創刊。
七月　「りとむ」創刊。
八月　安藤美保『水の粒子』。
九月　第三五回短歌研究新人賞に佐藤きよみ「カウンセリング室」、大滝和子「白球の叙事詩（エピック）」。

岩田正『郷心譜』。

一〇月　「あまだむ」創刊。

第一〇回現代短歌評論賞に小塩卓哉「緩みゆく短歌形式――同時代を歌う方法の推移」。

三井修『砂の詩学』。『若山牧水全集』刊行開始。

一一月　荻原裕幸『あるまじろん』。坂井修一『群青層』。穂村弘『ドライ　ドライ　アイス』。

「現代短歌討論シリーズ第一回・作品篇」（小池光・島田修三・穂村弘。「短歌研究」）。

一九九三年・平成五年

二月　第四回歌壇賞に目黒哲朗「つばさを奪ふ」。
尾崎まゆみ『微熱海域』。
「現代短歌討論シリーズ第二回・歌人篇」（小高賢・藤原龍一郎・加藤治郎。「短歌研究」）。
三月　三枝昂之『太郎次郎の東歌』。塚本邦雄『魔王』。『土屋文明全歌集』。早坂類『風の吹く日にベランダにいる』。『定本三ケ島葭子全歌集』。竹西寛子『古今和歌集』。
六月　第三九回角川短歌賞に岸本由紀「光りて眠れ」。
西田政史『ストロベリー・カレンダー』。
「現代短歌討論シリーズ第三回・結社・歌人団体篇」（阿木津英・松平盟子・佐藤きよみ。「短歌研究」）。
七月　島田修三『離騒放吟集』。伊藤一彦『鑑賞・現代短歌1　前川佐美雄』。
「同志社短歌」創刊。
八月　谷岡亜紀『臨界』。加藤克己『現代短歌史』。
九月　大辻隆弘『ルーノ』。斎藤史『秋天瑠璃』。中津昌子『風を残せり』。米川千嘉子『一夏』。
一〇月　第一一回現代短歌評論賞に猪熊健一「太平洋戦争と短歌という『制度』――『第二芸術論』への私

答」。

一一月　馬場あき子『阿古父』。俵万智『短歌をよむ』。

永井ふさ子『あんずの花』。永井陽子『モーツァルトの電話帳』。三枝昂之『前川佐美雄』。

一二月　『筏井嘉一全歌集』。晋樹隆彦『歌人片影』。

中井英夫死去（七一歳）。

一九九四年・平成六年
一月　「白鳥」創刊。大西民子「波濤」創刊。
大西民子死去（六九歳）。
二月　第五回歌壇賞に西崎みどり「聖文字の葉」、吉見道子「黄のキリスト」。
弧蓬万里編『台湾万葉集』。
三月　黒木三千代『クウェート』。篠弘『現代短歌史Ⅲ』。
四月　岩田正『レクエルド』。
五月　沢口芙美「滄」創刊。藤井常世「笛」創刊。
六月　第四〇回角川短歌賞に中埜由季子「町、また水のべ」。
加藤治郎『ハレアカラ』。
七月　石井辰彦『バスハウス』。大滝和子『銀河を産んだように』。『岡井隆コレクション』刊行開始。
九月　第三七回短歌研究新人賞に松村由利子「白木蓮の卵」、尾形平八郎「弱法師」。
岡井隆『神の仕事場』。
真鍋美恵子死去（八八歳）。
一〇月　第一二回現代短歌評論賞に吉川宏志「妊娠・出産をめぐる人間関係の変容――男性歌人を中心に」。
尼ケ崎彬『日本のレトリック』。

一一月　梅内美華子『横断歩道(ゼブラ・ゾーン)』。荻原裕幸『世紀末くん！』。
一二月　小笠原賢二『終焉からの問い――現代短歌考現学』。

一九九五年・平成七年
二月　第六回歌壇賞に河野小百合「私をジャムにしたなら」、渡辺松男「睫はうごく」。
四月　俵万智『三十一文字のパレット』。朝日新聞歌壇俳壇編『阪神大震災を詠む』。吉本隆明「写生の物語」連載開始（「短歌研究」）。
五月　大野道夫『秋階段』。
六月　第四一回角川短歌賞に河野美砂子「夢と数」、渡辺幸一「霧降る国で」。
七月　玉城徹『近代短歌とその源流』。
「BS短歌会スペシャル若手歌人対決　紅白歌合わせ十番勝負」（岡井隆・馬場あき子・俵万智・水原紫苑・梅内美華子・辰巳泰子・佐佐木幸綱・穂村弘・加藤治郎・大塚寅彦・荻原裕幸。BS11）。
八月　吉川宏志『青蟬』。
九月　第三八回短歌研究新人賞に田中槐「ギャザー」、近藤達子「キホーテの海馬」。
『馬場あき子全集』刊行開始。
一〇月　第一三回現代短歌評論賞に田中綾「アジアにおける戦争と短歌――近・現代思想を手がかりに」。
一一月　岡井隆『短歌の世界』。道浦母都子『乳房のうたの系譜』。
一二月　馬場あき子新作能「晶子みだれ髪」上演（国立能楽堂）。

一九九六年・平成八年
二月　第七回歌壇賞に東直子「草かんむりの訪問者」。
三月　三枝昻之『討論　現代短歌の修辞学』。馬場あき子『閑吟集を読む』。

四月　大辻隆弘『子規への遡行』。
五月　第一回寺山修司短歌賞に小池光『草の庭』。
六月　第四二回角川短歌賞に小守有里「素足のジュピター」。
　小島ゆかり『ヘブライ暦』。高野公彦『天泣』。『前川佐美雄全集』刊行開始。
七月　「公開対談　柄谷行人VS岡井隆」(未来短歌会)。
九月　第三九回短歌研究新人賞に横山未来子「啓かるる夏」。
一〇月　第一四回現代短歌評論賞は該当作なし。
　前田康子『ねむそうな木』。坂野信彦『七五調の謎をとく』。
一一月　太田青丘死去(八七歳)。山田あき死去(九六歳)。
一二月　永田和宏『華氏』。東直子『春原さんのリコーダー』。

一九九七年・平成九年

一月　第一回若山牧水賞に高野公彦『天泣』。
二月　第八回歌壇賞に永田紅「風の昼」。
四月　水原紫苑『客人(まらうど)』。美智子皇后『瀬音』。小林恭二『短歌パラダイス』。馬場あき子『女歌の系譜』。
　「アララギ」終刊発表。「女人短歌」解散決定。
五月　『齋藤史全歌集』。俵万智『チョコレート革命』。
七月　江戸雪『百合オイル』。
　寺山修司記念館開館(青森県三沢市)。「短歌朝日」創刊。
八月　池田はるみ『妣が国　大阪』。河野裕子『体力』。俵万智『あなたと読む恋の歌百首』。品田悦一
　「国民文学としての万葉像はいかに形成されたか」(「国文学解釈と鑑賞」)。
一〇月　第一五回現代短歌評論賞は該当作なし。

一一月　「ゆにぞん」終刊。

第四三回角川短歌賞に沢田英史「異客」。

李正子『葉桜』。小林幸夫・品田悦一・鈴木健一・高田祐彦・錦仁・渡部泰明『【うた】をよむ』。

一二月　岩田正『いつも坂』。三枝昂之『甲州百目』。渡辺松男『寒気氾濫』。

馬場あき子新作能「額田王」上演（国立能楽堂）。

「アララギ」終刊。「女人短歌」終刊。

一九九八年・平成一〇年

一月　「新アララギ」創刊。「青南」創刊。「ナイル」創刊。

二月　第九回歌壇賞に本多稜「蒼の重力」。

三月　岡井隆『ウランと白鳥』。田中槐『ギャザー』。齋藤史対談集『ひたくれなゐに生きて』。

五月　小高賢『宮柊二とその時代』。合同歌集『新星十人』（荻原裕幸・加藤治郎・紀野恵・坂井修一・辰巳泰子・林あまり・穂村弘・水原紫苑・吉川宏志・米川千嘉子）。安森敏隆・上田博編『近代短歌を学ぶ人のために』。

六月　佐佐木幸綱『呑牛』。林あまり『ベッドサイド』。『佐佐木幸綱の世界』刊行開始。

七月　俵万智『チョコレート語訳　みだれ髪』。

九月　第四一回短歌研究新人賞に千葉聡「フライング」、石井瑞穂「緑のテーブル」。候補作に高島裕「首都赤変」。

岡井隆『大洪水の前の晴天』。米川千嘉子『たましひに着る服なくて』。穂村弘「〈わがまま〉について」（角川「短歌」）。

「ヤママユ」復刊。

一〇月　第一六回現代短歌評論賞に岩井謙一「短歌と病」。

一一月　第四四回角川短歌賞に大口玲子「ナショナリズムの夕立」。

　大口玲子『海量』。『塚本邦雄全集』刊行開始。

一二月　川島喜代詩『消息』。松村由利子『薄荷色の朝に』。横山未来子『樹下のひとりの眠りのために』。

　篠弘『現代短歌史の争点』。

　孤蓬万里死去（七二歳）。

一九九九年・平成一一年

一月　大野道夫『短歌の社会学』。
　宇宙飛行士・向井千秋の下句一四万首を日本歌人クラブで選歌。
二月　第一〇回歌壇賞に小黒世茂「隠国」。
三月　岡井隆『ヴォツェック／海と陸』。枡野浩一『ますの。』。岡井隆『詩歌の近代』。
五月　小高賢『現代短歌の鑑賞１０１』。高野公彦編『北原白秋歌集』。
　「かばん」一五周年記念イベント。
六月　丸谷才一『新々百人一首』。『歌枕歌ことば辞典増訂版』。
七月　坂井修一『ジャックの種子』。高島裕『旧制度』。
八月　渡辺松男『泡宇宙の蛙』。
九月　春日井建『白雨』。
一〇月　第一七回現代短歌評論賞に小澤正邦「『も』『かも』の歌の試行――歌集『草の庭』をめぐって」。
一一月　第四五回角川短歌賞に福井和子「始まりはいつも」。
　春日井建『友の書』。馬場あき子『青い夜のことば』。
一二月　篠弘『凱旋門』。山田消児『アンドロイドＫ』。『岩波現代短歌辞典』。栗木京子『短歌を楽しむ』。

二〇〇〇年・平成一二年

一月　「太郎と花子」創刊。「月鞠」創刊。
　生方たつゑ死去（九五歳）。永井陽子死去（四八歳）。
二月　第一一回歌壇賞に田中拓也「晩夏の川」、渡英子「アクトレス」。
四月　篠弘『疾走する女性歌人』。穂村弘『短歌という爆弾――今すぐ歌人になりたいあなたのために』。
　穂村弘・東直子・沢田康彦『短歌はプロに訊け！』。『近藤芳美集』刊行開始。
　仙波龍英死去（四八歳）。
五月　吉川宏志『夜光』。
六月　『現代短歌大事典』（三省堂）。千葉聡『微熱体』。吉本隆明『写生の物語』。小高賢『本所両国』。
七月　『定本森岡貞香歌集』。穂村弘「手紙魔まみ、夏の引っ越し（ウサギ連れ）」（「短歌研究」）。
八月　有沢螢『致死量の芥子』。
九月　第四三回短歌研究新人賞に紺野万里「冥王（プルートー）に逢ふ――返歌」。
　大滝和子『人類のヴァイオリン』。大松達知『フリカティブ』。河野裕子『家』。島田修二『行路』。
　馬場あき子『飛天の道』。
一〇月　第一八回現代短歌評論賞に小林幹也「塚本邦雄と三島事件――身体表現に向かう時代の中で」。
　玉城徹『香貫』。永井陽子『小さなヴァイオリンが欲しくて』。本田一弘『銀の鶴』。
　「現代短歌秋の饗宴シンポジウムin熊本Ⅱ」（「椎の木」他主催）。
一一月　第四六回角川短歌賞に佐々木六戈「百回忌」、松本典子「いびつな果実」。
　杉山正樹『寺山修司・遊戯の人』。枡野浩一『かんたん短歌の作り方』。
一二月　短歌研究臨時増刊「うたう」、作品賞に盛田志保子。
　梅内美華子『若月祭』。大野道夫『冬ビア・ドロローサ』。齋藤史『風翩翻』。高野公彦『水苑』。永田紅『日輪』。

二〇〇一年・平成一三年

一月　飯田有子『林檎貫通式』。
「星座」創刊。オンデマンド歌集出版「歌葉」開始。
川口常孝死去（八一歳）。
二月　第一二回歌壇賞に小林信也「千里丘陵」。
内野光子『現代短歌と天皇制』。
三月　荻原裕幸『デジタル・ビスケット』。北川草子『シチュー鍋の天使』。塚本邦雄『約翰傳僞書』。
四月　「うたう☆クラブ」開始（穂村弘・加藤治郎・小島ゆかり。「短歌研究」）。マラソンリーディング2001（築地本願寺ブディストホール）。
窪田章一郎死去（九二歳）。
五月　『石田比呂志全歌集』。
現代歌人協会公開講座「徹底討議・戦後歌人論」（一〇月まで全六回、東京）。
高瀬一誌死去（七一歳）。
七月　穂村弘『手紙魔まみ、夏の引越し（ウサギ連れ）』。森岡貞香『敷妙』。小池光・三枝昻之・島田修三・永田和宏・山田富士郎『昭和短歌の再検討』。
八月　加藤千恵『ハッピーアイスクリーム』。河野裕子『歩く』。高橋順子『富小路禎子』。
小川太郎死去（五九歳）。吉田漱死去（七九歳）。
九月　第四四回短歌研究新人賞に小川真理子「逃げ水のこゑ」。次席に魚村晋太郎「銀耳」。
岩井謙一『光弾』。『齋藤史歌文集』。佐藤弓生『世界が海におおわれるまで』。
一〇月　第一九回現代短歌評論賞に森本平「『戦争と虐殺』後の現代短歌」。
真中朋久『雨裂』。阿木津英『折口信夫の女歌論』。

一一月　第四七回角川短歌賞に佐藤弓生「眼鏡屋は夕ぐれのため」。奥村晃作『ピシリと決まる』。北沢郁子『夜半の芍薬』。百々登美子『大扇』。松村正直『駅へ』。梅内美華子・江戸雪・太田美和・大塚寅彦・大辻隆弘・荻原裕幸・加藤治郎・川野里子・小島ゆかり・坂井修一、解説・奥村晃作『現代短歌最前線　上巻』。辰巳泰子・谷岡亜紀・千葉聡・林和清・東直子・穂村弘・前田康子・水原紫苑・吉川宏志・米川千嘉子・渡辺松男、解説・花山多佳子『現代短歌最前線　下巻』。

小中英之死去（六四歳）。

一二月　島田修三『シジフォスの朝』。『竹山広全歌集』。馬場あき子『世紀』。東直子『青卵』。小塩卓哉評論集『海越えてなお』。

二〇〇二年・平成一四年

一月　高野公彦「明月記を読む」連載開始（「短歌研究」）。

富小路禎子死去（七五歳）。

二月　第一三回歌壇賞に田村元「上唇に花びらを」。

三月　野田光介『夢の触手』。

四月　高瀬一誌『火ダルマ』。『吉野秀雄全歌集増補改訂版』。

齋藤史死去（九三歳）。

六月　志垣澄幸『山河』。高島裕『嬬問ひ』。渡辺松男『歩く仏像』。渡英子『みづを搬ぶ』。小高賢『近代短歌の鑑賞77』。

七月　第一回北溟短歌賞に今橋愛「O脚の膝」。

雨宮雅子『昼顔の譜』。小林久美子『恋愛譜』。三枝昂之『農鳥』。坂井修一『牧神』。富小路禎子『芥子と孔雀』。

「短歌WAVE」創刊。

八月　今井恵子『富小路禎子の歌』。大辻隆弘『デプス』。島田幸典『no news』。『東郷久義全歌集』。

九月　第四五回短歌研究新人賞に八木博信「琥珀」。

生沼義朗『水は襤褸に』。岡井隆『〈テロリズム〉以後の感想／草の雨』。永田紅『北部キャンパスの日々』。花山多佳子『春疾風』。

一〇月　馬場あき子「歌説話の世界」連載開始（「短歌研究」）。

第二〇回現代短歌評論賞に川本千栄「時間を超える視線」。

稲葉京子『宴』。宮英子『アラベスク』。西郷信綱『斎藤茂吉』。

同人誌「ノベンタ」終刊。

一一月　第四八回角川短歌賞に田宮朋子「星の供花」。

大口玲子『東北』。岡部桂一郎『一点鐘』。小川真理子『母音梯形（トゥラペーズ）』。春日井建『井泉』。松野志保『モイラの裔』。竹西寛子『贈答のうた』。道浦母都子『女歌の百年』。

「pool」創刊。

一二月　黒瀬珂瀾『黒耀宮』。広坂早苗『夏暁』。

二〇〇三年・平成一五年

一月　『千代國一全歌集』。錦見映理子『ガーデニア・ガーデン』。横山未来子『水をひらく手』。

「題詠マラソン2003」開催。

二月　第一四回歌壇賞に中沢直人「極圏の光」、守谷茂泰「水の種子」。

三月　『太田青丘全歌集』。篠弘『現代の短歌』。

四月　盛田志保子『木曜日』。

「D・arts」創刊。

五月　第一回歌葉新人賞に増田静「ぴりんぱらん」。
「短歌ヴァーサス」創刊。
高嶋健一死去（七四歳）。
六月　笹公人『念力家族』。穂村弘『ラインマーカーズ』。
七月　安永蕗子『新・短歌入門』。
八月　高島裕『雨を聴く』。穂村弘・東直子『回転ドアは、順番に』。
九月　松本典子『いびつな果実』。佐佐木幸綱『男うた女うた——男性歌人篇』。
一〇月　第二一回現代短歌評論賞に矢部雅之「死物におちいる病——明治期前半の歌人による現実志向の歌の試み」。
一一月　永田和宏『風位』。阿木津英編『短歌のジェンダー』。馬場あき子『男うた女うた——女性歌人篇』。
第四九回角川短歌賞に駒田晶子「夏の読点」。第二回歌葉新人賞公開選考会、受賞作は斉藤斎藤「ちから、ちから」。
石川美南『砂の降る教室』。魚村晋太郎『銀耳』。佐藤りえ『フラジャイル』。
一二月　今橋愛『O脚の膝』。千葉聡『そこにある光と傷と忘れもの』。『富小路禎子全歌集』。矢部雅之『友達ニ出会フノハ良イ事』。

二〇〇四年・平成一六年
一月　「個性」終刊。
二月　第一五回歌壇賞に熊岡悠子「茅渟の地車」。
『久保田淳座談集　心あひの風』。
三月　中澤系『uta.0001.txt』。
四月　郷隼人『LONESOME 隼人』。

沖ななも「熾」創刊。

五月　『志垣澄幸全歌集』。伴風花『イチゴフェア』。五十嵐きよみ・荻原裕幸編『短歌、WWWを走る。題詠マラソン2003』。穂村弘・東直子・沢田康彦『短歌があるじゃないか』。俵万智『トリアングル』。

六月　春日井建死去（六五歳）。

七月　関川夏央『現代短歌　そのこころみ』。
清原日出夫死去（六七歳）。

八月　斉藤斎藤『渡辺のわたし』。

九月　第一回中城ふみ子賞に遠藤由季「真冬の漏斗」。
第四七回短歌研究新人賞に嵯峨直樹「ペイルグレーの海と空」。第三回歌葉新人賞公開選考会、受賞作にしんくわ「卓球短歌カットマン」。
近藤芳美『岐路』。佐佐木幸綱・復本一郎編『名歌名句辞典』。
「マラソンリーディング2004」開催。

一〇月　島田修二死去（七六歳）。
第一二回現代短歌評論賞に森井マスミ「インターネットからの叫び――『文学』の延長線上に」。
岡井隆『馴鹿時代今か来向かふ』。『香川進全歌集Ⅱ』。「文藝」にて特集「俵万智」。
「かばん」二〇周年記念イベント。

一一月　小笠原賢二死去（五八歳）。
第五〇回角川短歌賞に小島なお「乱反射」。
小池光『滴滴集』。水原紫苑『あかるたへ』。

一二月　後藤由紀恵『冷えゆく耳』。『佐佐木信綱全歌集』。
馬場あき子新作能「小野浮舟」上演（横浜能楽堂）。

二〇〇五年・平成一七年

一月　『永井陽子全歌集』。吉川宏志『海雨』。
二月　第一六回歌壇賞に青沼ひろ子「石笛」。
三月　大松達知『スクールナイト』。松木秀『5メートルほどの果てしなさ』。『三國玲子全歌集』。三枝昂之編著『歌人の原風景――昭和短歌の証言』。『うたう☆クラブ3周年記念セレクション』四分冊。
四月　『道浦母都子全歌集』。
五月　『香川ヒサ作品集』。『来嶋靖生作品集』。志垣澄幸『青の世紀』。
六月　山下泉『光の引用』。
　　　塚本邦雄死去（八六歳）。
七月　笹公人『念力図鑑』。三枝昂之『昭和短歌の精神史』。
　　　林田恒浩「星雲」創刊。
八月　六花書林創業。
九月　第四八回短歌研究新人賞に奥田亡羊「麦と砲弾」。
　　　日置俊次『ノートル・ダムの椅子』。
　　　同人誌「[sai]」創刊。
一〇月　第二三回現代短歌評論賞になみの亜子「寺山修司の見ていたもの」。第四回歌葉新人賞公開選考会、受賞作に笹井宏之「数えてゆけば会えます」。
　　　春日井建『未青年の背景』。
一一月　第五一回角川短歌賞に森山良太「闘牛の島」。
　　　『石原純全歌集』。俵万智『プーさんの鼻』。
一二月　岩田正『泡も一途』。川本千栄『青い猫』。栗原寛『月と自転車』。小島ゆかり『憂春』。『高瀬一誌全歌集』。永田和宏『百万遍界隈』。
「創作」終刊。
＊この年、谷川由里子・堂園昌彦・五島諭ら「ガルマン歌会」開始。

二〇〇六年・平成一八年
一月　なみの亜子『鳴（メイ）』。
築地正子死去（八六歳）。
二月　第一七回歌壇賞に米田靖子「水ぢから」、樋口智子「夕暮れを呼ぶ」。
安立スハル死去（八二歳）。
三月　梶原さい子『ざらめ』。『篠弘全歌集』。吉川宏志『曳舟』。
山中智恵子死去（八〇歳）。
四月　馬場あき子『歌説話の世界』。
五月　『岡井隆全歌集第Ⅲ巻』。兵庫ユカ『七月の心臓』。
六月　近藤芳美死去（九三歳）。
七月　岡野弘彦『バグダッド燃ゆ』。加藤治郎『環状線のモンスター』。花山多佳子『木香薔薇』。
八月　第二回中城ふみ子賞に小玉春歌「さよならの季節に」。
九月　第四九回短歌研究新人賞に野口あや子「カシスドロップ」。
加藤英彦『スサノオの泣き虫』。坂井修一『アメリカ』。松村正直『やさしい鮫』。
一〇月　第二四回現代短歌評論賞に高橋啓介「現実感喪失の危機——離人症的短歌」。
佐藤弓生『眼鏡屋は夕ぐれのため』。馬場あき子『ゆふがほの家』。
一一月　第五二回角川短歌賞に澤村斉美「黙秘の庭」。第五回歌葉新人賞公開選考会、受賞作に廣西昌也「末期の夢」。

小高賢「ふたたび社会詠について」（かりん）。

一二月　都築直子『青層圏』。平井弘『振りまはした花のやうに』。岡井隆『わかりやすい現代短歌読解法』。

奥村晃作『近世和歌逍遥　ただごと歌の系譜』。坂井修一『斎藤茂吉から塚本邦雄へ』。

二〇〇七年・平成一九年

一月　『築地正子全歌集』。

石川美南ら「さまよえる歌人の会」開始。

二月　第一八回歌壇賞に細溝洋子「コントラバス」。

小高賢・大辻隆弘・松村正直・吉川宏志「現代短歌シンポジウム　いま、社会詠は」（東京）。

三月　『安立スハル全歌集』。小川佳世子『水が見ていた』。

四月　『谷川健一全歌集』。佐佐木幸綱『万葉集の〈われ〉』。

川島喜代詩死去（八〇歳）。

五月　『山中智恵子全歌集上巻』。石川美南・生沼義朗・黒瀬珂瀾・笹公人・島田幸典・永田紅・野口恵子・松野志保・松村正直・松本典子『現代短歌最前線　新響十人』。

六月　奥田亡羊『亡羊』。

七月　小島なお『乱反射』。鶴田伊津『百年の眠り』。

第一回全日本ジュニア短歌大会（日本歌人クラブ主催）。

八月　『高柳蕗子全歌集』。花山周子『屋上の人屋上の鳥』。『山中智恵子全歌集下巻』。大辻隆弘『岡井隆と初期未来』。

小瀬洋喜死去（八一歳）。

九月　第五〇回短歌研究新人賞に吉岡太朗「六千万個の風鈴」。

高木佳子『片翅の蝶』。

和歌御用掛に岡井隆。

一〇月　第二五回現代短歌評論賞に藤島秀憲「日本語の変容と短歌――オノマトペからの一考察」。

大滝和子『竹とヴィーナス』。『岡部桂一郎全歌集』。鶴見和子『山姥』。大井学『浜田到　歌と詩の生涯』。

辺見じゅん「弦」創刊。「短歌ヴァーサス」休刊。

一一月　第五三回角川短歌賞に齋藤芳生「桃花水を待つ」。

坂口弘『常しへの道』。

一二月　魚村晋太郎『花柄』。高野公彦『天平の水煙』。永田紅『ぼんやりしているうちに』。穂村弘『短歌の友人』。

菱川善夫死去（七八歳）。

二〇〇八年・平成二〇年

一月　笹井宏之『ひとさらい』。吉川宏志『風景と実感』。工藤美代子『昭和維新の朝　二・二六事件と軍師齋藤瀏』。

二月　第一九回歌壇賞に柳澤美晴「硝子のモビール」。

寺山修司『月蝕書簡』（田中未知編）。

三月　石川不二子『ゆきあひの空』。笹公人『抒情の奇妙な冒険』。大野道夫『短歌・俳句の社会学』。

四月　来嶋靖生『大正歌壇史私稿』。

前登志夫死去（八二歳）。

六月　三枝昻之『世界をのぞむ家』。

八月　第三回中城ふみ子賞に田中教子「乳房雲」。

澤村斉美『夏鴉』。

九月　第五一回短歌研究新人賞に田口綾子「冬の火」。

　大辻隆弘『時の基底――短歌時評98-07』。「現代短歌朗読集成」（同朋舎メディアプラン）発売。

一〇月　第二六回現代短歌評論賞に今井恵子「求められる現代の言葉」。

　岡井隆『ネフスキイ』。百々登美子『雲の根』。

一一月　第五四回角川短歌賞に光森裕樹「空の壁紙」。

　河野裕子『母系』。竹山広『眠ってよいか』。中島裕介『Starving Stargazer』。橋本喜典『悲母像』。

　同人誌「dagger」刊行。斉藤斎藤「風通し」創刊。

　第七回文学フリマ（東京）。

　本林勝夫死去（八九歳）。

一二月　駒田晶子『銀河の水』。

二〇〇九年・平成二一年
一月　『寺山修司著作集』刊行開始。
　笹井宏之死去（二六歳）。森岡貞香死去（九二歳）。
二月　第二〇回歌壇賞に佐藤羽美「ここは夏月夏曜日」。
　大辻隆弘『アララギの脊梁』。楠見朋彦『塚本邦雄の青春』。松村由利子『与謝野晶子』。
三月　野口あや子『くびすじの欠片』。
四月　小高賢『この一身は努めたり　上田三四二の生と文学』。「文藝」にて特集「穂村弘」。
五月　同人誌「町」創刊。第八回文学フリマ（東京）。
六月　大松達知『アスタリスク』。黒瀬珂瀾『空庭』。川野里子『幻想の重量――葛原妙子の戦後短歌』。
七月　坂井修一『望楼の春』。岡井隆『瞬間を永遠とするこころざし』。
八月　大辻隆弘・吉川宏志『対峙と対話　週刊短歌時評06-08』。

九月　第五二回短歌研究新人賞にやすたけまり「ナガミヒナゲシ」。

　　藤島秀憲『二丁目通信』。岡井隆・小高賢『私の戦後短歌史』。

一〇月　第二七回現代短歌評論賞に山田航「樹木を詠むという思想」。

一一月　第五五回角川短歌賞に山田航「夏の曲馬団」。

　　「ニッポン全国短歌日和」（NHK・BS）に早稲田短歌会、國學院大学短歌会が参加。

　　『二宮冬鳥全歌集』。特集「中高生短歌の現在形」（「短歌研究」）。小高賢『現代の歌人140』。『角川現代短歌集成』。

　　小市巳世司死去（九二歳）。

一二月　中沢直人『極圏の光』。河野裕子『葦舟』。山田消児『短歌が人を騙す時』。

　　冨士田元彦死去（七二歳）。

二〇一〇年・平成二二年
一月　馬場あき子『歌よみの眼』。
二月　第二一回歌壇賞に長嶋信「真夜中のサーフロー」。
三月　石本隆一死去（七九歳）。竹山広死去（九〇歳）。
四月　杉﨑恒夫『パン屋のパンセ』。
五月　『春日井建全歌集』。松村由利子『大女伝説』。
　　第一〇回文学フリマ（東京）。
　　加藤克己死去（九四歳）。
六月　小池光『山鳩集』。現代短歌研究会編『〈殺し〉の短歌史』。品田悦一『斎藤茂吉』。黒瀬珂瀾「ゼロ年代の短歌一〇〇選」（「現代詩手帖」）。
　　フリーペーパー「うたらば」創刊。

七月　笹公人・和田誠『連句遊戯』。島田修三『蓬歳断想録』。

玉城徹死去（八六歳）。

八月　第四回中城ふみ子賞に葉月詠「月の河」。

遠藤由季『アシンメトリー』。大野道夫『夏母』。川野里子『王者の道』。桑原正紀『天意』。光森裕樹『鈴を産むひばり』。

河野裕子死去（六四歳）。

九月　第五三回短歌研究新人賞に吉田竜宇「ロックン・エンド・ロール」、山崎聡子「死と放埒な君の目と」。

『川口常孝全歌集』。千葉聡『飛び跳ねる教室』。

一〇月　第二八回現代短歌評論賞に松井多絵子「或るホームレス歌人を探る——響きあう投稿歌」。

齋藤芳生『桃花水を待つ』。東直子『十階』。

一一月　高木佳子「壜」創刊。「ニッポン全国短歌日和」（ＮＨＫ・ＢＳ）に外大短歌会、本郷短歌会が参加。

第五六回角川短歌賞に大森静佳「硝子の駒」。

栗木京子『短歌をつくろう』。松村正直『短歌は記憶する』。

一二月　尾崎左永子「星座α」創刊。シンポジウム「ゼロ年代の短歌を振り返る」。

佐藤弓生『薄い街』。玉城徹『左岸だより』。

「外大短歌」創刊。第一一回文学フリマ（東京）。

二〇一一年・平成二三年

一月　笹井宏之『えーえんとくちから』、『ひとさらい』、『てんとろり』。『馬場あき子と読む　鴨長明　無名抄』。
二月　第二二回歌壇賞に佐藤モニカ「マジックアワー」。

三月　染野太朗『あの日の海』。岡部隆志・工藤隆・西條勉編『七五調のアジア』。尾崎左永子『王朝文学の楽しみ』。河野裕子・永田和宏・永田淳・永田紅・植田裕子『家族の歌』。島内景二『塚本邦雄』。石田比呂志死去（八〇歳）。佐佐木由幾死去（九六歳）。

四月　石井辰彦『詩を弃て去つて』。篠弘『残すべき歌論』。穂村弘『短歌ください』。

六月　雪舟えま『たんぽるぽる』。

　　　『岩田正全歌集』。河野裕子『蟬声』。

七月　同人誌「はならび」創刊。第一二回文学フリマ（東京）。塚本邦雄七回忌記念「神變忌シンポジウム」。

　　　小島なお『サリンジャーは死んでしまった』。『小中英之全歌集』。河野裕子・永田和宏『たとへば君』。小池光『うたの動物記』。

八月　「未来」創刊六〇周年記念シンポジウム「ニューウェーブ徹底検証」。馬場あき子新作能「影媛」上演（国立能楽堂）。斉藤斎藤「証言、わたし」（「短歌研究」）。

　　　柳澤美晴『一匙の海』。渡辺松男『蝶』。小高賢『老いの歌』。森朝男『古歌に尋ねよ』。

　　　第一回牧水・短歌甲子園（宮崎）。塔短歌会・東北「99日目」。小島なお『乱反射』原案の同名映画公開。

　　　千代國一死去（九五歳）。

九月　第五四回短歌研究新人賞に馬場めぐみ「見つけだしたい」。

　　　石川美南『裏島』、『離れ島』。梅内美華子『エクウス』。『小市巳世司全歌集』。杉﨑恒夫『食卓の音楽』（新装版）。

　　　Zine「うたつかい」創刊。

　　　辺見じゅん死去（七二歳）。

一〇月　第二九回現代短歌評論賞に梶原さい子「短歌の口語化がもたらしたもの――歌の「印象」からの考

察」。

一一月　第五七回角川短歌賞に立花開「一人、教室」。
　　　　佐佐木幸綱『ムーンウォーク』。岡井隆『わが告白』。
　　　　同人誌「町」解散、歌集『町』刊行。第一三回文学フリマ（東京）。ガルマン歌会100回記念大会（東京）。第一回空き地歌会（東京）。
一二月　「短歌新聞」、「短歌現代」終刊。

二〇一二年・平成二四年

一月　大辻隆弘『汀暮抄』。
　　　阿木津英・島田幸典「八雁」創刊。
二月　第二三回歌壇賞に平岡直子「光と、ひかりの届く先」。
三月　岡野弘彦『美しく愛しき日本』。今野寿美『雪占』。
　　　東京大学本郷短歌会「本郷短歌」創刊。歌集『町』批評会。
　　　佐々木実之死去（四三歳）。安永蕗子死去（九二歳）。吉本隆明死去（八七歳）。
四月　『片山廣子全歌集』。
　　　「現代短歌新聞」創刊。
五月　武川忠一死去（九二歳）。
　　　永井祐『日本の中でたのしく暮らす』。
六月　同人誌「率」創刊。第一四回文学フリマ（東京）。
　　　大口玲子『トリサンナイタ』。穂村弘・山田航『世界中が夕焼け　穂村弘の短歌の秘密』。
七月　田村元『北二十二条西七丁目』。中島裕介『もしニーチェが短歌を詠んだら』。米川千嘉子『あやはべる』。

塔短歌会・東北「366日目」。


八月　第五回中城ふみ子賞に中畑智江「同じ白さで雪は降りくる」。

『武川忠一全歌集』。山田航『さよならバグ・チルドレン』。佐藤弓生『うたう百物語』。

「現代短歌新聞」にて「大学短歌会はいま」連載開始。


九月　第五五回短歌研究新人賞に鈴木博太「ハッピーアイランド」。

内山晶太『窓、その他』。

「短歌パラダイス」復刊。

一〇月　第三〇回現代短歌評論賞に三宅勇介「抑圧され、記号化された自然――機会詩についての考察」。

一一月　第五八回角川短歌賞に藪内亮輔「花と雨」。

光森裕樹『うづまき管だより』（電子書籍）。

大野道夫「現代短歌における私性（わたくしせい）の問題――約千六百人の歌人への調査から」（「短歌往来」）。斉藤斎藤「予言、〈私〉」（「短歌研究」）。

同人誌「BL短歌合同誌『共有結晶』」創刊。「阪大短歌」創刊。吉田恭大がネットプリント「全く新しい効能を持つ都市間交通システム（仮称）」発行。現代短歌社「第一歌集文庫」刊行開始。第一五回文学フリマ（東京）。森鷗外記念館開館（東京）。

岡部桂一郎死去（九七歳）。成瀬有死去（七〇歳）。

一二月　柳谷あゆみ『ダマスカスへ行く　前・後・途中』。

二〇一三年・平成二五年

一月　永田和宏『近代秀歌』。
「中東短歌」創刊。五島諭「「震災の言葉」考」（研究）。

二月　第二四回歌壇賞に服部真里子「湖と引力」。

三月　佐々木実之『日想』。岡井隆・馬場あき子・永田和宏・穂村弘『新・百人一首』。俵万智『短歌のレシピ』。

「立命短歌」創刊。「岡大短歌」創刊。田丸まひる・しんくわのネットプリント「ぺんぎんぱんつ」発行。「この短歌を読め!春の大短歌祭り@紀伊國屋書店新宿本店」(〜三月、東京)。

四月　「北大短歌」創刊。同人誌「短歌男子」刊行。平岡直子・我妻俊樹によるネットプリント「馬とひまわり」発行。第一六回文学フリマ(大阪)。

筑波杏明死去(八八歳)。

五月　大森静佳『てのひらを燃やす』。木下龍也『つむじ風、ここにあります』。栗木京子『水仙の章』。

三原由起子『ふるさとは赤』。山崎聡子『手のひらの花火』。

書肆侃侃房「新鋭短歌」シリーズ刊行開始。

六月　「黒日傘」創刊。「佐佐木信綱研究」創刊。

七月　岡井隆『ヘイ龍カム・ヒアといふ声がする(まっ暗だぜっていふ声が添ふ)』。

山中千瀬・笠木拓によるネットプリント「金魚ファー」発行。塔短歌会・東北「733日目」。

八月　『大西民子全歌集』。笹井宏之『八月のフルート奏者』。『前登志夫全歌集』。

「ぷりずむ」創刊。「白鳥」終刊。

谷川健一死去(九二歳)。

九月　第五六回短歌研究新人賞に山木礼子「目覚めればあしたは」。

堂園昌彦『やがて秋茄子へと到る』。

「現代短歌」創刊。「紀伊國屋書店グランフロント大阪店短歌フェア」(大阪)。

一〇月　第三一回現代短歌評論賞に久真八志「相聞の社会性——結婚を接点として」。

山梨学生短歌会「青梨」創刊。「ガルマンカフェ」開催(東京)。ちくさ正文館でネットプリント歌集展「紙ノ花は真夜コンビニで咲く」(名古屋)。紀伊國屋書店新宿本店にてトークイベント「本屋で歌集を買いたい」（東京）。

一一月　藤井常世死去（七二歳）。

第五九回角川短歌賞に吉田隼人「忘却のための試論」、伊波真人「冬の星図」。

五島諭『緑の祠』。佐藤通雅『昔話』。澤村斉美『galley』。俵万智『オレがマリオ』。

同人誌「一角」刊行。同人誌「ネヲ」刊行。「ジュンク堂書店池袋本店企画「穂村弘書店」」（東京）。

第一七回文学フリマ（東京）。日本出版クラブ会館にて新鋭短歌シリーズ出版記念会（東京）。

一二月　田谷鋭死去（九五歳）。

第一回現代短歌社賞に大衡美智子「光の穂先」、楠誓英「青昏抄」。

笹公人編『王仁三郎歌集』。富田睦子『さやの響き』。『菱川善夫歌集』。

二〇一四年・平成二六年

一月　第一回詩歌トライアスロンに夏嶋真子「うずく、まる」。

藤田武死去（八四歳）。

二月　第二五回歌壇賞に佐伯紺（早稲田短歌会）「あしたのこと」。

小高賢死去（六九歳）。

三月　波汐國芳『渚のピアノ』。水原紫苑『桜は本当に美しいのか』。

象短歌会発足（江古田短歌会より改名）。

四月　吉岡太朗『ひだりききの機械』。

五月　梶原さい子『リアス／椿』。木下こう『体温と雨』。

同人誌「羽根と根」創刊。同人誌「金魚ファーラウェイ」刊行。同人誌「手紙魔まみトリビュート『手紙魔まみ、わたしたちの引越し』」刊行。TOLTAによるフリーペーパー「トルタの短歌」発行、学生短歌会特集。第一八回文学フリマ（東京）。

六月　「九大短歌」刊行。大辻隆弘・松村正直・吉川宏志「続　いま、社会詠は」（大阪）。

七月　井辻朱美『クラウド』。楠誓抄『青昏抄』。『塔事典』。

八月　塔短歌会・東北「1099日目」。「大阪短歌チョップ」開催（大阪）。

第六回中城ふみ子賞に蒼井杏「空壜ながし」。

『定本竹山広全歌集』。

九月　第五七回短歌研究新人賞に石井僚一「父親のような雨に打たれて」。

奥村晃作『造りの強い傘』。田丸まひる『硝子のボレット』。服部真里子『行け広野へと』。

「神大短歌」創刊。

一〇月　第三二回現代短歌評論賞に寺井龍哉「うたと震災と私」。

高野公彦『流木』。高橋睦郎『待たな終末』。永田和宏『現代秀歌』。

「桟橋」終刊。加藤治郎「虚構の議論へ」（研究）。

雨宮雅子死去（八五歳）。

一一月　第六〇回角川短歌賞に谷川電話「うみべのキャンバス」。

小高賢『秋の茱萸坂』。谷岡亜紀『風のファド』。花山周子『風とマルス』。本田一弘『磐梯』。

「東北大短歌」創刊。同人誌「穀物」創刊。第一回古今伝授の里・現代短歌フォーラム（岐阜）。

「マラソンリーディング with ガルマンカフェ」開催（東京）。「プロムナード現代短歌2014」（名古屋）。田中未知企画「寺山修司を歌う・読む・語る」（青山スパイラルホール）。

田井安曇死去（八四歳）。

一二月　第二回現代短歌社賞に森垣岳「遺伝子の舟」。

伊舎堂仁『トントングラム』。岡野大嗣『サイレンと犀』。田中濯『氷』。塚本青史『わが父塚本邦雄』。松澤俊二『「よむ」ことの近代』。

葉ね文庫（大阪）開店。

二〇一五年・平成二七年

一月　岡部隆志『短歌の可能性』。

　川口美根子死去（八五歳）。

二月　第二六回歌壇賞に小谷奈央「花を踏む」。

　西加奈子・せきしろ『ダイオウイカは知らないでしょう』。森本平『讒謗律』。

三月　馬場あき子『記憶の森の時間』。「神楽岡歌会一〇〇回記念誌」。

　「奈良女短歌」創刊。「大学短歌バトル2015——学生短歌会対抗超歌合」開催（東京）。

四月　第二回詩歌トライアスロンに横山黒鍵「俄か蛇」。

　千葉聡『海、悲歌、夏の雫など』。松村由利子『耳ふたひら』。

　同人誌「かるでら」創刊。「雅歌」終刊。

五月　現代短歌を読む会『葛原妙子論集』。

　「Tri 短歌史プロジェクト」創刊。花山多佳子・小島ゆかり・尾崎まゆみ・林和清「女性歌人から見た塚本邦雄」（東京）。

　槇弥生子死去（八三歳）。

六月　佐藤弓生『モーヴ色のあめふる』。土岐友浩『Bootleg』。中津昌子『むかれなかつた林檎のために』。

　伊藤一彦『若山牧水　その親和力を読む』。高柳蕗子『短歌の酵母』。中根誠『兵たりき——川口常孝の生涯』。

　時田則雄「劇場」創刊。

　山名康郎死去（八九歳）。宮英子死去（九八歳）。

七月　岡井隆『暮れてゆくバッハ』。内藤明『虚空の橋』。フラワーしげる『ビットとデシベル』。

　「パリ短歌」創刊。

八月　黒瀬珂瀾『蓮喰ひ人の日記』。永田淳『評伝・河野裕子』。

九月　第五八回短歌研究新人賞に遠野真「さなぎの議題」。

大口玲子『桜の木にのぼる人』。横山未来子『午後の蝶』。川野里子『七十年の孤独』。山田太一『寺山修司からの手紙』。

緊急シンポジウム「時代の危機に抵抗する短歌」（京都）。

沢田英史死去（六五歳）。

一〇月　第三三回現代短歌評論賞に三上春海「歌とテクストの相克」。

紀野恵『歌物語　土左日記殺人事件』。島田幸典『駅程』。広坂早苗『未明の窓』。小池光『石川啄木の百首』。

一一月　第六一回角川短歌賞に鈴木加成太「革靴とスニーカー」。

大野道夫『秋意』。米川千嘉子『吹雪の水族館』。大辻隆弘『近代短歌の範型』。吉川宏志『読みと他者』。

「Es」終刊。

一二月　第三回現代短歌社賞に高橋元子「インパラの群れ」。

小川佳世子『ゆきふる』。千種創一『砂丘律』。真野少『unknown』。吉田隼人『忘却のための試論』。山田航『桜前線開架宣言 Born after 1970 現代短歌日本代表』。

シンポジウム「時代の危機と向き合う短歌・東京大会」。

二〇一六年・平成二八年
一月　池田はるみ『正座』。
二月　第二七回歌壇賞に飯田彩乃「微笑みに似る」。
鳥居『キリンの子』。

三月　『石本隆一全歌集』。渡辺松男『雨る』。
四月　第一回石井僚一短歌賞にほしみゆえ「ひかりさす」。第三回詩歌トライアスロンに亜久津歩「さみだれの印象」「雪解」。
　　　加古陽治『一首のものがたり　短歌が生まれるとき』。高山邦男『インソムニア』。
　　　柏崎驍二死去（七四歳）。島津忠夫死去（八九歳）。
五月　三枝昻之・吉川宏志編『時代の危機と向き合う短歌』。染野太朗・吉岡太朗『洞田』。『田谷鋭全歌集』。
六月　蒼井杏『瀬戸際レモン』。井上法子『永遠でないほうの火』。大井学『サンクチュアリ』。久我田鶴子『菜種梅雨』。虫武一俊『羽虫群』。
七月　石井辰彦『逸げて來る羔羊』。岡嶋憲治『評伝 春日井建』。
　　　塔短歌会・東北「１８３３日目」。
八月　第七回中城ふみ子賞に田村ふみ乃「ティーバッグの雨」。
　　　小島ゆかり『馬上』。小紋潤『蜜の大地』。吉川宏志『鳥の見しもの』。
九月　第五九回短歌研究新人賞に武田穂佳「いつも明るい」。
　　　斉藤斎藤『人の道、死ぬと町』。池澤夏樹編『日本文学全集29 近現代詩歌』（詩・池澤夏樹、短歌・穂村弘、俳句・小澤實）。
　　　「COCOON」創刊。
一〇月　第五四回現代短歌評論賞は該当作なし。
　　　『筒井富栄全歌集』。
一一月　第六二回角川短歌賞に佐佐木定綱「魚は机を濡らす」、竹中優子「輪をつくる」。
　　　橋本喜典『行きて帰る』。松村正直『樺太を訪れた歌人たち』。
　　　第四回古今伝授の里・短歌フォーラム「小瀬洋喜の歌論」。ロクロクの会「６６」創刊。

一二月　稲葉京子死去（八三歳）。田中子之吉死去（八八歳）。
第四回現代短歌社賞に山本夏子「空を鳴らして」。
染野太朗『人魚』。荒波力『幾世の底より 評伝・明石海人』。『松村英一全歌集』。

二〇一七年・平成二九年

一月　『石本隆一評論集成』。
二月　第二八回歌壇賞に大平千賀「利き手に触れる」、佐佐木頼綱「風に膨らむ地図」。
「大阪短歌チョップ vol.2」。三枝浩樹『時禱集』。大辻隆弘『子規から相良宏まで』。
三月　大辻隆弘『景徳鎮』。仲田有里『マヨネーズ』。坂井修一『青眼白眼』。
清水房雄死去（一〇一歳）。
四月　奥田亡羊『男歌男』。
大岡信死去（八六歳）。
五月　第四回詩歌トライアスロンに戸田響子「煮汁」。
大松達知『ぶどうのことば』。『玉城徹全歌集』。『永田和宏作品集Ⅰ』。
「ぬばたま」創刊。
六月　塚本青史『肖てはるかなれ 斜交から見える父』。岩尾淳子『岸』。松平修文『トゥオネラ』。
七月　大室ゆらぎ『夏野』。栗木京子『南の窓から』。香川哲三『佐藤佐太郎　純粋短歌の世界』。
八月　西田政史『スウィート・ホーム』。
「上終歌会」創刊。
九月　第六〇回短歌研究新人賞に小佐野彈「無垢な日本で」。
佐藤モニカ『夏の領域』。服部崇『ドードー鳥の骨』。松本典子『裸眼で触れる』。森島章人『アネモネ・雨滴』。

「ぱらぷりゅい」創刊。塔短歌会・東北「2199日目」。

一〇月　第三五回現代短歌評論賞に雲嶋聆「黒衣の憂鬱——編集者・中井英夫論」。

一一月　第六三回角川短歌賞に睦月都「十七月の娘たち」。

川野里子『硝子の島』。山田富士郎『商品とゆめ』。穂村弘・睦月都らによる企画誌「tanqua franca タンカフランカ」。

松平修文死去（七一歳）。岩田正死去（九三歳）。

一二月　第五回現代短歌社賞に生田亜々子「戻れない旅」。

石井僚一『死ぬほど好きだから死なねーよ』。伊藤一彦『遠音よし遠見よし』。宇田川寛之『そらみみ』。鶴田伊津『夜のボート』。本多真弓『猫は踏まずに』。水原紫苑『えぴすとれー』。

二〇一八年・平成三〇年

一月　岡井隆『鉄の蜜蜂』。尾崎左永子『「明星」初期事情 晶子と鉄幹』。木下龍也・岡野大嗣『玄関の覗き穴から差してくる光のように生まれたはずだ』。東直子・佐藤弓生・千葉聡『短歌タイムカプセル』。
二月　第二九回歌壇賞に川野芽生「Lilith」。
文庫版『塚本邦雄全歌集』刊行開始。
三月　金川宏『揺れる水のカノン』。山川藍『いらっしゃい』。
四月　初谷むい『花は泡、そこにいたって会いたいよ』。ユキノ進『冒険者たち』。
五月　岩田正『柿生坂』。大森静佳『カミーユ』。小佐野彈『メタリック』。内藤明『薄明の窓』。穂村弘『水中翼船炎上中』。来嶋靖生『評註柳田国男全短歌』。
同人誌「ひとまる」創刊。
六月　田口綾子『かざぐるま』。菱川善夫『塚本邦雄の宇宙Ⅰ・Ⅱ』。

シンポジウム「ニューウェーブ30年」。

七月　今橋愛『としごのおやこ』。古谷智子『片山廣子』。

塔短歌会・東北「2566日目」。

小見山輝死去（八七歳）。

八月　第八回中城ふみ子賞にイシカワユウカ「舞ひ踊るをんなたちの裸体」。

石川美南『架空線』。辻聡之『あしたの孵化』。俵万智『牧水の恋』。山下翔『温泉』。

短歌ムック「ねむらない樹」創刊、編集委員に大森静佳・佐藤弓生・染野太朗・千葉聡・寺井龍哉・東直子。

九月　第六一回短歌研究新人賞に工藤吉生「この人を追う」、川谷ふじの「自習室出てゆけば夜」。

飯田彩乃『リヴァーサイド』。永田紅『春の顕微鏡』。米川千嘉子『牡丹の伯母』。

北沢郁子死去（九五歳）。

一〇月　第三六回現代短歌評論賞に松岡秀明「短歌結社の未来と過去にむけて」。

服部真里子『遠くの敵や硝子を』。

一一月　第二回石井僚一短歌賞に上篠かける「エモーショナルきりん大全」。第六四回角川短歌賞に山川築「オン・ザ・ロード」。

馬場あき子『あさげゆふげ』。高野公彦『明月記を読む　上・下』。

一二月　第六回現代短歌社賞に門脇篤史「風に舞ふ付箋紙」。

花山周子『林立』。藪内亮輔『海蛇と珊瑚』。田村元『歌人の行きつけ』。錦見映理子『めくるめく短歌たち』。

小紋潤死去（七一歳）。

二〇一九年・平成三一年／令和元年

一月　松澤俊二『プロレタリア短歌』。

二月　第三〇回歌壇賞に高山由樹子「灯台を遠くはなれて」。第一回笹井宏之賞に柴田葵「母の愛、僕のラブ」。

三月　第五回詩歌トライアスロンに山川創「彼」。

吉岡太朗『世界樹の素描』。

四月　梅原ひろみ『開けば入る』。川野里子『歓待』。戸田響子『煮汁』。

千葉聡『90秒の別世界 短歌のとなりの物語』。吉川宏志『石蓮花』。吉田恭大『光と私語』。

NHK・BSプレミアム「平成万葉集」放送。

五月　橋本喜典死去（九〇歳）。

松村由利子『光のアラベスク』。『由良琢郎全歌集』。

「短歌フェスタ福岡2019」。現代歌人協会・日本歌人クラブによる共同声明「高校新学習指導要領・大学入学共通テストについての声明」。

六月　短歌研究ムック『平成の天皇・皇后両陛下のお歌三六五首』。『完本佐藤佐太郎全歌集』。

百々登美子死去（八九歳）。山埜井喜美枝死去（八九歳）。

七月　川島結佳子『感傷ストーブ』。短歌研究ムック『平成じぶん歌』。山階基『風にあたる』。川野里子『葛原妙子』。

九月　第六二回短歌研究新人賞に郡司和斗「ルーズリーフを空へと放つ」、中野霞「拡張子になる」。

小林久美子『アンヌのいた部屋』。篠弘『司会者』。松村正直『紫のひと』。『三宅奈緒子全歌集』。

一〇月　第三七回現代短歌評論賞に土井礼一郎「なぜイオンモールを詠むのか——岡野大嗣『サイレンと犀』にみる人間性護持の闘い」。

岡野大嗣『たやすみなさい』。笠木拓『はるかカーテンコールまで』。佐佐木定綱『月を食う』。

一一月　第六五回角川短歌賞に田中道孝「季の風」、鍋島恵子「螺旋階段」。

　　　　齋藤芳生『花の渦』。

　　　　「塚本邦雄賞」創設発表（「短歌研究」）。

一二月　カン・ハンナ『まだまだです』。

　　　　吉村睦人死去（八九歳）。

二〇二〇年・令和二年

一月　第七回現代短歌社賞に森田アヤ子「かたへら」、北山あさひ「崖にて」。

　　　楠誓英『禽眼圖』。

　　　「現代短歌」奇数月刊に。

　　　岡崎洋次郎死去（七一歳）。山本かね子死去（九三歳）。

二月　第三一回歌壇賞に小山美由紀「知りつつ磨く」。第二回笹井宏之賞に鈴木ちはね「スイミング・スクール」、榊原紘「悪友」。

　　　田中綾『非国民文学論』。

　　　芳賀徹死去（八八歳）。

三月　石川美南『体内飛行』。藤原龍一郎『202X』。加藤孝男『与謝野晶子をつくった男』。

四月　荻原裕幸『リリカル・アンドロイド』。梶原さい子『ナラティブ』。小島なお『展開図』。富田睦子『風と雲雀』。

　　　大塚布見子死去（九〇歳）。

五月　笹本碧『ここはたしかに完全版』。千種創一『千夜曳獏』。

　　　水落博死去（八五歳）。

六月　第六回詩歌トライアスロンに井口可奈「よい歯並び」、沼谷香澄「猫を測る」。

森田アヤ子『かたへら』。

石川不二子死去（八七歳）。

七月　阿波野巧也『ビギナーズラック』。小川佳世子『ジューンベリー』。工藤吉生『世界で一番すばらしい俺』。三枝浩樹『黄昏クレプスキュール』。田宮智美『にず』。手塚マキ他『ホスト万葉集』。

塔短歌会・東北「3299日目」。

岡井隆死去（九二歳）。

八月　秋月祐一『この巻尺ぜんぶ伸ばしてみようよと深夜の路上に連れてかれてく』。榊原紘『悪友』。加藤英彦『プレシピス precipice』。鈴木ちはね『予言』。高木佳子『玄牝』。千葉聡・佐藤りえ『はじめて出会う短歌100』。

九月　第六三回短歌研究新人賞に平出奔「Victim」。

川野芽生『Lilith』。俵万智『未来のサイズ』。山中律雄『川島喜代詩の添削』。

一〇月　第三八回現代短歌評論賞に弘平谷隆太郎「歌人という主体の不可能な起源」。

現代短歌を読む会『塚本邦雄論集』。品田悦一『万葉ポピュリズムを斬る』。

現代歌人協会・日本歌人クラブによる共同声明「日本学術会議の新会員任命拒否に反対する声明」。

一一月　第六六回角川短歌賞に田中翠香「光射す海」、道券はな「嵌めてください」。第一回BR賞は該当者なし。

北山あさひ『崖にて』。島田修三『露台亭夜曲』、『秋隣小曲集』。

中地俊夫死去（八〇歳）。

一二月　大口玲子『自由』。土岐友浩『僕は行くよ』。永井祐『広い世界と2や8や7』。中根誠『プレス・コードの影』。

二〇二一年・令和三年

一月　第八回現代短歌社賞に西藤定「蓮池譜」。第一回短歌研究ジュニア賞大賞に水野結雅。
二月　内藤明『万葉集の古代と近代』。中津昌子『記憶の椅子』。『森岡貞香全歌集』。
　　　第三回笹井宏之賞に乾遥香「夢のあとさき」。
三月　黒瀬珂瀾『ひかりの針がうたふ』。笹川諒『水の聖歌隊』。
　　　魚村晋太郎『バックヤード』。谷川由里子『サワーマッシュ』。平井弘『遣らず』。齋藤愼爾編『水原紫苑の世界』。
四月　塔短歌会・東北「3653日目」。
　　　椎名恒治死去（九六歳）。
五月　橋爪志保『地上絵』。平岡直子『みじかい髪も長い髪も炎』。横山未来子『とく来りませ』。
　　　阿木津英『アララギの釋迢空』。川本千栄『森へ行った日』。
六月　水野昌雄死去（九一歳）。
七月　奥村知世『工場』。
八月　北辻一展『無限遠点』。小島ゆかり『雪麻呂』。牧野芝草『勾配』。
　　　三田三郎『鬼と踊る』。西巻真『ダスビダーニャ』。
　　　「短歌研究」八月号が水原紫苑・責任編集「女性が作る短歌研究」に。
九月　大平修身死去（八五歳）。園田節子死去（九八歳）。蒔田さくら子死去（九二歳）。
　　　第六四回短歌研究新人賞に塚田千束「窓も天命」。
一〇月　西藤定『蓮池譜』。立花開『ひかりを渡る舟』。山木礼子『太陽の横』。三枝昂之『跫音を聴く——近代短歌の水脈』。
一一月　第三九回現代短歌評論賞に小野田光「SNS時代の私性とリアリズム」。
　　　第六七回角川短歌賞は該当作なし。第二回BR賞に小野田光「単純ではない日々にて」。

【年表編者プロフィール】

寺井龍哉（てらい・たつや）　歌人・文芸評論家。一九九二年東京生まれ。二〇一一年に東京大学本郷短歌会に参加。二〇一四年、東京大学文学部在学中に評論「うたと震災と私」により第三二回現代短歌評論賞。短歌ムック「ねむらない樹」（書肆侃侃房）編集委員などを経て、二〇二〇年度「ＮＨＫ短歌」（Ｅテレ）選者。二〇二〇年より短歌研究ジュニア賞選考委員、二〇二一年より現代短歌評論賞選考委員。現在は武蔵野大学文学部専任講師、専門は『万葉集』を中心とする日本上代文学。
共著書に『万葉集の基礎知識』（「大島武宙」名義、角川選書）、『受容と創造における通態的連鎖　日仏翻訳学研究』（新典社）。剣道三段。

短歌索引

（それぞれの歌の掲載頁の少し後に、歌の読みが書かれています）

序章

一節 前衛短歌

一章 一九八五年以降の一九八〇年代――「ライトな私」とバブル経済

一節 俵万智の登場とライトヴァース

二節　一九八〇年代後半の歌人の歌

一　一九五〇年代生れの歌人

二　下世代の歌人――一九六〇年代生れの歌人

三 上世代の歌人

（一）一九四〇年代生れの歌人

（二）一九三〇年代以前生れの歌人

三節

一 修辞における「口語化」の起動

二章　一九九〇年代――「わがままな私」とバブル経済の崩壊

一節　穂村弘の登場

二節　一九九〇年代の歌人の歌

一　一九六〇年代生れの歌人

二 下世代の歌人――一九七〇年代生れの歌人

三 上世代の歌人

（一）一九五〇年代生れの歌人

（二）一九四〇年代生れの歌人

三章 二〇〇〇年代――「かけがえのない私」と失われた二〇年

一節 斉藤斎藤と吉川宏志

二節 二〇〇〇年代の歌人の歌

一 一九七〇年代生れの歌人

二 下世代の歌人――一九八〇年代生れの歌人

四章 二〇一〇〜二〇二一年――「つぶやく私」と大震災・コロナ禍という文明災害

一節 一九八〇年代生れの歌人の歌

二 上世代の歌人

(一) 一九七〇年代生れの歌人

補章 現代短歌のカリスマ歌人——岡井隆と馬場あき子

岡井隆一〇首選

ま行

や行

ら行

わ行

事項索引

や行

ら行

わ行

な行

は行

ま行

た行

か行

さ行

人名索引

あ行

執筆者紹介

大野道夫（おおの・みちお）

1956（昭和 31）年神奈川県生れ、児童期に曽祖父の佐佐木信綱と出会い文学を志望するが、湘南高校で遅れて学園闘争の影響を受け社会学志望となる。一浪して 75 年東京大学入学、一留して 80 年同大学大学院（教育社会学専修）進学。92 年仏教系大学の社会学教員として就職。

1984 年竹柏会「心の花」入会、のちに編集委員、選歌委員となる。89 年「思想兵・岡井隆の軌跡」で第 7 回現代短歌評論賞受賞。90 年有馬朗人の俳句結社「天為」創刊に参加、のちに同人となる。

1990 年谷岡亜紀等と同人誌「ノベンタ」創刊、2001 年菱川善夫等と現代短歌研究会発起、06 年飯田哲弘等と本郷短歌会創立。

歌集は『秋階段（あきかいだん）』(1995)、『冬ビア・ドロローサ』(2000)、『セレクション歌人　大野道夫集』(2004)、『春吾秋蟬（しゅんあしゅうせん）』(2005)、『夏母（なつぼ）』(2010)、『大野道夫歌集　現代短歌文庫』(2013)、『秋意（しゅうい）』(2015)。

評論集は『短歌の社会学』(1999)、『短歌・俳句の社会学』(2008)。

現代歌人協会、俳人協会、日本文藝家協会の会員。

E-mail: ohno_kokoronohana@yahoo.co.jp

つぶやく現代の短歌史　1985-2021

「口語化」する短歌の言葉と心を読みとく

二〇二三年八月六日　初版第一刷発行

著　者　大野道夫

年表作成　寺井龍哉

発行所　株式会社はる書房
〒一〇一－〇〇五一　東京都千代田区神田神保町一－四四　駿河台ビル
電話・〇三－三二九三－八五四九　FAX・〇三－三二九三－八五五八
http://www.harushobo.jp/
装　幀　伊勢功治

組　版　閏月社

印刷・製本　中央精版印刷

ISBN 978-4-89984-208-8　C 0092